죽음의 중지

As intermitências da morte
by José Saramago

Copyright ⓒ 2005 by José Saramago & Editorial Caminho, S.A., Lisboa
Korean Translation Copyright ⓒ 2009 by Hainaim Publishing Co., Ltd.
All rights reserved.

This Korean edition is published by arrangement with Literarische Agentur
Dr. Ray-Güde Mertin Inh. Nicole Witt e.K., Frankfurt am Main, Germany
through Imprima Korea Agency.

이 책의 한국어판 저작권은 Imprima Korea Agency를 통한
Dr. Ray-Güde Mertin Inh. Nicole Witt e.K., Frankfurt am Main, Germany와의 독점계약으로
(주)해냄출판사에 있습니다. 저작권법에 의해 한국 내에서 보호를 받는 저작물이므로
무단전재와 무단복제를 금합니다.

JOSÉ SARAMAGO

DEATH WITH INTERRUPTIONS

죽음의 중지

주제 사라마구 지음 | 정영목 옮김

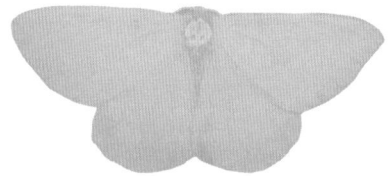

나의 고향, 필라르에 바친다.

사람됨이 무엇을 뜻하는지 점점 더 모르게 된다.

『예언의 서』

예를 들어 죽음에 관해 더 깊이 생각해 보라. 그 과정에서 새로운 이미지, 새로운 언어적 영역과 마주치지 않는다면 정말 이상한 일일 것이다.

비트겐슈타인

다음 날, 아무도 죽지 않았다. 삶의 규칙과 절대적인 모순을 이루는 이 사실은 사람들의 마음속에 엄청난, 그리고 이런 상황이라면 충분히 이해해 줄 만한 불안을 일으켰다. 총 사십 권이나 되는 세계사 책을 훑어보아도 그런 현상이 있었다는 서술은커녕, 단 한 건의 사례도 발견되지 않는다는 사실을 생각해 보기만 하면 된다. 그러나 실제로 낮과 밤, 아침과 저녁 해서 넉넉하게 스물네 시간이나 되는 하루가 다 가도록 아파서 죽거나, 높은 데서 떨어져 죽거나, 자살에 성공한 사람이 한 명도 없었다. 명절이면 흥청망청한 분위기에 마음도 해이해지고 술도 거나하게 취해 누가 먼저 죽음에 이르는지 내기라도 하듯이 도로에서 서로 먼저 자리를 차지하려고 싸우다가 일어나는 자동차 사고에서도 사망자는 나오지 않았다. 예년과는 달리 이번 섣달 그믐날은 사망자들을 뒤에 남기는 끔찍한 짓을 저지르지 않은 것이다. 커다란 이를 드러낸 늙은 아트로포스(운명의 세 여신 가운데 한 명. 낫으로 실을 끊어 죽음을 안긴다-옮긴이)가 하루 동안 잠시 그녀의 낫을 옆으로 밀어두기라도 한 것 같았다. 그렇다고 피까지 흐르지 않았다는 말은 아니다. 혼란과 괴로움에 사로잡힌 구급 요원들은 제정신이 아닌 상태에서 구역질을 간신히 눌러가며 박살이 난 차에서 망가진 몸뚱어리들을 끄집어냈다. 이 몸뚱어리들은 충돌의 수학적 논리에 따르면 벌써 완전히 죽었어야 마땅했다. 그러나 그렇게 심한 외상과 내상을 입었음에도 분명히 살아 있는 몸으로 귀를 찢는 구급차 사이렌 소리를 앞세워 병원에 실려갔다. 이 사람들 가운데 단 한 명도 수송 도중 죽지 않았으며, 가장 비관적인 의학적 예후들이 모두 틀렸음을 보여주었다. 이 가엾은 사람은 어쩔 수가 없군, 수술할 필요도 없어, 완전히 시간 낭비야, 의사는 마스크를 매만져주는 간호사에게 말했다. 실제로 하루 전만 하더라도 이 환자에게는 구원의 가능성이 없었을 것이다. 그러나 이제 한 가지는 분명했다. 오늘은 이 사고 피해자가 죽지 않는다는 것이었다. 그리고 지금 여기서 벌어지고 있는 일은 전국 각지에서도 벌어지고 있었다. 지난해의 마지막 날 자정 정각까지만 해도 규칙에 완전히 순응하여 죽는 사람들이 있었다. 여기서 규칙이란 우선 문제의 핵심, 즉 생명의 종결과 관련된 규칙, 그 다음에는 이 생명이 오만하게든 경건하게든 운명의 순간을 넘어서는 다양한 방식과 관련된 규칙을 말한다. 한 가지 매우 흥미 있는, 관련된 인물 때문에 흥미 있는 사례는 아주 늙고 덕망 있는 모후(母后)였다. 십이월 삼십일일 자정을 일 분 남겨놓고 모후는 생명이 위독했다. 아무리 순진한 사람이라도 이 왕실 여인의 생명에 타고 남은 성냥개비라도 하나 걸지 않을 것이 분명했다. 의사들 또한 아무런 결함이 없는 의학적 증거 앞에서는 어떻게 손을 쓸 도리가 없었기 때문에, 왕실 구성원들은 모든 희망을 버리고 서열에 따라 임종의 침상을 둘러싸고 늘어서서 체념한 표정으로 이 왕실의 어른이 마지막 숨을 쉬기를, 혹시 몇 마디라도 하기를, 사랑하는 왕자나 손자들의 도덕 교육과 관련하여 마지막으로 교훈이 될 말이라도 남기를, 제대로 기억해 주지도 않겠지만 그래도 미래의 신민을 향하여 아름답고 절묘한 말 한 마디라도 해주기를 기다렸다. 그러나 시간이 멈추기라도 한 것처럼 아무런 일도 일어나지 않았다. 모후의 상태는 나아지지도 않았고 그렇다고 악화되지도 않았다. 마치 미결정 상태에 머무는 것 같았다. 약하디 약한 몸은 생명의 마지막 가장자리에 다가간 채 당장이라도 그 너머로 기울 것 같았지만, 그럼에도 아직은 가느다란 실에 의해 이승에 묶여 있었다. 죽음, 그래, 죽음일 수밖에 없었다, 죽음이 묘한 변덕을 부려 그 실을 쥐고 놓아주지 않는 것 같았다. 결국 다음 날이 되었고, 그날은 우리가 이 이야기의 서두에서 말했다시피 아무도 죽지 않았다.

늦은 오후가 되자 벌써 소문이 퍼져나갔다. 새해가 시작된 이래로, 더 정확히 말하자면 일월 일일 영시 이래로 전국에서 사망자가 나오지 않았다. 혹시나 모후가 얼마 남지 않은 목숨을 포기하는 데 놀랍게도 저항을 한 사건에서부터 소문이 시작되었다고 생각할지도 모르겠다. 그러나 왕실 홍보처는 언론에 일상적으로 발표하는 병상(病狀) 발표에서 왕실 환자의 전체적 상태가 밤사이에 눈에 띄게 개선되었다고 말했을 뿐 아니라, 심지어 말을 아주 조심스럽게 고르기는 했지만, 건강을 완전히 회복할 가능성도 있음을 암시하기까지 했다. 따라서 최초의 소문은 아주 자연스러운 일이지만 어떤 장의사에게서 비롯된 것일지도 모른다, 새해 첫날에는 아무도 죽고 싶어하지를 않는 것 같단 말이야. 아니면 병원일 수도 있다, 이십칠호 병상에 있는 저 작자는 어느 쪽으로 갈지 아직 마음을 정하지 못하는 것 같아. 또는 교통경찰 대변인일 수도 있다, 그것 참 이상한 일이지, 도로에서 사고가 그렇게 많이 났는데도 다른 사람들에게 경고감으로 제시할 만한 사망 사건은 한 건도 없으니 말이야. 그 출처는 결국 밝혀지지 않았지만, 물론 출처가 어디냐 하는 것이야 그 다음에 일어난 일에 비추어 중요한 문제도 아니지만, 어쨌든 소문은 곧 신문, 라디오, 텔레비전의 귀에 들어갔고, 연출자, 조연출자, 편집부장은 귀를 쫑긋 세우게 되었다. 이 사람들은 세계사의 주요 사건이라면 멀리서부터도 냄새를 맡을 준비가 된 사람들일 뿐 아니라, 필요하면 그런 사건들이 실제보다 더 중요해 보이게 만들도록 훈련을 받은 사람들이었기 때문이다. 몇 분이 안 되어 탐사

기자 수십 명이 거리로 나가 지나가는 사람을 아무나 붙들고 질문을 해대기 시작했다. 흥분으로 공기가 고동을 치는 듯한 편집국에 줄줄이 놓인 전화들 또한 똑같은 탐사의 광분 상태에 빠져 몸을 들썩이며 떨어대고 있었다. 기자들은 병원, 적십자, 시체안치소, 장의사, 경찰서로, 그래, 모든 곳으로, 물론 비밀 부서는 예외였지만, 전화를 해댔다. 그 결과 그들이 들은 답은 모두 다음과 같은 간결한 말로 요약할 수 있었다, 사망은 한 건도 없었다. 한 젊은 여성 텔레비전 리포터는 다른 기자들보다 운이 좋았다. 이 리포터가 인터뷰한 행인은 리포터와 카메라를 번갈아 바라보다가 자신이 직접 경험한 일을 이야기했는데, 그것은 모후에게 일어난 일과 똑같았다, 교회 시계가 자정을 알리는 종을 치고 있더라고요, 막 마지막 종이 울리려는데, 곧 숨이 넘어갈 것 같던 우리 할아버지가 갑자기 마음을 고쳐먹고 하려던 일을 안 하기로 작정한 듯이 눈을 번쩍 뜨셨어요, 그러고는 돌아가시지를 않는 겁니다. 리포터는 그 말에 흥분한 나머지 행인의 호소와 항의, 안 됩니다, 세뇨라, 못 가요, 약국에 가야 한단 말입니다, 할아버지가 약을 기다리고 있다니까요, 그런 말을 무시하고 행인을 뉴스 차량에 구겨 넣었다. 나하고 함께 가요, 댁의 할아버지는 이제 약이 필요 없어요, 리포터는 그렇게 고함을 지르더니 기사에게 곧장 텔레비전 스튜디오로 달리라고 명령했다. 바로 그 순간 스튜디오에서는 초자연적 현상의 전문가 세 명을 불러다 토론을 시킬 준비가 이루어지고 있었다. 매우 존경받는 마법사 두 명과 유명한 천리안을 급히 불러다, 어떤 일에도 도무지 존중심이라고는 보여줄 줄 모르는 익살꾼들이 벌써 죽음의 파업이라고 부르기 시작한 이 현상을 분석하고 의견을 말하게 하려는 것이었다. 사실 그 대담한 여성 리포터는 크나큰 착각에 빠져 헛고생을 하고 있었다. 리포터는 행인의 말을 문자 그대로 해석하여, 죽어가던 사람이 정말로 마음을 고쳐먹고 하려던 일, 그러니까 죽는 일, 속된 말로 하자면 칩을 현금으로 바꾸는 일, 물통을 걷어차는 일을 안 하기로 작정했다고 생각한 것이다. 물론 기쁨에 겨운 손자가 했던 말은, 안 하기로 작정한 듯이, 였다. 이 말은 단정적인, 안 하기로 작정했다, 와는 근본적으로 달랐다. 이 리포터가 귀를 기울여 말을 끝까지 들으면서 그 유연하면서도 섬세한 변화를 분별할 줄 아는 사람이었다면 이런 큰 실수를 피할 수 있었을 것이고, 곧이어 직속상관으로부터 호되게 깨져 수치와 모멸감에 얼굴이 새빨개지는 일도 피할 수 있었을 것이다. 그랬기 때문에 그들 두 사람, 그러니까 행인과 리포터는 행인이 생방송에서 다시 말하고 또 그날 저녁 뉴스 속보에서 녹음으로 다시 들려준 그 이야기를 수백만 명의 사람들이 리포터와 똑같은 방식으로 잘못 해석할 것이라고는 상상도 못했을 것이다. 게다가 그 잘못된 해석의 직접적이고 곤혹스러운 결과로, 단지 의지력만 발휘하면 죽음을 정복할 수 있으며, 과거에 수많은 사람들이 억울하게 사라진 것은 오로지 그들의 의지력이 한숨이 나올 만큼 약했기 때문일 뿐이라고 굳게 믿는 사람들이 등장할 줄이야. 일은 거기에서 끝나지 않았다. 사람들이 어떤 눈에 띄는 노력도 없이 계속 죽음을 피해가자, 좀 더 야심만만한 전망을 제시하는 대중운동이 인기를 끌기 시작한 것이다. 이들은 태초 이래 인류의 가장 큰 꿈, 여기 이 땅에서 행복하게 영생을 누리고 싶다는 꿈이 이제 매일 떠오르는 태양이나 우리가 숨 쉬는 공기처럼 모든 사람들이 손에 쥘 수 있는 선물이 되었다고 선언했다. 이 두 가지 운동은 말하자면 같은 선거구에서 경쟁을 하는 셈이었는데, 그래도 둘이 동의하는 한 가지 사항이 있었다. 그것은 명예회장의 임명 문제였다. 선구자가 차지하는 탁월한 위치를 고려할 때 마지막 순간에 죽음에 도전하여 그것을 물리친 용기 있는 역전의 용사를 명예회장으로 임명하는 데에는 서로 이의가 없었던 것이다. 물론 이 할아버지가 깊은 혼수상태에 빠져 있다는 사실에는 아무도 특별히 주의를 기울이지 않을 터였다. 어느 모로 보나 이 상태는 돌이킬 수 없을 것 같았음에도.

물론 이 특별한 사태를 묘사하는 데 위기라는 말은 별로 어울리는 것 같지 않다. 죽음의 부재라는 특권을 부여받은 이 실존적 상황을 두고 위기 이야기를 하는 것은 터무니없고, 어울리지도 않고 또 가장 기본적인 논리에도 모욕이 되는 일일 터이기 때문이다. 그럼에도 진실을 알 권리를 열렬히 갈망하는 일부 시민이 스스로, 또 서로에게 정부는 도대체 뭘 하고 있느냐고 묻는 것도 충분히 이해할 만한 일이다. 정부는 지금까지 살아 있다는 표시를 전혀 보여주지 않았기 때문이다. 두 번의 국무회의 사이의 짧은 틈새에 기자들이 지나가는 말처럼 물어보았을 때 보건부장관이 판단을 할 만한 충분한 정보가 없기 때문에 공식 성명을 내는 것은 시기상조라고 설명을 하기는 했다. 장관은 이렇게 덧붙였다, 우리는 전국에서 올라오는 자료를 대조해 보고 있소, 사망 사례가 전혀 보고되고 있지 않은 것은 사실이오, 하지만 여러분도 상상할 수 있겠지만, 우리도 이런 사태 진전에 다른 모든 사람들과 마찬가지로 놀라고 있고, 아직은 이런 현상의 원인이나 직접적인 또 장기적인 영향에 관해 가설을 세울 준비가 되어 있지 않소. 그쯤에서 이야기를 끝냈다면 상황의 까다로움을 고려할 때 사람들은 고마워했을 것이다. 그러나 어떤 일이 벌어져도 차분하라고, 무슨 일이 생겨도 우리 안에서 나오지 말고 가만히 있으라고 국민에게 촉구하고 싶은 그 잘 알려진 충동, 정치가들, 특히 정권을 잡고 있는 정치가들에게 자동적이고 기계적이라고까지 할 수는 없어도 제이의 천성이 되어버렸다고는 말할 수 있는 이 향성(向性) 때문에 장관은 최악의 방식으로 대화를 끝내고 말았다, 국민의 건강을 책임진 장관으로서 나는 이 말을 듣는 모든 사람에게 걱정할 일은 전혀 없다고 장담할 수 있소. 그러자 한 기자가 너무 비꼬는 것처럼 들리지 않게 하려고 최대한 애를 쓰면서 대꾸했다, 제가 정확히 이해한 거라면, 아무도 죽지 않는다는 사실이 장관님의 관점에서는 전혀 걱정할 일이 아니라는 건가요. 바로 그거요, 뭐, 내가 꼭 그렇게 표현했던 건 아니지만, 그렇소, 그게 기본적으로 내가 한 말이오. 물론 알고 계시겠지만, 장관님, 어제도 사람들이 죽었지만, 누구도 그걸 걱정할 일이라고 생각하지 않았을 겁니다. 물론 그렇지, 죽는 건 정상 아니오, 죽는 게 걱정스러운 일이 되는 건 죽음이 늘어날 때, 예를 들어 전쟁이나 전염병 같은 걸로 그렇게 될 때요. 평균에서 벗어날 때라는 말씀이로군요. 그렇게 말해도 좋겠지. 하지만 현재의 상황, 그러니까 아무도 죽을 준비가 안 되어 있는 것처럼 보이는 이런 상황에서 우리더러 걱정하지 말라고 하시는데, 이것은 아무리 좋게 보아도 좀 역설적이라는 생각은 혹시 안 드십니까, 장관님. 그건 그냥 습관에서 나온 말일 뿐이오, 현재의 상황에 걱정이라는 말을 쓰지 않는 게 좋았다는 사실은 인정하겠소. 그럼 어떤 단어를 사용하시겠습니까, 장관님, 제가 이렇게 묻는 것은, 양심적인 기자가 되고자 하는 사람으로서, 가능하면 늘 정확한 표현을 사용하고 싶어하기 때문입니다. 기자의 집요함에 약간 짜증이 난 장관은 무뚝뚝하게 대꾸했다, 한 단어가 아니라 네 단어를 사용하겠소. 그게 뭡니까, 장관님. 헛된 희망을 부추기지는 말자. 이것은 다음 날 신문을 위한 훌륭하고 정직한 표제가 될 만했다. 그러나 편집부장은 국장과 상의한 끝에 사업적 관점에서 보아도 전반적인 열광의 분위기에 그렇게 찬물을 끼얹는 것은 권할 만하지 않다고 생각했다, 평소와 다름없는 표제로 가지, 새해, 새 생명.

총리는 그날 밤 방송된 공식 성명에서 새해가 시작된 이후로 전국 어디에서도 사망 사례가 보고된 일이 없다는 사실을 확인하고, 이 이상한 사실을 평가하거나 해석하는 데 절제와 책임감을 보여줄 것을 요청했다. 총리는 이것이 단지 요행이라는 가설, 지속될 수 없는 변덕스러운 우주적 변화, 공간 시간의 방정식과 충돌하는 예외적인 우연의 일치에 불과하다는 가설을 배제할 수 없지만, 만일의 사태에 대비하여 정부는 필요할 경우 정부가 효율적이고 일치된 행동을 할 수 있도록 이미 관련 국제기구와 예비회담을 시작했다고 덧붙였다. 총리는 이렇게 사이비과학적인 허튼소리를 한 뒤에, 그러니까 전국을 사로잡고 있는 동요를 진정시키려고 일부러 알아들을 수도 없는 소리를 한 뒤에, 정부는 인간이 상상할 수 있는 모든 사태에 대비하고 있으며, 용기를 갖고 국민의 활기찬 지원을 받아 죽음의 결정적 소멸, 어느 모로 보나 이 상황은 이렇게 결론이 날 듯한데, 이런 소멸이 불가피하게 야기할 복잡한 사회적, 경제적, 정치적, 도덕적 문제들과 맞설 각오라고 마무리를 해 갔다. 총리는 목소리를 높여 소리쳤다, 우리는 신체 불멸이라는 도전을 받아들일 것입니다, 그것이 신의 뜻이라면, 우리는 이 나라의 선량한 국민을 당신의 도구로 선택해주신 신에게 늘 감사기도를 드릴 것입니다. 그러니까 우리 목에 확실하게 올가미가 걸려 있다는 뜻이지, 총리는 성명 낭독을 마치면서 그렇게 생각했다. 그러나 총리 자신도 그 올가미가 얼마나 꽉 조이고 있는지는 상상하지 못했다. 삼십 분도 안 지나 총리는 관용차를 타고 집으로 가다가 추기경한테서 전화를 받았다, 안녕하시오, 총리. 안녕하십니까, 예하. 총리,

내가 전화를 드린 건 깊은 충격을 받았다는 얘기를 하고 싶어서요. 아, 나도 마찬가지입니다, 예하, 대단히 엄중한 상황이지요, 우리나라가 이제껏 겪어보지 못한 엄중한 상황이라고 봅니다. 내 말은 그게 아니오. 그럼 무슨 말씀입니까, 예하. 총리가 방금 낭독한 성명을 쓸 때 우리의 거룩한 종교의 기초, 대들보, 초석, 종석(宗石)이 무엇인지 기억을 하지 못했다는 거요. 실례입니다만, 예하, 무슨 말씀을 하려는 것인지 모르겠습니다. 죽음이 없다면, 총리, 죽음이 없다면 부활도 없소, 부활이 없으면 교회도 없소. 지옥의 종소리로군(짜증날 때 하는 소리-옮긴이). 미안하오, 방금 뭐라고 했는지 듣지 못했소, 다시 얘기해 주시겠소. 아, 아닙니다, 아무 말도 하지 않았습니다, 예하, 공중 전기, 정전기 때문에 혼선이 생긴 것 같습니다, 전화기에 문제가 생긴 건지도 모르고요, 위성도 가끔 끊어지거든요, 그런데 말씀을 하는 중이셨지요, 예하. 그렇소, 내가 하던 말은 가톨릭교도라면, 총리도 예외가 아니지만, 부활이 없으면 교회도 없다는 사실을 알아야 한다는 거요, 그게 다가 아니오. 도대체 어떻게 하느님이 자신의 죽음을 의도했다는 생각이 떠오를 수가 있는 거요, 그런 생각은 모독이오, 최악의 신성모독이란 말이오. 예하, 하느님이 자신의 죽음을 의도했다는 말은 한 적이 없는데요. 그렇게 말은 하지 않았지, 않았어, 하지만 육체의 불멸이 하느님의 뜻일 수도 있다는 가능성은 받아들였지 않소, 그게 바로 그 말이라는 걸 깨닫는 데 초월 논리학으로 박사학위를 받을 필요는 없는 거 아니오. 예하, 내 말을 믿어주십시오, 내가 그 말을 한 것은 효과 때문입니다, 깊은 인상을 심어주려는 것이었지요, 그냥 말을 마무리하는 한 방법이었을 뿐입니다, 그게 답니다, 예하도 그런 것이 정치에서 얼마나 중요한지 아시지 않습니까. 그런 건 교회에서도 똑같이 중요하오, 총리, 하지만 우리는 입을 열기 전에 먼저 생각을 열심히 해야 한다오, 그냥 말을 위해서 말을 하는 게 아니지 않소, 장기적인 결과를 계산해야 한다는 거요, 사실 우리 전공은, 비유를 해도 좋다면, 탄도학 아니겠소. 어, 정말 죄송합니다, 예하. 내가 총리 입장이라도 죄송할 것 같구려. 추기경은 자기가 던진 수류탄이 떨어지는 데 얼마나 오래 걸릴지 재보는 것처럼 잠시 말을 끊더니 더 부드러워지고, 더 친근해진 목소리로 말을 이어갔다. 언론 앞에서 낭독하기 전에 그 성명을 전하에게 보여드렸는지 물어봐도 되겠소. 물론 보여드렸지요, 예하, 그런 까다로운 문제를 다루는 성명일 경우에는 당연한 일이지요. 왕은 뭐라고 하십디까, 물론 국가 기밀일 경우에는 답을 안 하셔도 되지만. 좋다고 생각하셨습니다. 읽고 난 뒤에 아무런 말씀이 없으시던가. 훌륭하다. 훌륭하다니 무슨 소리요. 전하가 그렇게 말씀하셨단 뜻입니다, 훌륭하다고. 그러니까 왕도 신성모독을 했다는 뜻이오. 예하, 나는 그런 판단을 할 입장이 아닙니다, 나 자신의 허물만 안고 살아가기도 힘겨운데요. 흠, 왕하고 이야기를 해야겠군, 이런 혼란스럽고 미묘한 상황에서는 오직 우리 거룩한 어머니 교회의 입증된 교리를 충실하게, 흔들림 없이 지키는 것만이 우리를 삼키려 드는 무시무시한 혼돈으로부터 나라를 구할 수 있는 유일한 길이오. 그건 예하에게 달린 일입니다, 예하의 역할이지요. 그렇소, 나는 전하에게 어느 쪽이 더 좋으냐고 물어볼 생각이오, 모후가 두 번 다시 일어나지 못할 침상에 누워 영원히 죽어가는 모습, 세상에 속한 육신이 수치스럽게 영혼에 매달리는 모습을 보는 게 좋으냐, 아니면 죽어서 하늘의 영원하고 찬란한 영광 속에서 죽음에 승리를 거두는 모습을 보는 게 좋으냐. 그 문제라면 누구도 대답을 망설이지 않을 것 같습니다만. 그렇겠지, 하지만 총리, 총리가 생각하는 것과는 달리 나는 그 답보다는 질문에 더 관심이 있다오, 우리의 질문에는 분명한 목적과 감추어진 의도가 있다는 점을 잘 알아두시오, 우리가 질문을 할 때는 상대방에게서 답을 얻는 것만이 목표가 아니오, 물론 그 순간에 상대방이 자기 입으로 그런 답을 하는 것을 스스로 듣게 하는 것도 중요한 일이지, 하지만 그런 질문을 하는 것은 미래의 답을 위한 길을 닦아놓는 것이기도 하오. 정치하고 좀 비슷한 것 같군요, 예하. 바로 그거요, 다만, 불가능해 보일지 몰라도, 교회의 장점은 높은 곳에 있는 것을 다룸으로써 아래 있는 것을 다스린다는 거요. 다시 정적이 흘렀다. 총리가 정적을 깼다. 집에 거의 다 왔군요, 예하, 그런데, 괜찮으시면 한 가지만 묻고 싶습니다. 물어보시오. 앞으로 영원히 아무도 죽지 않는다면 교회는 어떻게 할 겁니까. 아무리 죽음 이야기를 한다지만, 영원은 너무 긴 시간이라오, 총리. 내 질문에는 대답을 하시지 않은 것 같습니다만, 예하. 그 질문을 총리에게 되돌려주겠소, 앞으로 영원히 아무도 죽지 않는다면 국가는 어떻게 할 거요. 국가는 살아남으려고 노력할 겁니다, 그렇게 될지는 매우 의심스럽습니다만, 하지만 교회는. 교회는, 총리, 영원한 답에 워낙 익숙해졌기 때문에 다른 종류의 답을 내놓는 것은 상상이 가지 않소. 현실이 그런 답과 모순이 된다 해도 말입니까. 우리는 처음부터 현실과 모순되는 일만 해왔소, 그래도 지금까지 이렇게 버티고 있지 않소. 교황은 뭐라고 하실까요. 내가 교황이라면, 그런 상상을 하는 우스꽝스러운 허영을 하느님이 용서해 주시기 바라오만, 즉시 새로운 테제를 발표하겠소, 죽음의 지연에 관해서 말이오. 추가 설명은 없이 말입니까. 교회는 어떤 것을 설명해 달라는 요구를 받은 적이 없소, 우리 전공은 탄도학과 더불어 지나치게 호기심이 많은 정신을 신앙으로 안정시키는 것이오. 안녕히 계십시오, 예하, 내일 뵙겠습니다. 하느님의 뜻이 그러하시다면, 총리, 하느님의 뜻이 그러하시다면. 현재 상황으로 보건대 하느님도 선택의 여지가 많지는 않아 보입니다만. 잊지 마십시오, 총리, 우리나라 국경 너머에서는 사람들이 평소와 마찬가지로 계속 죽고 있다는 걸 말이오, 그건 좋은 조짐이오. 어느 관점에서 보느냐에 따라 다르겠지요, 예하, 어쩌면 그쪽에서는 우리나라를 일종의 오아시스, 에덴동산, 새로운 낙원으로 보고 있을지도 모릅니다. 조금이라도 양식이 있다면 새로운 지옥으로 보겠지. 안녕히 계십시오, 예하, 평안히 주무시고 원기를 회복하시기 바랍니다. 안녕히 계시오, 총리, 오늘 밤에 죽음이 돌아온다 해도 총리를 찾아가지는 않기를 바라오. 정의가 헛된 말이 아니라면 모후가 나보다 먼저 가셔야겠지요. 흠, 내일 왕 앞에서 총리가 한 말을 일러바치지는 않겠소, 약속하오. 정말 고맙군요, 예하. 안녕히 계시오. 안녕히 계십시오.

추기경이 당장 수술을 해야 하는 심한 맹장염으로 서둘러 입원을 한 것은 새벽 세 시였다. 추기경은 마취의 터널로 빨려들기 전, 완전히 의식을 잃기 직전의 짧은 순간, 다른 많은 사람들이 했던 생각, 수술 도중에 죽을지도 모른다는 생각을 했다. 그러다가 이제 그것은 가능한 일이 아니라는 사실을 기억했다. 명료한 정신이 반짝 하고 남아 있던 최후의 순간에는, 그럼에도 자신이 죽는다면 그것은 역설적으로 자신이 죽음을 이겼다는 의미일 것이라고 생각했다. 희생을 하고 싶은 저항할 수 없는 욕망에 사로잡혀 추기경은 신에게 자신을 죽여달라고 간청하려 했으나, 그것을 말로 표현할 시간이 없었다. 일반적으로 생명을 주는 존재로 더 잘 알려진 신에게 죽음의 권세를 넘기려 했던 이 최고의 신성모독으로부터 추기경을 구해준 것은 마취인 셈이었다.

앞서도 말했던 표제, 새해, 새 생명은 경쟁 신문사들로부터 즉시 조롱을 받았다. 다른 신문사들은 자기 회사의 주요 기자들의 영감에 의존하여 내용이 충실한 표제를 다양하게 뽑았다. 어떤 것은 극적이고, 어떤 것은 서정적이고, 어떤 것은 감동을 줄 만큼 정직하지는 못해도 철학적이거나 신비했다. 예를 들어 어떤 대중적인 신문은, 그러면 우리는 어찌 되는 것인가, 하는 표제의 맨 끝에 거대하고 화려한 의문부호를 찍어 놓는 것으로 만족했다. 그러나 새해, 새 생명은 그 거슬리는 진부함에도 불구하고 어떤 사람들, 타고난 것인지 그렇게 길러진 것인지는 몰라도 대체로 실용적인 낙관주의의 견실함을 더 좋아하는 사람들, 설사 그것이 헛된 착각에 불과할지도 모른다고 의심할 만한 이유가 있어도 결국은 그쪽을 택하고 마는 사람들의 심금을 울렸다. 그들은 이 혼란의 나날에 이르기까지 이곳이 가능한 모든 세계 가운데 최고의 세계라고 상상하며 살아왔다. 그런데 이제 기쁘게도 최선, 절대적으로 최선인 일이 지금, 바로 이 자리에서, 그들의 집 문간에서 일어나게 된 것이다. 그 최선의 일이란 매일 파르카이(운명의 세 여신-옮긴이)의 삐걱거리는 가위 소리를 두려워하지 않고 살아가는 유일무이하고 경이로운 삶의 도래였다. 우리에게 우리의 존재를 부여한 땅에서 그대로 불멸을 얻게 된 것이다. 아무런 형이상학적 어색함을 느낄 필요가 없었으며, 누구나 거저 얻을 수 있는 것이었다. 죽음의 순간에 봉인된 명령서, 귀중한 동무들이 이승이라고 알려진 이 눈물의 골짜기를 어쩔 수 없이 떠나 저세상의 각각의 목적지를 향해 출발하면서 교차로에서 열어보아야 했던 명령서, 너는 낙원으로, 너는 연옥으로, 너는 지옥으로, 하고 적혀 있는 명령서를 이제는 열어볼 필요가 없었다. 이런 사실 때문에 과묵하거나 사려 깊은 편에 속하는 신문들마저도 비슷한 생각을 가진 라디오나 텔레비전 방송국과 더불어 집단적 환희의 높은 물결에 동참할 수밖에 없었다. 이 물결은 북에서 남까지, 동에서 서까지 전국을 휩쓸며 두려운 마음을 씻어주며, 타나토스(죽음의 본능-옮긴이)의 긴 그림자를 시야에서 멀리 쫓아냈다. 며칠이 지나도 여전히 아무도 죽지 않자, 비관주의자와 회의주의자들마저 처음에는 몇 명씩, 그러나 곧 떼를 이루어 시민들의 마레 마그눔(mare magnum, 큰 바다-옮긴이)에 합류하였고, 기회가 있을 때마다

거리로 나가 큰 소리로 새 생명은 진실로 아름답다고 외쳤다.
 어느 날, 얼마 전에 과부가 된 한 부인은, 비록 자신이 죽지 않으면 그렇게 애달파 하며 떠나보냈던 남편을 두 번 다시 볼 수 없다는 생각 때문에 가슴에 약간의 통증을 느끼지 않은 것은 아니지만, 그래도 자신의 존재를 가득 채우는 새로운 기쁨을 달리는 표현할 길이 없어 식당 너머 꽃으로 꾸민 발코니에 국기를 내다 걸 생각을 했다. 이 일은, 흔히 하는 말대로, 말이 떨어지기가 무섭게 실행에 옮겨졌다. 그러자 마흔여덟 시간이 안 되어 국기 게양이 전국으로 퍼져나가, 국기의 색깔과 상징이 풍경을 장악해 버렸다. 물론 이 점은 도시에서 훨씬 더 분명하게 눈에 띄었다. 아무래도 시골보다는 도시에 발코니와 창문이 많기 때문이다. 이런 애국적 열광에 저항하는 것은 불가능했다. 게다가 어디서 나왔는지는 몰라도, 위협적이지는 않았지만 그래도 걱정스럽기는 한 이런 말까지 나도는 판이었으니 말이다. 불멸의 국기를 창문에 걸지 않는 사람은 생명을 누릴 자격이 없다, 국기를 걸지 않는 사람은 배반을 하고 죽음으로 넘어간 거다, 우리와 함께 하자, 애국자가 되자, 깃발을 사자, 하나 더 사자, 하나 더, 생명의 적들을 타도하라, 적들아, 이제 죽음이 없으니 운이 좋은 줄 알아라. 거리는 깃발이 펄럭이는 축제를 방불케 했다. 깃발은 바람이 불면 펄럭였다. 바람이 불지 않으면 세심하게 설치해 놓은 전기 선풍기가 자기 몫을 했다. 선풍기의 힘이 약했기 때문에, 국기가 힘차게 펄럭이며 채찍질하는 듯한 소리를 내 군인 정신이 가득한 사람의 마음을 들뜨게 하는 데까지 이르지는 못했다. 그래도 애국적인 색깔들이 영광스럽게 물결치게 하는 것은 얼마든지 가능했다. 소수의 사람들은 자기들끼리 있을 때면, 이건 지나치다고, 말도 안 된다고, 조만간 그 깃발과 페넌트를 모두 없앨 수밖에 없을 것이라고 수군거리곤 했다. 설탕을 너무 많이 섭취하면 입맛을 버리고 소화도 잘 안 되듯이, 애국의 상징에 대한 우리의 정상적이고 예의 바른 존중도 이렇게 점잖은 사람이 불쾌감을 느낄 정도로 악용되면 결국 조롱으로 바뀌게 될 것이라는 이야기였다. 바바리코트를 입고 다니는 뻔뻔스러운 노출광과 다를 것이 뭐냐는 것이었다. 게다가 죽음이 더는 죽이지 못한다는 사실을 기념하려고 깃발을 건 것이라면 두 가지 가운데 한 가지를 선택할 수밖에 없다. 우리의 국가적 상징이 너무 지겨워져 혐오감을 느끼기 전에 내리거나, 아니면 우리의 여생, 그러니까, 영원, 그래, 영원토록 국기가 비에 젖어 썩거나 바람에 누더기가 되거나 햇빛에 바랠 때마다 갈아주어야 한다는 것이다. 그러나 공개적으로 이런 문제를 지적할 용기가 있는 사람은 거의 없었다. 한 가엾은 사람이 그런 비애국적 흥분 상태를 드러내는 바람에 몰매를 맞고 말았는데, 만일 이해 초에 죽음이 이 나라에서 업무 수행을 멈추지 않았다면 이 가엾은 사람의 목숨은 그때 그 자리에서 끝장이 났을 것이다.

그러나 완벽한 것은 없다. 웃는 사람이 있으면 늘 우는 사람이 있기 때문이다. 그리고 때로는, 현재의 경우처럼, 그들이 웃고 우는 이유가 똑같을 수도 있다. 현재의 상황을 놓고 심각하게 걱정을 하고 있는 몇 가지 중요한 직업 종사자들이 이미 권력자들에게 불만을 토로하고 있었다. 예상할 수 있는 일이지만 첫 번째 공식 민원은 장의업계에서 나왔다. 사업 재료를 무자비하게 박탈당한 장의사들은 두 손으로 머리를 감싸는 고전적인 제스처를 취하며 슬픔에 잠겨 합창으로 울부짖었다. 이제 우리는 어찌 될 것인가. 장의업계의 누구도 피해갈 수 없는 재앙에 가까운 미래 때문에 장의사들은 총회를 소집했으며, 열띤 토론을 벌였지만, 결국 죽음, 이제까지 세대에서 세대로 이어지며 그들의 자연스러운 몫이 되어왔기 때문에 너무나 익숙해져 있던 바로 그 죽음의 협력 거부라는 난공불락의 벽에 부딪히는 바람에 그 결과는 전혀 생산적이지 못했다. 그들은 결국 정부에 문건을 제출하여 배려를 요청하기로 합의를 보았다. 이 문건에는 토론에서 제기되었던 유일하게 건설적인 제안, 아, 건설적이기도 했지만 웃음을 자아내기도 했던 제안이 담겨 있었다. 의장은 미리 말해 두었다, 사람들이 우리를 보고 웃을 거요, 하지만 다른 방법이 없다는 걸 인정해야 하오, 이렇게 되거나 아니면 장의업의 파멸을 맞이하거나 둘 중의 하나요. 문건은 이렇게 이야기하고 있었다, 전국적인 사망 부재 현상 때문에 닥친 심각한 위기에 대처하고자 소집된 임시 총회에서 장의사 대표들은 열띤 공개 토론, 늘 국가 전체의 이익이 가장 중요하다는 점을 잊지 않은 토론 끝에 국가 건립 이후 우리에게 닥친 최악의 집단적 파국으로 역사에 기록될 만한 사태의 참담한 결과를 피하는 것이 아직도 가능하다는 결론에 이르렀습니다. 정부는 앞으로 자연사 또는 사고사 하는 모든 가축의 매장 및 화장을 의무화해야 하며, 규정에 따라 승인을 받아야 하는 그런 매장이나 화장은, 과거 우리의 존경받을 만한 사업이 공공 봉사였음을 고려하여, 장례업계가 담당하게 해야 합니다. 실제로 우리는 오랜 세대에 걸쳐 가장 깊은 의미에서 봉사를 해왔기 때문입니다. 문건은 계속해서 이렇게 말했다. 우리는 우리의 산업에서 이런 중대한 변화가 상당한 재정 투자 없이는 이루어질 수 없다는 사실에 정부의 관심을 촉구하고자 합니다. 인간을 매장하는 일과 고양이나 카나리아, 또는 심지어 서커스의 코끼리나 욕조의 악어를 그 마지막 안식처로 옮겨가는 일이 같을 수가 없기 때문입니다. 그것은 우리의 전통적 기술의 완전한 재조정을 요구합니다. 물론 애완동물 공동묘지가 공식 인가를 받은 이후 우리가 지금까지 쌓아온 경험은 이 필수적인 근대화 과정에 매우 유용할 것입니다. 정리하자면 지금까지는 비록 수익이 많이 나는 분야였다고는 하나 우리 산업에서는 어디까지나 부업에 가까웠던 일이 이제는 우리의 유일한 활동이 될 것이며, 매일 용감하게 죽음의 무시무시한 얼굴과 마주해야 했으나 이제 죽음에게 너무도 부당하게 배신을 당한 수천까지는 아니라 해도 수백 명은 헤아리는 이 이타적이고 용감한 일꾼들의 실직을 최대한 막을 수 있을 것입니다. 따라서 수천 년 동안 공익사업으로 분류되어 온 직업에게 마땅히 주어야 할 보호 장치를 제공한다는 관점에서 긴급히 우리에게 우호적인 결정을 내리고, 나아가서 우리에게 우대 대출을 해주는 문제까지 고려해 줄 것을 총리께 요청합니다. 물론 우대 대출이 아니라 무상 지원을 해준다면 그것은 기본적인 정의의 실현이라고까지 말할 수는 없어도 케이크 위의 장식, 아니 관의 황동 손잡이라고 말할 수는 있을 것입니다. 그런 자금이 들어온다면 현재 역사상 처음으로 존립의 위기를 맞이하고 있는 이 부문의 급속한 원기 회복에 도움이 될 것입니다. 사실 역사 이전에도 우리 산업은 이런 위기를 맞은 적이 없습니다. 선사시대라 하더라도 인간의 주검은 늘 조만간 누군가가 다가와서 묻어주었기 때문입니다. 그렇지 못할 경우에는 너그러운 땅이 스스로 문을 열어 받아주기까지 했던 것입니다. 그럼 우리의 요청이 받아들여지기를 정중하게 희망하며 이만 줄입니다.

국영이건 사설이건 병원의 책임자와 원무과장들도 곧 해당 장관, 정확하게 말하자면 보건부장관과 더불어 다른 관련 정부 부처의 문을 두드리며 걱정과 불안을 쏟아놓기 시작했다. 그들의 걱정과 불안은, 묘하게 보일지 몰라도, 늘 건강 문제보다는 시설 문제를 강조했다. 그들은 환자들이 입원을 하고 회복되거나 죽는 일반적인 순환 과정이, 이렇게 말해도 좋을지 모르지만, 단락(短絡) 상태에 이르렀다고 말했다. 덜 전문적인 용어를 좋아한다면, 병목에 이르렀다고 말할 수도 있었다. 그것은 점점 더 많은 수의 환자들, 병이나 사고의 심각한 상태로 보아 정상적인 경우라면 이미 다음 생으로 넘어갔어야 할 환자들이 무한정 병원에 머물게 되었기 때문이다. 상황은 극히 심각합니다. 우리는 이미 환자를 복도에 내놓기 시작했습니다. 평소에도 그런 일이 생기지만 그런 일이 훨씬 더 자주 생기게 되었다는 것입니다. 모든 것을 고려할 때 일주일이 안 되어 침상 부족 문제에만 부딪히는 것이 아니라, 설사 침상이 있다 해도 그 침상을 어디에 놓아야 할지 모르는 사태에 직면하게 될 것입니다. 복도와 병동이 모두 만원인 상태라 공간이 없고 직원들이 움직이기도 어렵기 때문입니다. 병원을 책임진 사람들은 결론으로 넘어갔다. 하지만 문제를 해결할 방법이 있습니다. 이것은 아주 약간이기는 하지만 히포크라테스 선서를 어기는 일이 되기는 할 것입니다. 그리고 이것은 의학적이거나 행정적인 결정이 아니라 정치적 결단이 될 것입니다. 현명한 조언은 늘 아쉬운 것이기 때문에 보건부장관은 우선 총리의 자문을 구한 뒤에 다음과 같은 공문서를 급히 내려보냈다. 불가피한 병원 초만원 사태는 지금까지 훌륭하게 기능해 온 우리의 병원 체계에 이미 심각한 영향을 주기 시작했다. 이것은 생명이 무기 연장된 상태에서 입원한 환자들의 숫자가 늘면서 생긴 직접적 결과다. 이들은 적어도 의학 연구가 새로운 수준에 이르기 전까지는 치료될, 심지어 조금이라도 나아질 가능성도 없는 상태를 무한정 유지할 것이다. 따라서 정부는 병원의 초만원 사태와 관련하여 병원 이사진과 행정 실무진에게 이런 상태에 있는 환자들의 임상적 상태를 사례별로 엄격하게 분석한 뒤 병의 진행 과정이 역전 불가능하다는 사실이 확정되면 환자를 가족이 보호하도록 인계하고, 병원은 환자의 일반 진료의가 필요하거나 권장할 만하다고 여기는 모든 치료와 검사를 수행할 책임을 완전히 떠맡는 해결책을 권장하고 추천한다. 정부의 결정은 모두가 이해할 만한 가설에 근거하고 있다. 즉 그런 상태, 다시 말해서 죽음을 목전에 두고 있지만 그 죽음이 영원히 다가오지 않는 상태에 있는 환자는 아주 짧은 순간 의식이 명료해진다 하더라도 자신이 있는 장소에 무관심할 것이라는 가설, 죽을 수도 없고 건강을 회복할 수도 없는 한 사랑하는 가족의 품안에 있든 혼잡한 병동에 있든 전혀 상관하지 않을 것이라는 가설이다. 정부는 이 기회를 이용하여 국민에게 조사가 계속 빠른 속도로 이루어지고 있으며, 이 조사의 결과 여전히 수수께끼인 이 죽음의 실종의 원인을 만족스럽게 이해하게 될 것이라고 바라고 믿는다는 사실, 또 다양한 종교 대표자들과 다양한 사상 학파의 철학자들, 다시 말해서 이런 문제에 관해서는 늘 뭔가 할 말이 있는 사람들을 묶어서 커다란 통합 학문적 위원회를 구성할 것이라는 사실도 이야기해 두고자 한다. 이들은 죽음 없는 미래가 어떻게 될 것인가 하는 문제를 숙고하는 동시에 사회가 직면할 새로운 문제들을 합리적으로 예측하는 까다로운 과제를 맡게 될 것이다. 앞으로 닥칠 문제의 핵심은 이런 잔인한 질문으로 요약할 수도 있을 것이다. 지나치게 긴 인생을 살고자 하는 야망을 죽음이 잘라주지 않을 경우 그 노인들을 다 어떻게 할 것이냐.

 제삼 연령기와 제사 연령기 사람들을 위한 집, 콧물을 닦아주고, 지친 괄약근을 돌봐주고, 밤에 일어나 요강을 가져다줄 시간이나 인내심이 없는 가족의 마음의 평화를 위해 마련된 자선기관들도 곧 나서서 병원이나 장의사들이 그랬던 것처럼 통곡의 벽에 머리를 찧었다. 정당하게 평가를 하자면, 우리는 그들이 봉착한 딜레마, 즉 계속 입주자를 받아들일 것이냐 말 것이냐 하는 딜레마가 공정성을 원칙으로 솜씨 좋게 미래를 계획하려는 모든 인적자원 관리자에게 감당하기 어려운 숙제가 되었을 것이라는 사실을 인정해야 한다. 대체로 최종 결과는, 이것이야말로 진짜 딜레마의 특징이지만, 똑같았을 것이기 때문이다. 정맥주사와 자주색 리본이 달린 꽃다발을 애용하는 불만 많은 다른 업계 종사자들과 마찬가지로 제삼 연령기와 제사 연령기 사람들을 위한 집도 지금까지는 삶과 죽음이 계속 이어지는, 아무도 막을 수 없는 확고한 순환에 익숙했다. 누군가가 들어오면 누군가는 나갔다. 따라서 그들이 돌보는 대상이 얼굴이나 몸은 바뀌지 않은 채 날이 갈수록 점점 더 개탄할 만한 상태로 바뀌어가는, 더 쇠약해지고 더 애처롭게 헝클어지는 상황이 올 것이라고는 상상조차 하지 못했다. 노인들의 얼굴은 계속 꾸준하게 쭈그러들어 건포도처럼 주름이 늘어나고, 팔다리는 뱃전 너머로 떨어진 나침반을 찾느라 헛고생을 하는 배처럼 떨리고 주춤거렸다. 이 석양의 집에서는 새로운 손님이 늘 축하를 할 만한 대상이었다. 기억에 박아두어야 할 새로운 이름이 생긴다는 뜻이고, 외부 세계로부터 특수한 습관이 들어온다는 뜻이고, 혼자만 가지고 있는 엉뚱함이 따라온다는 뜻이었기 때문이다. 한 퇴직 공무원은 솔들 사이에 치약 찌꺼기가 끼어 있는 꼴을 못 본다는 이유로 매일 칫솔을 북북 문질렀다. 어떤 노부인은 가계도를 그렸지만 빈칸에 적어 넣을 이름은 기억하지를 못했다. 몇 주 동안, 일상이 관심의 양을 모든 입주자들에게 다시 고르게 나누기까지, 새로운 손님은 그의 삶에서 마지막으로 신참, 젊은이가 된다. 그 삶이 영원처럼 길게 지속된다 해도 마찬가지다. 이제 실제로 영원이, 사람들이 흔히 태양에 대해 말하듯이, 이 운 좋은 나라의 모든 사람들에게 비추게 되었다. 우리는 모두 매일 태양이 지는 것을 보면서 계속 살게 될 것이다. 아무도 그 이유나 경위를 모르지만. 어쨌든 이제는 새로운 손님이 빈자리를 채우거나 기관의 수입을 올려주러 온다 해도, 그 운명은 미리 알려져 있습니다. 우리는 좋았던 옛 시절에 그랬던 것처럼 그가 이곳을 떠나 집이나 병원에서 죽는 것을 보지 못합니다. 예전에 그런 일이 생기면 다른 입주자들이 서둘러 방문을 닫아걸었습니다. 죽음이 들어와 자신도 데려가지 않게 하려는 것이었지요. 그래요, 우리도 압니다. 이제 그것은 과거, 다시 돌아오지 않을 과거의 일입니다. 이제 정부의 누군가가 우리, 이런 석양의 집의 소유자, 관리자, 직원들의 운명을 생각해 주어야 합니다. 우리를 기다리는 운명이란 일을 그만두는 순간이 되었을 때 우리를 거두어줄 사람이 없을 거라는 점입니다, 우리는 사실 어떤 면에서는 우리 것이기도 한 것, 적어도 우리가 그곳에서 일한 세월을 생각할 때 우리 것이라고 할 수 있는 것의 주인이 아닙니다. 이제 직원들이 말할 차례였다, 지금 우리가 말하고자 하는 점은 석양의 집에 우리 같은 사람들을 위한 공간이 없을 거라는 이야기입니다, 입주자 몇 명을 없애지 못한다면 말입니다, 그 점을 잊지 말아야 합니다, 병원에 환자가 넘쳐나는 문제에 관한 토론 뒤에 정부도 그렇게 생각을 했지요, 정부는 이렇게 말했습니다, 가족이 자신의 의무를 다시 떠맡아야 한다, 그러나 그런 일이 가능하려면 가족 가운데 지능이나 신체적 에너지가 어느 정도 갖추어진 구성원이 한 명은 있어야 합니다, 그러나 그런 지능이나 신체적 능력의 유효기간은 우리 자신의 경험과 세상이 우리에게 보여주는 것에서 알 수 있듯이, 최근에 시작된 이 영원에 견주면 숨 한 번 쉴 시간에 불과할 만큼 짧습니다, 어쨌든 누군가 더 좋은 생각을 내놓지 못한다면, 유일한 방법은 석양의 집을 더 많이 만드는 것입니다, 그러나 지금까지 해왔던 것처럼 좋은 시절이 지난 주택이나 저택을 재활용하는 것이 아니라, 무에서부터 거대한 건물을 새로 지어야 합니다, 예를 들어 펜타곤이나 바벨탑이나 크노소스의 미로 같은 형태로 짓는 것이지요, 한 지구에서 시작하여 도시로, 거기서 대도시로 다시 확장해야 합니다, 더 노골적으로 말하자면, 산 자들의 공동묘지를 지어 그곳에서 끊어버릴 수도 없는 운명적인 노년을 신이 원하실 만한 방법으로 돌보아주어야 합니다, 그들의 날이 언제 끝이 날지 모르기 때문에, 언제까지 그렇게 해야 할지는 모르지만, 문제의 핵심은, 우리는 이 점에 관련 당국의 관심을 촉구하는 것이 우리의 의무라고 느끼거니와, 문제의 핵심은, 시간이 흐르면서 이런 석양의 집에 사는 나이 든 사람들의 숫자가 늘어날 뿐 아니라, 그들을 돌보는 사람들도 더 많이 필요하게 될 것이라는 점입니다, 그 결과 긴 삼각형 모양의 연령 분포도가 곧 거꾸로 뒤집혀, 꼭대기에 있는 점점 늘어나는 엄청난 수의 노인들이 거대한 뱀처럼 새로운 세대들을 삼킬 것입니다, 새로운 세대들은 대부분 이런 석양의 집에서 간호 또는 행정 일꾼으로 일해야 할 것입니다, 그들은 정상적인 연령의 노인이든 므두셀라(「창세기」에 나오는 969세까지 살았다는 사람—옮긴이) 같은 노인이든 다양한 나이의 늙은이들, 수많은 부모, 조부모, 증조부모, 고조부모, 오대조부모 등등 무한한 노인들을 모시는 일로 인생의 좋은 시절을 보낸 뒤, 이제 그들의 차례가 오면 또 다른 세대의 머리 위에 주저앉게 될 것입니다, 마치 지난 가을의 낙엽 위에 다시 떨어지는 낙엽처럼 말입니다, 메 주 송 레 네주 당탕(mais où sont les neiges dantan, 프랑수아 비용의 「지난 시절의 미녀들을 위한 노래(*Ballade des Dames du Temps Jadis*)」에 나오는 후렴구로 "지난해의 눈은 어디로 갔나" 하는 뜻—옮긴이), 이와 머리카락을 잃어가면서 조금씩 생명을 소비하는 사람들의 끝도 없는 무리, 눈도 나쁘고 귀도 나쁜 사람들의 군단, 탈장, 감기에 걸린 사람들, 골반 골절이나 하반신 마비로

고생하는 사람들, 턱으로 흘러내리는 침을 멈추지도 못하면서 이제 불멸의 존재가 되어버린 노인병 환자들, 여러분, 정부에 계신 여러분은 우리 말을 믿고 싶지 않을지도 모릅니다, 하지만 그런 미래는 이제까지 인간을 엄습한 악몽 가운데도 최악의 악몽일 것입니다, 그런 일은 오직 두려움과 떨림만 존재했던 어두운 동굴에서도 일어난 적이 없을 것입니다, 이 말을 하고 있는 우리는 최초의 석양의 집을 경험한 사람들입니다, 그 시절에는 물론 모든 것이 아주 소규모였습니다, 하지만 우리는 상상력을 발휘해야 합니다, 아주 솔직히 말해서, 총리 각하, 가슴에 손을 얹고 말하건대, 그런 운명을 겪느니 차라리 죽음이 낫습니다.

우리 업계의 생존을 위태롭게 만드는 무시무시한 위협이 다가오고 있습니다, 보험연합의 회장은 언론에 그렇게 밝혔다. 지난 며칠 동안 보험회사로 쏟아져 들어오고 있는 편지들, 마치 하나의 초안을 베낀 듯 대체로 똑같은 표현으로 작성된 수많은 편지들을 가리키는 말이었다. 그 편지들은 모두 편지를 쓴 사람의 생명보험 계약의 즉시 해지를 요구하고 있었다. 이 편지들은 죽음이 스스로 활동을 중단했다는 잘 알려진 사실을 고려할 때 아무런 보상의 기약도 없이 엄청난 보험금을 계속 내서 보험회사만 더 부자로 만들어주는 것은, 완전히 멍청한 짓이라고까지는 말 못 해도 불합리한 짓이라고는 말할 수 있다고 주장했다. 난 하수구에 돈을 쏟아부을 생각이 없소, 특히 불만이 많은 듯한 보험계약자는 추신에 그렇게 적었다. 어떤 사람들은 한 걸음 더 나아가 이미 낸 돈의 반환을 요구하기도 했지만, 이런 것은 어둠에 대고 칼을 푹 찔러보는 것, 자신의 운을 시험해 보는 행동이 분명했다. 기자들이 던질 수밖에 없는 질문, 보험회사가 어떻게 이런 중화기의 갑작스런 일제 공격을 막아낼 것이냐 하는 질문에 연합회장은 이렇게 대답했다. 지금 이 순간에 우리 법률 자문들이 보험 계약서의 작은 활자들을 꼼꼼히 살피고 있습니다, 물론 법은 글자 그대로 철저하게 지키면서도 이 이단적인 보험계약자들이, 설사 그들의 바람과는 다르다 해도, 그들이 살아 있는 동안, 그러니까 영원토록 보험료를 계속 지불해야 한다는 의무를 강요할 수 있는 해석상의 구멍을 찾으려는 것이죠, 하지만 더 가능성이 높은 것은 합의, 신사협정에 이르는 것입니다. 그것은 아마 보험계약서에 짧은 추가 약정을 첨부하는 방식이 될 겁니다, 한쪽 눈으로는 현재의 상황을 교정하는 쪽을 바라보면서 동시에 다른 쪽 눈으로는 미래를 바라보는 추가 약정 말입니다, 다시 말해서 의무적인 사망 연령을 여든으로 설정하는 내용이지요, 아 물론 비유적인 의미에서 그렇다는 겁니다, 회장은 얼른 마지막 말을 덧붙이며 자비롭게 웃음을 지었다. 이렇게 하면 보험회사는 정상적으로 보험료를 받고, 행복한 보험계약자는 여든 살 생일을 축하하는 날 이제 실질적으로 죽은 사람이 되었으므로 계약서에 명기된 금액 전액을 즉시 지급받을 수 있습니다. 회장은 또 덧붙였다, 만일 고객이 원한다면 다시 팔십 년간 계약 갱신을 할 수 있다는 것도 큰 장점이 될 겁니다. 그 기간이 끝난 뒤에 그들은 다시 두 번째 죽음을 맞이하고, 이전의 과정을 되풀이하게 되는 거예요. 그런 식으로 계속 이어나갈 수 있는 것이지요. 자신의 보험을 계산해 본 기자들이 감탄하며 웅성거렸고 잠깐 박수갈채가 터져 나오기도 했다. 회장은 잠깐 고개를 끄덕여 인사를 했다. 전략적으로나 전술적으로나 그 대응은 완벽했다. 얼마나 완벽했던지 바로 다음 날 이전에 보낸 편지는 무효임을 밝히는 편지들이 보험회사로 다시 쏟아져 들어오기 시작했다. 모든 보험 계약자들은 회장이 제안한 신사협정을 받아들일 준비가 되어 있다고 밝혔다. 한 사람은 심지어 전혀 과장의 기색 없이, 이것이야말로 아무도 손해를 보지 않고 모두가 이익을 얻는 아주 드문 경우라고 말하기까지 했다. 특히 아슬아슬하게 파국을 피한 보험회사들이야말로 큰 이익을 얻은 셈이었다. 따라서 자신의 직무를 멋지게 이행한 현 연합회장은 연임을 위한 확실한 발판을 마련한 것이나 다름없었다.

통합 학문적 위원회의 첫 회의에 관해서는 무슨 이야기라도 할 수 있겠지만, 잘 되었다는 이야기만큼은 할 수 없을 것이다. 책임, 여기서도 그런 무거운 표현을 쓸 수 있다면, 그 책임은 석양의 집들이 정부에 보낸 그 극적인 각서에 있다. 특히 마지막의 불길한 말, 총리 각하, 가슴에 손을 얹고 말하건대, 그런 운명을 겪느니 차라리 죽음이 낫습니다, 하는 말. 철학자들은 여느 때와 마찬가지로 얼굴을 찌푸리는 비관주의자와 웃음을 짓는 낙관주의자들로 나뉘어 잔의 물이 반이 찼느냐 반이 비었느냐를 놓고 고대로부터 시작하여 벌써 몇 번째인지도 모르는 논쟁을 다시 시작할 참이었다. 그 논쟁은 그들이 모여서 논의하게 된 주제와 관련하여 표현을 해보자면, 죽는 것과 영원히 사는 것의 장단점을 따져보는 문제로 요약을 할 수 있을 것이다. 반면 종교계 대표들은 처음부터 연합 전선을 결성하여 논쟁을 그들에게 관심이 있는 변증의 영역으로 한정하고 싶어했다. 즉 죽음이 신의 왕국의 존재에 근본적이며, 따라서 죽음이 없는 미래에 관하여 토론을 한다는 것 자체가 신성모독일 뿐 아니라 터무니없는 일임을 공개적으로 인정해야 한다고 주장한다. 그런 미래가 불가피하게 신의 부재, 아니 실종을 전제하기 때문이라는 이야기였다. 이것은 새로운 태도는 아니었다. 추기경 자신이 총리와 전화 통화를 하면서, 비록 구구절절이 늘어놓지는 않았지만, 죽음이 없으면 부활도 있을 수 없고, 부활이 없으면 교회가 존재하는 의미도 없다는 사실을 인정했을 때, 이 있을 수 없는 일의 신학적 함의를 이미 드러낸 바 있다. 죽음은 신이 자신의 왕국으로 이르는 길을 갈아 젖히기 위해 사용할 수 있는 유일한 농기구임이 분명하므로, 이제 논란의 여지없는 분명한 결론은 모든 거룩한 이야기가 불가피하게 막다른 골목에 이를 수밖에 없다는 것이다. 이런 신랄한 주장은 비관적 철학자 가운데 가장 연장자의 입에서 나왔는데, 그는 여기서 그치지 않고 한술 더 떴다, 마음에 들든 들지 않든 모든 종교의 존재를 정당화하는 유일한 근거는 죽음이오, 우리가 먹을 빵을 필요로 하는 만큼이나 종교는 죽음을 필요로 하오. 종교계 대표들은 굳이 이의를 제기하지 않았다. 오히려 그 가운데 한 사람, 가톨릭 쪽에서 큰 존경을 받는 대표는 이렇게 말하기까지 했다, 선생 말이 절대적으로 옳소이다, 그것이 물론 우리가 존재하는 이유이지요. 사실 그래서 사람들이 평생 두려움을 올가미처럼 목에 걸고 사는 것 아니겠습니까. 그 때문에 모두들 자신의 때가 오면 죽음을 해방으로 환영하게 되는 것이고요. 천국을 말씀하시는 거로군요. 천국이든 지옥이든, 또는 아무것도 없든, 죽음 뒤에 일어나는 일은 사실 일반적으로 생각하는 것만큼 우리한테 중요하지 않지요. 종교란, 선생, 이 땅의 문제입니다. 하늘나라와는 아무런 관련이 없지요. 우리가 평소에 듣는 이야기하고는 다른데요. 우리도 상품이 매력적으로 보이도록 어떤 식으로든 꾸미기는 해야 하니까요. 그러니까 영생을 믿지 않으신다는 뜻입니까. 믿는 척하지요. 잠시 아무도 말을 하지 않았다. 비관주의자 가운데 연장자의 얼굴 가득 심술궂은 웃음이 퍼져나갔다. 특별히 까다로운 실험에 성공의 왕관이 놓이는 것을 눈앞에서 본 듯한 사람의 태도였다. 낙관주의 쪽의 한 철학자가 나섰다. 그렇다면 죽음이 끝났다는 사실에 왜 그렇게 경계심을 갖는 겁니까. 끝났는지 아닌지는 모르지요, 다만 죽음이 죽이는 일을 중단했다는 것만 알 뿐이지요, 그 두 가지는 다릅니다. 동의합니다, 하지만 제 의문은 풀린 것이 아니기 때문에 똑같은 질문을 다시 하고 싶습니다. 만일 인간이 죽지 않는다면 모든 것이 허용될 겁니다. 그게 나쁜 일일까요. 나이 든 철학자가 물었다. 아무것도 허용되지 않는 것만큼이나 나쁘지요. 다시 정적이 흘렀다. 원탁에 둘러앉은 여덟 사람은 죽음이 없는 미래를 생각해 보고, 기존의 문제들이 불가피하게 악화된다는 사실은 제쳐놓고 사회에 나타날 새로운 문제들이 무엇일지 현재의 정보에 근거하여 현실적인 예측을 해달라는 요청을 받았다. 문제는 미래가 이미 여기 와 있다는 거요, 비관주의자 한 사람이 말했다, 우리 앞에는 무엇보다도 이른바 석양의 집, 또 병원, 장의사, 보험회사들이 작성한 각서가 있소, 언제 어떤 상황에서도 이윤을 만들어낼 방도를 찾는 보험회사를 제외한 나머지 경우에 관해서 말하자면, 전망이 단지 우울한 것이 아니라 끔찍하다는 것, 재앙에 가깝다는 것을 인정할 수밖에 없소, 어떤 터무니없는 상상으로도 꾸며내지 못했을 만큼 위험하오. 그러자 신교 부문에서 매우 존경을 받는 대표가 말했다, 비꼬는 투로 들리지 않기를 바랍니다만, 이런 상황에서 비꼰다는 것은 지독한 악취 미겠지요, 어쨌든 내가 보기에 이 위원회는 태어나기 전에 이미 죽은 것과 다름없습니다. 석양의 집 말이 맞아요, 그런 운명을 겪느니 차라리 죽음이 낫습니다, 가톨릭 대변인이 말했다. 그럼 우리더러 어쩌란 말입니까, 비관주의자 가운데 연장자가 물었다, 이 위원회를 즉시 해체하는 것 말고 말이오, 당신은 아마 그걸 원하나 본데. 로마 가톨릭교회 대표가 말했다, 우리는 전국 기도 운동을 전개할 겁니다, 하느님께 죽음을 얼른 돌려 달라고, 그래서 불쌍한 인류를 최악의 공포로부터 구해 달라고 기도할 겁니다. 하느님이 죽음에게 이래라 저래라 할 권한이 있나요, 낙관주의자 한 사람이 물었다. 둘은 동전의 양면이지요, 한 면에는 왕이 있고, 다른 면에는 왕관이 있는 겁니다. 그렇다면 죽음에게 물러나라고 명령한 것도 하느님이겠군요. 언젠가는 왜 하느님이 우리에게 이런 시험을 내리셨는지 알게 되겠지요, 그때까지는 묵주를 만지며 기도를 할 겁니다. 우리도 마찬가지입니다, 우리도 기도를 할 거란 뜻입니다, 물론 묵주는 안 만지지만요, 신교도가 웃음을 지었다. 우리는 또 전국에서 행렬을 조직해 죽음에게 돌아올 것을 요구하겠습니다, 아드 페텐담 플루비암, 그러니까 비를 내려달라고 그렇게 했던 것처럼 말입니다, 가톨릭교도는 그렇게 번역까지 해주며 말했다. 우리는 그렇게까지는 하지 않을 겁니다, 그런 행렬은 우리의 관습은 아니었으니까요, 신교도가 말하면서 다시 웃음을 지었다. 그럼 우린 어쩝니까, 낙관주의적 철학자 한 사람이 당장이라도 반대 진영으로 넘어갈 것 같은 목소리로 말했다, 우린 이제 어떡하냔 말입니다, 우리 앞의 모든 문이 닫혀 있는 것 같은데. 우선, 나이가 가장 많은 철학자가 대답했다, 이 회의를 폐회합시다, 그런 다음에는요. 계속 철학적 사유를 하는 것이지요, 우린 그렇게 하려고 태어난 것이니까, 설사 우리가 철학적으로 사유할 것이 공허밖에 없다 해도. 무엇을 위해서요. 나도 무엇을 위해서인지는 모르겠소. 좋습니다, 그럼, 왜냐고 물어볼까요. 철학은 종교와 마찬가지로 죽음을 필요로 하기 때문이오, 우리는 죽는다는 걸 알기 위해 철학을 하는 거잖소, 몽테뉴 선생이 말씀하셨듯이, 철학을 한다는 건 죽는 방법을 배우는 거요.

그러나 철학자가 아닌 사람들, 적어도 이 말의 일반적인 의미에서는 철학자가 아닌 사람들 가운데도 몇 사람은 죽음으로 가는 길을 알게 되었다. 그렇다고 죽는 방법을 배운 것은 아니다. 아직 그들의 때가 오지 않았기 때문이다. 그들은 역설적으로 죽음을 도와 다른 사람들이 편하게 죽게 해주는 방법을 배웠다. 그들이 사용한 방법은, 곧 알게 되겠지만, 창안의 재주라는 면에서 인류의 무궁무진한 능력을 또 한 번 보여주는 것이었다. 이웃나라 한 곳과 맞닿은 국경으로부터 몇 킬로미터 떨어지지 않은 어떤 마을에 가난한 시골 사람들이 살았다. 그들은 무슨 죄를 지었는지, 생명의 무기 연장 상태, 또는 사람들이 더 애용하는 표현으로 하자면 죽음 억제 상태에 있는 가족이 하나가 아니라 둘이었다. 그들 가운데 하나는 구식의 할아버지였다. 억센 가부장이지만 병 때문에 그림자에 불과한 존재로 축소되어 버린 사람이었다. 그러나 아직 말을 할 힘마저 완전히 빼앗기지는 않았다. 또 하나는 아직 삶이나 죽음에 해당하는 말조차 가르치지 못한, 태어난 지 이제 몇 달밖에 안 된 아이로, 죽음은 이 아이 앞에도 모습을 드러내려 하지 않았다. 둘 다 죽은 것도 산 것도 아니었다. 일주일에 한 번 그들을 찾아오는 시골의사는 좋은 쪽으로든 나쁜 쪽으로든 그들에게 해줄 수 있는 것이 없다고 말했다. 얼마 전까지만 해도 그들에게 친절하게 치명적인 약을 주사하는 것이 이런 문제의 근본적인 해결책이 되었겠지만, 지금은 그것도 소용이 없었다. 기껏해야 예전에 죽음이 있었을 만한 곳을 향해 환자들을 더 밀어붙이는 정도였다. 그런 것은 소용없었다.

쓸모없었다. 마지막 순간에 죽음은 한 걸음 물러나 다시 영원히 닿을 수 없는 자리에 가 있었기 때문이다. 가족은 사제에게 도움을 청하러 갔다. 사제는 이야기를 듣더니 하늘을 향해 눈을 들어 올리며 말했다, 우리 모두 하느님의 손 안에 있소, 하느님의 자비는 무한하오. 글쎄, 얼마나 무한한지는 몰라도, 이 세상에서 아무런 잘못을 한 적이 없는 가엾은 어린아이를 도울 만큼 무한하지는 않은 모양이었다. 바로 그런 상황, 앞으로 전진할 방법은 없고, 문제의 해법도 없고, 해법을 찾을 희망도 없는 상황이었다. 그때 노인이 말했다, 누구 이리 좀 와봐라. 왜, 목이 마르세요, 딸 하나가 물었다. 아니, 물이 먹고 싶은 게 아니라 죽고 싶다. 의사 말이 그건 불가능하대요, 아빠, 아시잖아요, 이젠 아무도 안 죽어요. 그 의사는 자기가 무슨 소리를 하는지도 모르는 게야, 세상이 세상인 이래로 늘 죽을 시간과 자리는 있었어. 이제 안 그렇다니까요. 그렇지 않아. 진정하세요, 아빠, 열이 더 나잖아요. 난 열병에 걸린 게 아냐, 설사 열병에 걸렸다 해도 상관없어, 내 얘기나 잘 들어. 알았어요, 듣고 있어요. 더 가까이 와, 내 목소리가 바닥나기 전에. 무슨 얘긴데요. 노인은 딸의 귀에 대고 몇 마디 소곤거렸다. 딸은 고개를 저었다. 그러나 노인은 계속 고집을 부렸다. 그런다고 뭐가 해결되는 건 아니에요, 아빠, 딸이 놀라고 겁에 질려 창백한 얼굴로 더듬거렸다. 해결돼. 안 되면요. 그래도 잃을 건 없잖아. 소용이 없으면 어떡해요. 간단해, 그냥 나를 집으로 다시 데려오면 되잖아. 아이는요. 아이도

48

함께 가는 거야, 내가 거기 그대로 있으면 아이도 나와 함께 있는 거야. 딸은 생각을 해보려 했다. 서로 갈등하는 감정들이 딸의 얼굴에 선명하게 나타났다. 이윽고 딸이 물었다, 왜 다 이리로 데려와서 여기서 장사 지내면 안 돼요. 그게 사람들 눈에 어떻게 보일지 상상해 봐라, 아무리 노력해도 죽을 수 없는 나라에서 둘이나 죽는 걸 말이다, 그걸 어떻게 설명할 수 있겠냐, 게다가 현재 되어가는 꼴을 보아하니 죽음이 우리가 돌아오는 걸 허락할지 어떨지도 모르겠다. 그래도 그건 미친 짓이에요, 아빠. 그럴지도 모르지, 하지만 이런 꼴에서 벗어날 다른 방법을 모르겠구나. 우린 아빠가 죽는 것이 아니라 살아 계시기를 바라요. 그래, 하지만 지금 이런 꼴로 살아 있는 걸 바라는 건 아니잖냐, 지금은 살아 있지만 죽은 거고, 죽었지만 산 것처럼 보이는 거지. 정말로 그게 아빠가 원하시는 거라면 말씀하시는 대로 할게요. 내게 입 맞춰다오. 딸은 노인의 이마에 입을 맞추고 울면서 방을 나갔다. 딸은 여전히 눈물범벅인 채 나머지 가족에게 가서 아버지의 계획을 이야기했다. 바로 그날 밤에 자신을 데리고 국경을 넘으라는 것이었다. 그곳은 여전히 죽음이 기능을 하고 있으니, 노인은 그곳에 가면 죽음도 자신을 받아들일 수밖에 없을 것이라고 보았다. 나머지 가족은 자부심과 체념이 복잡하게 뒤섞인 마음으로 그 말을 받아들였다. 자꾸 피해 다니기만 하는 죽음을 늙은 사람이 직접 찾아가 자신의 의지에 따라 자신을 내어주는 것이 매일 있는 일은 아니기 때문에 자부심을 느꼈다. 또 어느 쪽이든 잃을 것이 없기 때문에 체념을 했다. 무엇을 할 수 있겠는가, 운명과 싸울 수는 없지 않은가, 하는 마음이었다. 사람이 인생에서 모든 것을 가질 수는 없다는 말이 있다. 이 용기 있는 노인은 가난하고 정직한 가족밖에 남길 것이 없지만, 이 가족은 존경하는 마음으로 노인을 기억할 것이 틀림없다. 이 가족에는 방금 울면서 방을 나간 딸과 이 세상에서 아무런 잘못을 한 적이 없는 아이만 있는 것이 아니었다. 다른 딸과 사위도 있었다. 이들은 자식 셋을 두었는데 다행히도 모두 건강했다. 그 외에도 결혼할 나이가 오래전에 지난 노처녀 고모도 있었다. 다른 사위, 그러니까 울면서 방을 나간 딸의 남편은 먼 땅에서 살고 있다. 먹고살려고 이민을 간 것이다. 그 사위는 내일이면 자신의 하나뿐인 자식과 사랑하던 장인이 죽었다는 사실을 알게 될 것이다. 인생이 그렇다. 어느 날 한 손으로는 뭘 주고, 다른 손으로는 또 그것을 가져간다. 시골에 사는 이 가족, 아마도 이제 두 번 다시 못 볼 이 가족의 이야기가 얼마나 하찮아 보일지 누구보다 우리가 잘 알고 있다. 그러나 순수하게 기술적인, 서술적인 관점에서 보더라도 죽음과 그녀의 엉뚱한 짓에 관한 이 진실하면서도 진실하지 않은 이야기에서 가장 극적인 에피소드로 꼽을 만한 대목의 주인공들이 될 사람들의 이야기를 두 줄로 처리하고 끝낸다는 것은 우리에게 부당한 일로 보였다. 그래서 이 가족의 이야기는 계속된다. 하마터면 노처녀 고모가 의심을 드러낸 일을 이야기하지 않고 넘어갈 뻔했다. 이웃들이 뭐라겠니, 고모가 물었다, 죽음의 문턱에 있으면서도 그걸 넘지 못했던 이 두 사람이 없는 걸 알면 말이다. 노처녀 고모는 보통 이런 식으로 점잔 빼며 둘러말하지 않는다. 하지만 지금 그렇게 한 것은 울음이 터져 나올까 겁이 나서다. 이 노처녀 고모는 이 세상에서 아무런 잘못도 하지 않은 아이의 이름을 말하거나 오빠라는 말을 입에서 꺼냈으면 틀림없이 울음을 터뜨렸을 것이다. 세 자녀의 아버지가 말했다, 그냥 솔직히 말하고 결과를 기다리죠 뭐, 아마 당국에 알리지도 않고 공동묘지 바깥에 몰래 매장을 했다고 뭐라고 욕을 할 겁니다, 게다가 다른 나라에 묻었다고요. 그래, 그것 가지고 서로 전쟁이나 벌이지 말기나 바라자, 고모가 말했다.

그들은 거의 자정이 다 되어 국경으로 출발했다. 마을의 다른 사람들은 이상한 일이 벌어질 것이라고 짐작이라도 했는지 평소보다 늦게 잠자리에 들었다. 마침내 정적이 거리를 지배하게 되었다. 하나둘씩 불이 꺼졌다. 그들은 우선 노새를 수레에 묶었다. 그런 다음 사위와 두 딸은 노인을 아래층으로 옮겼다. 노인은 무게가 얼마 나가지 않았음에도 옮기기가 쉽지 않았다. 노인은 삽과 괭이를 가져가느냐고 물었고 사위와 딸은 대답했다, 가져왔어요, 걱정 마세요. 이윽고 한 딸이 위층으로 올라가 아이를 품에 안고 말했다, 잘 가라, 두 번 다시 너를 못 보겠구나. 그러나 이것은 사실이 아니었다. 아이 어머니도 자매 부부와 함께 수레를 타게 되었던 것이다. 필요한 일을 하는 데 적어도 세 사람은 필요했기 때문이다. 노처녀 고모는 다시는 돌아오지 않을 여행자들에게 작별 인사를 하지 않는 쪽을 택했다. 그냥 아이들과 함께 방에 들어가 문을 닫고 있었다. 수레바퀴의 금속 테두리가 도로의 울퉁불퉁한 표면에서 끔찍한 소리를 내면 호기심 많은 이웃이 이 시간에 누가 어디를 가는지 궁금해 창밖을 내다볼 위험이 있었기 때문에 그들은 좁은 흙길을 따라 가기로 했다. 그 길을 한참 따라가자 마침내 마을 너머의 도로에 이르게 되었다. 국경에서 별로 멀지 않은 곳이었다. 그러나 문제는 도로가 그들을 국경 너머로 데려다 주지 않는다는 것이었다. 어느 정도 가서는 도로를 버리고 수레가 간신히 통과할 만한 좁은 길을 따라가야 하고, 마지막에는 관목들을 헤치고 걸어가야 했다. 할아버지는 업든가 해야 할 판이었다. 다행히도 사위가 이 지역을 아주 잘 알았다. 사냥꾼으로서 좁은 길을 따라 자주 돌아다녔을 뿐 아니라, 아마추어 밀수꾼으로서도 종종 그 길을 애용했기 때문이다. 수레를 놓아두고 가야 할 곳까지 가려면 거의 두 시간이 걸렸다. 그 순간 사위의 머릿속에 노새의 튼튼한 두 다리를 믿고 할아버지를 노새 등에 태우자는 생각이 떠올랐다. 그들은 노새에게서 수레를 풀고, 필요 없는 마구는 떼어내고, 안간힘을 써서 노인을 노새에 태우려 했다. 두 여자는 울고 있었다. 아, 가엾은 아버지, 오, 불쌍한 아버지. 울음 때문에 그들에게 남아 있던 얼마 안 되는 힘마저 빠져나갔다. 가엾은 노인은 이제 반쯤 의식을 잃었다. 죽음의 첫 번째 문턱을 이미 넘고 있는 것 같았다. 못 하겠어, 사위가 절망에 빠져 소리쳤다. 그 순간 갑자기 자기가 먼저 노새에 올라타고 나서 노인을 노새의 양 어깨 사이로 끌어올리면 되겠다는 생각이 들었다. 내가 안고 가야겠어, 다른 방법이 없어, 두 사람은 밑에서 도와주세요. 아이 어머니는 수레로 가서 아이가 담요를 잘 덮고 있는지 확인했다. 가엾은 어린것이 감기에 걸리는 것을 원치 않았기 때문이다. 아이 어머니는 다시 언니를 도우러 갔다. 하나, 둘, 셋. 그들은 입을 모아 그렇게 말했지만, 아무런 도움이 되지 않았다. 아버지의 몸은 이제 납덩어리 같았다. 땅에서 간신히 조금 들어올릴 수 있을 뿐이었다. 그 순간 특별한 일이 벌어졌다. 일종의 기적, 불가사의, 경이가 나타난 것이다. 마치 중력의 법칙이 잠시 중단된 것처럼, 또는 거꾸로 작동하여 끌어내리는 것이 아니라 밀어 올리는 것처럼, 할아버지는 부드럽게 딸들의 손에서 미끄러지더니 저절로 공중에 떠서 사위의 품에 안겼다. 밤이 시작될 때부터 묵직하고 위협적인 구름에 덮여 있던 하늘이 갑자기 맑아지며 달이 드러났다. 이제 갈 수 있겠네, 사위가 아내에게 말했다, 당신이 노새를 끌어. 아이 어머니는 아들을 보려고 담요를 약간 걷었다. 감은 눈꺼풀이 작고 희뿌연 얼룩 같았다. 얼굴은 흐릿하게 번져 보였다. 순간 아이 어머니는 비명을 질렀다. 비명은 주위의 공기를 날카롭게 꿰뚫었고, 굴의 짐승들이 몸을 떨었다. 내 손으로 아이를 건너편으로 데려갈 수는 없어, 죽음에게 내주려고 이 아이를 낳은 게 아니야, 두 사람이 아빠를 데려가요, 나는 여기 그냥 있을래. 언니가 다가오더니 물었다. 그럼 해마다 아이가 죽어가는 모습을 지켜볼 거야. 그렇게 쉽게 말하지 마, 언니한테는 건강한 자식이 셋이나 있잖아. 하지만 난 네 자식을 내 자식이나 다름없이 보살폈어. 그럼 언니가 데려가, 난 못 데려가니까. 난 안 돼, 그건 애를 죽이는 거나 다름없으니까. 무슨 차이가 있어. 어떤 사람을 죽음에게 데려가는 거하고 죽이는 건 완전히 다른 거야, 이 아이 엄마는 내가 아니라 너야. 언니 같으면 언니 자식 가운데 하나라도 데려갈 수 있겠어, 아님 다라도. 그래, 데려갈 수 있을 것 같아, 하지만 맹세는 못해. 그럼 내가 맞는 거네. 정 그렇다면, 여기서 기다려, 우리가 아빠를 모셔갈 테니까. 언니는 노새에게 다가가 고삐를 잡으며 말했다, 갈까. 남편이 대답했다, 그래, 하지만 아주 천천히 가야 돼, 장인이 미끄러져 떨어지면 안 되니까. 보름달이 빛나고 있었다. 저 앞쪽 어딘가에 국경, 오직 지도에서만 눈에 보이는 선이 있었다. 국경에 다 왔는지 안 왔는지 어떻게 알지, 여자가 물었다. 장인이 아실 거야. 여자는 그 말뜻을 이해하고 더 묻지 않았다. 그들은 계속 나아갔다. 백 미터, 열 걸음. 갑자기 남자가 말했다, 도착했어. 끝난 거야. 응. 그들 뒤에서 그 말을 따라하는 목소리가 있었다, 끝났어. 아이 어머니는 마지막으로 왼팔로 죽은 아들을 꼭 끌어안았다. 오른쪽 어깨에는 앞의 두 사람이 잊고 온 삽과 괭이가 있었기 때문이다. 조금만 더 가지, 저기 저 물푸레나무가 있는 곳까지, 사위가 말했다. 멀리 언덕 위에 마을의 불빛들이 보였다. 노새가 발을 딛는 품으로 보아

땅이 부드럽다는 것을 알 수 있었다. 파기 쉬울 것 같았다. 여기가 좋을 것 같아, 남자가 말했다. 꽃을 가지고 올 때 이 나무를 보고 위치를 확인할 수 있을 거야. 아이 어머니는 삽과 괭이를 땅에 내려놓고 아이를 살며시 바닥에 눕혔다. 두 자매는 미끄러지지 않도록 애를 쓰면서 아버지의 시신을 받아들었다. 자매는 노새에서 내리는 남자의 도움을 기다리지도 않고 시신을 손자의 주검 옆에 옮겨놓았다. 아이 어머니는 흐느끼면서 계속 같은 말을 되풀이했다, 내 아들아, 아버지. 언니가 다가와 끌어안더니 울면서 말했다, 이게 나아, 이게 나아, 이 가엾은 이들은 살아도 산 게 아니었어. 자매는 바닥에 무릎을 꿇고 죽음을 속이러 이곳에 온 죽은 사람들을 애도했다. 남자는 이미 괭이로 땅을 파고 있었다. 으깨진 흙을 삽으로 퍼내더니 다시 괭이로 파기 시작했다. 밑의 땅은 단단하고 빡빡했다. 돌 같았다. 열심히 삼십 분을 판 뒤에야 어느 정도 깊이를 얻을 수 있었다. 관도 수의도 없었다. 두 시신은 옷을 입은 채 땅바닥에 그대로 누워야 했다. 남자와 두 여자는 힘을 합쳤다. 남자는 무덤 안에 서 있고 두 여자는 위에 서 있었다. 그들은 노인의 주검을 조금씩 구덩이로 내렸다. 여자들이 노인의 두 팔을 잡고, 남자는 시신이 바닥에 닿을 때까지 무게를 받아냈다. 여자들은 계속 울고 있었다. 남자의 눈은 말랐지만 열병에 사로잡힌 듯 온몸이 떨렸다. 가장 힘든 일이 아직 남아 있었다. 여자들이 울고 흐느끼면서 건넨 아이는 할아버지 옆에 누웠다. 그러나 왠지 엉뚱한 자리에 와 있는 것 같았다. 작고 하찮은 꾸러미 같았다. 가족에게 속하지 않은 것처럼 한쪽으로 치워놓은 중요하지 않은 생명. 남자는 허리를 굽히더니 아이를 안아 할아버지의 가슴에 엎드리게 했다. 그런 뒤에 할아버지의 팔을 당겨 아이의 작디작은 몸을 안게 했다. 이제 편안해 보여, 쉴 준비가 된 것 같아, 흙을 덮어도 좋겠어, 하지만 조심해야 돼, 한 번에 조금씩만, 그래야 두 사람이 우리한테 작별 인사를 할 수 있을 테니까, 두 사람이 하는 말을 잘 들어봐. 안녕 내 딸들아, 잘 있게나 내 사위, 안녕히 계세요 이모, 이모부, 저는 가요 어머니. 구덩이에 흙이 차자 남자는 발로 평평하게 다졌다. 혹시라도 지나가던 사람이 이곳에 사람이 묻혀 있다는 사실을 눈치 채지 못하게 하려는 것이었다. 남자는 머리 쪽에 돌 하나를 놓고 발치에 그것보다 작은 돌을 놓았다. 그런 다음 아까 뽑았던 잡초를 괭이로 들어 무덤에 뿌렸다. 이 시들고, 마르고, 죽은 잡초 대신 곧 다른 살아 있는 식물이 나타날 것이며, 죽은 풀은 점차 자신들을 세상에 내보냈던 흙의 먹이 순환에 참여할 것이다. 남자는 나무와 무덤 사이를 걸어보았다. 열두 걸음이었다. 남자는 삽과 괭이를 어깨에 걸치며 말했다, 이제 가지. 달은 사라졌다. 하늘은 다시 구름으로 덮였다. 그들이 노새를 수레에 묶자마자 비가 내리기 시작했다.

이 이야기는 지금까지 호기심 많은 독자에게, 이렇게 표현해도 좋을까 모르겠지만, 사실들을 파노라마처럼 보여주는 쪽을 택해왔다. 그러나 방금 벌어진 극적인 사건은 특별히 자세하게 묘사를 했는데, 그 주인공들이 예기치 않게 등장을 했을 때 가난한 시골 사람들이라고 사회적 분류를 했다. 기껏해야 피상적인 평가에 기초한, 서술자의 지나치게 성급한 판단에서 나온 이 실수는 진실을 존중하는 마음에서 바로 정정을 해야겠다. 가난한 시골 사람들이라고 했던 이 가족이 정말로 가난하다면 수레의 소유자일 수도 없고, 노새처럼 식욕이 왕성한 동물을 먹일 돈도 없을 것이다. 사실 그들은 소규모의 자작농 가족으로, 그들이 속한 수수한 세계에서는 상당히 잘 사는 사람들이었으며, 학교 교육도 충분히 받으며 성장했다.

따라서 문법적으로 정확하게, 또 어떤 사람들은 더 나은 말이 없어서 내용이라고 부르기도 하고, 어떤 사람들은 알맹이라고 부르기도 하고, 또 어떤 사람들은 더 천박하게 건더기라고 부르기도 할 만한 것도 담아 대화를 나눌 수 있었다. 그렇지 않았다면 노처녀 고모는 우리가 앞서 언급했던 그 아름다운 문장을 입 밖에 낼 수 없었을 것이다. 이웃들이 뭐라겠니, 고모가 물었다. 죽음의 문턱에 있으면서도 그걸 넘지 못했던 이 두 사람이 없는 걸 알면 말이다. 자, 서둘러 실수를 수습하여 진실을 원래의 정당한 자리로 돌려놓았으니, 이제 이웃들이 실제로 한 말을 들어보자. 가족이 그렇게 조심을 했음에도 실제로 수레를 보고 왜 저 세 사람이 이런 늦은 시간에 밖에 나가는지 궁금해한 사람이 있었다. 그 주의 깊은 이웃이 했던 질문은 정확하게 이런 것이었다. 저 세 사람이 이 시간에 어딜 가는 거지. 이 질문은 다음 날 아침, 약간만 바뀌어 늙은 농부의 사위에게 건네졌다. 자네들 셋은 어젯밤 그 시간에 어디를 갔던 건가. 사위는 볼 일이 있었다고 대답하지만 이웃은 믿지 않는 눈치다. 한밤중에 볼 일이라고, 수레를 끌고, 부인과 처제까지 데리고, 좀 이상하지 않아. 이상해 보일지 모르지만 사실이 그런 걸 어쩝니까. 그럼 날이 막 밝아올 때 어디에서 오던 길인가. 그건 아저씨가 관심 가지실 일이 아니지요. 그 말이 맞군, 미안허이, 내가 관심 가질 일이 아니야, 하지만 자네 장인 안부를 묻는 거야 자네도 뭐라 하지 않겠지. 그만그만 하십니다. 그럼 자네의 어린 조카는. 그 애도 그만 그만 해요. 그래, 둘 다 쾌차하기를 바라네. 감사합니다, 안녕히 가세요. 잘 가게. 이웃은 걸어가다가 발을 멈추더니 뒤를 돌아보았다. 수레에 뭘 싣고 가는 것 같던데, 자네 처제는 아이를 품에 안고 가고, 만일 그렇다면 담요에 싸인 채 누워 있던 사람은 자네 장인이겠지. 그뿐만 아니라. 그뿐만 아니라 뭡니까. 그뿐만 아니라 자네가 돌아왔을 때 수레는 비어 있었고 자네 처제의 품에는 애가 없던네. 정말 잠이 별로 없으시군요. 아니, 난 얕은 잠을 자기 때문에 잘 깨지. 우리가 떠날 때 깨셨다가 돌아올 때 또 깨셨군요, 사람들은 그런 걸 우연의 일치라고 하지요. 맞네. 무슨 일이 있었는지 저한테 말해 달라는 거로군요. 자네가 말하고 싶을 경우에만. 저하고 함께 가시지요. 그들은 집 안으로 들어갔다. 이웃은 세 여자와 인사를 했다. 이거 폐를 끼치네요. 이웃이 안절부절못하며 말하더니 기다렸다. 아직 아무한테도 안 한 이야기입니다, 사위가 말했다. 그렇지만 비밀로 할 필요는 없습니다, 비밀로 해 달라고 부탁하지도 않을 거니까요. 제발, 하고 싶은 이야기만 어서 하게. 장인과 조카는 어젯밤에 죽었습니다, 아직 죽음이 활동하고 있는 국경 너머로 데려갔지요. 그러니까 죽인 거로군, 이웃이 소리쳤다. 어떤 면에서는 그렇지요, 둘이서 자기들 힘으로는 못 갔을 테니까요. 하지만 어떤 면에서는 그렇지 않다고 할 수도 있습니다, 장인이 그렇게 해 달라고 해서 한 일이니까요. 물론 가엾은 아이는 이 일에 관해 아무 말도 못 했지요, 하지만 산 목숨이라고 할 수는 없었습니다, 둘 다 물푸레나무 아래 묻었습니다, 둘이 서로 끌어안은 모습으로요. 이웃은 두 손으로 머리를 감쌌다, 그럼 이제. 그러니까 이제 가서서 온 마을 사람들한테 말하십시오, 우린 체포되어 경찰서에 가겠지요, 아마 재판을 받고 우리가 하지 않은 일에 대해 형을 선고 받겠지요. 하지만 자네가 한 일 아닌가. 국경에서 한 걸음 못 미친 곳에서는 둘 다 아직 살아 있었습니다, 한 걸음 넘어갔더니 죽었더군요. 도대체 언제 우리가 두 사람을 죽였다는 말씀입니까, 또 어떻게요. 자네가 데려가지 않았다면. 그래요, 둘 다 여기 있겠지요, 오지도 않는 죽음을 기다리면서 말입니다. 세 여자는 아무 말 없이 차분한 모습으로 이웃을 지켜보고 있었다. 나는 가겠네, 이웃이 말했다, 무슨 일이 일어난 줄은 알았지만, 이런 일이라고는 상상도 하지 못했네. 부탁할 게 하나 있습니다, 사위가 말했다. 뭔가. 나하고 함께 경찰서로 가시지요, 그럼 집집마다 돌아다니면서 우리가 저지른 끔찍한 죄를 사람들한테 이야기하실 필요가 없을 거 아닙니까, 그러니까, 생각해 보십시오, 우린 부친 살해에 유아 살해까지 저지른 거네요, 아이고, 이 집엔 괴물들이 살고 있군요. 그렇게 말할 생각은 없네. 그래요, 압니다, 그러니까 함께 가시자고요. 언제 말인가. 지금이요, 쇠도 달구어졌을 때 치랬다고. 그럼 가세.

그들은 재판을 받지도 유죄 선고를 받지도 않았다. 그 소식은 불이 붙은 도화선처럼 빠르게 전국으로 퍼져나갔다. 언론은 이 혐오스러운 인간들, 살인을 저지른 자매와 공범이 된 사위를 호되게 비난했다. 노인과 무고한 아이를 두고 마치 모두가 곁에 두고 싶어 했을 만한 할아버지와 손자라도 되는 것처럼 눈물을 흘렸다. 올바른 신념을 바탕으로 공중도덕의 지표 역할을 한다고 하는 신문들은, 벌써 몇 번째 하는 일인지 헤아릴 수도 없지만, 이 전통적 가족 가치의 거침없는 타락에 손가락질을 해댔다. 그들이 보기에 이것은 모든 악의 원천, 원인이자 기원이었다. 그러나 불과 마흔여덟 시간 뒤 국경 지역 전역에서 똑같은 사건이 벌어지고 있다는 소식이 쏟아져 들어오기 시작했다. 다른 수레와 다른 노새들이 다른 방어력 없는 몸들을 실어 날랐다. 가짜 구급차들이 몸뚱어리들을 내려놓을 수 있는 곳으로 가려고 인적 없는 시골길을 구불구불 따라갔다. 환자의 몸은 대개 의자에 앉히고 안전띠로 묶어두었다. 물론 트렁크에 싣고 담요로 덮어두는 수치스러운 사례도 가끔 있었다. 온갖 제조업체에서 만든, 온갖 연식과 온갖 모델의 차들이 이 새로운 단두대를 향해 달려갔다. 아주 분방한 비유를 용서해 준다면, 이 단두대의 칼날은 육안으로는 보이지 않는 가느다란 국경선이었다. 모든 차에는 국경선 이편에서 죽음이 영원히 죽어가는 상태를 유지하던 가엾고 불행한 사람들이 실려 있었다. 그러나 이렇게 행동한 가족 모두가 우리의 고민에 시달렸던 농민 가족, 사실 자신들의 행동의 결과가 이런 대이동을 낳을 줄은 상상도 하지 못했던 이 가족과 똑같은 동기, 어떤 면에서는 존중할 만하지만, 그럼에도 논란의 여지는 있는 동기를 내세워 자신들을 변호할 수는 없었다.

이런 수단을 이용하여 아버지나 할아버지를 외국 땅에서 없앤 사람들 가운데 일부는 이것이 그저 집에서 죽어가는 가족이 그들에게 지우던 무거운 짐을 벗어버리는 깨끗하고 효율적인 방법, 아니 어쩌면 근본적인 방법이라고 생각했을 뿐이다. 앞서 손자와 함께 묻힌 노인의 딸들과 사위를 비난하고, 공모와 묵인을 했다며 노처녀 고모까지 비난의 대상에 포함시켰던 언론은 이제 겉으로 보기에는 품위 있는 사람들, 그러나 이 엄중한 국가적 위기에 자신의 진정한 본성을 감추던 위선의 가면을 벗어버린 사람들에게 잔인하고 애국심이 결여되어 있다는 낙인을 찍었다. 이웃한 세 나라 정부와 야당들이 압력을 넣자 총리는 인간 생명을 존중할 필요성을 들먹이면서 이 비인간적 행동을 비난했고, 신체 쇠약이 말기 상태에 이른 이웃 국민이 자의에 의해서건 친척의 자의적 결정에 의해서건 국경을 넘는 것을 막기 위해 국경에 즉시 무장 병력을 배치하겠다고 발표했다. 물론 감히 입 밖에 내어 말을 하지는 못했지만, 정부는 마음 깊은 곳에서는 이 대이동에 전적으로 반대하지는 않았다. 결국 이것이, 비록 아직 진짜로 걱정할 만한 수준에는 한참 미치지 못했지만, 그럼에도 지난 석 달간 계속 쌓여온 인구 증가의 압박을 낮추는 데 기여하여 국가의 이익에도 도움이 될 터였기 때문이다. 총리는 또 자신이 바로 그 날 내무장관과 은밀히 만났다는 사실도 밝히지 않았다. 그 목적은 전국에, 그러니까 대도시와 소도시와 마을에 자경단, 다시 말해서 첩자들의 망을 조직하는 것이었다. 그들의 임무는 죽음이 정지된 가까운 친척을 둔 사람들의 수상쩍은 행동을 당국에 보고하는 것이었다. 그런 행동에 개입하느냐 마느냐는 사안별로 결정을 내리기로 했다. 이런 새로운 이동의 흐름을 완전히 막는 것은 정부의 의도가 아니었기 때문이다. 국경을 공유하는 나라들의 우려를 약간이나마 불식하여 한동안 그들의 불만을 잠재우자는 것이 그들의 의도였다. 우리는 다른 나라 사람들이 하라는 대로 하려고 여기 있는 게 아니오, 총리가 단호하게 말했다. 이 계획에서 작은 마을, 큰 소유지, 고립된 주택은 여전히 배제될 겁니다, 내무부장관이 말을 받았다. 그 사람들은 각자 알아서 하게 놔둡시다, 마음대로 하라고 합시다, 우리 경험이 말해 주지만, 모든 사람에게 경찰을 한 명씩 붙일 수는 없는 거 아니오.

두 주 동안 그 계획은 대체로 완벽하게 실행되었다. 그러나 두 주가 지나자 자경단원들은 협박 전화를 받는다고 불평하기 시작했다. 전화를 건 사람들은 편안하고 조용하게 살고 싶으면 죽을병에 걸린 사람들의 비밀스러운 이동을 못 본 체하는 것이 좋을 것이라고, 심지어 그들이 감시하고 있는 사람들의 주검에 그들 자신의 주검까지 보태고 싶지 않으면 눈을 완전히 감는 게 좋을 거라고 경고했다. 이런 협박이 허풍이 아니라는 것은 자경단원 네 명의 가족이 익명의 인물로부터 자경단원을 언제 어디로 와서 데려가라는 전화를 받고 나서 분명해졌다. 가족들이 가보았을 때 자경단원들은 죽지는 않았지만, 그렇다고 살아 있는 것도 아니었다. 내무장관은 상황의 심각성을 고려하여 미지의 적에게 자신의 힘을 보여주기로 했다. 장관은 우선 첩자들에게 조사를 강화하라고 명령했다. 이어 이쪽은 통과시키고 저쪽은 통과시키지 않는 방식, 물이 똑똑 떨어지게 내버려두는 방식, 총리의 전술에 따라 채택한 방식을 취소하기로 결정했다. 즉각 반응이 나왔다. 자경단원 네 명이 이전의 네 명과 똑같이 슬픈 운명을 맞이한 것이다. 그러나 이번에는 전화가 한 통밖에 안 걸려왔다. 그는 내무장관과 통화를 하려고 했다. 이것은 도발로 해석될 수도 있었지만, 순수한 논리에 의해 결정된 행동으로 해석될 수도 있었다. 우리는 존재한다, 하고 말하는 것과 같았다. 그러나 이 메시지는 거기에서 그치지 않았다. 건설적인 제안이 함께 따라왔다. 신사협정을 맺읍시다, 전화를 건 사람이 말했다, 자경단원들한테 물러나라고 명령하시오, 그럼 우리가 죽어가는 사람들을 국경으로 신중하게 보내는 일을 책임지겠소. 전화한 사람은 누굽니까, 전화를 받은 과장이 물었다. 질서와 규율을 걱정하는 사람들일 뿐이오, 우리 모두 우리 분야에서 매우 유능한 사람들이오, 혼란을 싫어하고 언제나 약속을 지키는 사람들이지, 간단히 말해서 정직한 사람들이오. 그쪽 집단에 이름은 있습니까, 공무원이 물었다. 어떤 사람들은 우리를 마피아라고 부르더군, 하지만 마피아의 피에 에프가 아니라 피 에이치를 쓰는 마피아요. 왜 피 에이치입니까? 원래의 마피아랑 구별하려는 거요. 국가는 마피아와 협정을 맺지 않습니다. 물론 공증인이 서명하는 문서로 협정을 맺지야 않겠지.

다른 방식도 마찬가지입니다. 당신 직위는 뭐요. 과장입니다. 그러니까 실생활에 관해서는 아무것도 모르는 사람이란 뜻이로군. 하지만 내 책임이 뭔지는 압니다. 지금 우리가 관심을 가지는 건 당신이 우리 제안을 권한이 있는 사람에게, 다시 말해서 장관에게 전달할 수 있느냐 하는 것뿐이오. 당신이 장관을 만날 수 있는 위치에 있는지는 모르겠지만. 난 장관을 만날 수 있는 위치에 있는 사람이 아닙니다, 하지만 방금 나눈 이야기를 바로 내 상관한테 전달은 할 겁니다. 정부가 우리 제안을 검토하는 데 사십팔 시간을 주겠소, 일 분도 더 안 돼, 만일 우리가 원하는 답이 안 나오면 혼수상태에 빠지는 자경단원 숫자가 더 늘어날 것이라고 당신 상관한테 말하시오. 알았습니다, 그렇게 하지요. 그럼 모레 같은 시간에 전화를 해서 어떤 결정이 내려졌는지 알아보겠소. 좋습니다, 메모를 해놓지요. 이야기를 나누어서 즐거웠소. 나도 같은 말을 할 수 있으면 얼마나 좋겠습니까. 아, 자경단원들이 말짱하게 집에 돌아갔다는 이야기를 들으면 생각이 바뀔 거요, 어렸을 때 하던 기도를 잊어버리지 않았으면 그렇게 되게 해 달라고어서 기도를 하시오. 알겠습니다. 나도 당신이 알 거라고 생각했소. 좋습니다, 그럼. 딱 사십팔 시간이고 일 분도 더 안 되오. 하지만 다음에 이야기를 하는 사람은 틀림없이 내가 아닐 겁니다. 아, 틀림없이 당신일 거요. 왜 그렇지요. 장관은 나하고 직접 이야기를 하고 싶어하지 않을 테니까, 일이 틀어질 경우 책임을 져야 할 사람은 당신일 테니까, 사실 우리가 제안하는 건 신사협정이잖소. 알겠습니다. 안녕히 계시오. 안녕히 계십시오. 과장은 녹음기에서 테이프를 꺼낸 다음 직속 상관에게 이야기를 하러 갔다.

삼십 분 뒤 카세트는 내무장관 손에 있었다. 장관은 카세트를 듣고, 또 듣고, 세 번째 들은 다음에 물었다, 이 과장은 믿을 만하오. 험, 상관이 대답했다, 지금까지는 작은 불만도 가져본 적이 없습니다만. 물론 큰 불만도 없었다는 뜻이겠지. 큰 불만도 작은 불만도 없었습니다, 상관이 장관의 말에 담긴 비꼼을 눈치 채지 못하고 그렇게 대꾸했다. 장관은 카세트 플레이어에서 카세트를 꺼내더니, 테이프를 끄집어내 잡아당기기 시작했다. 다 꺼내자 커다란 유리 재떨이에 놓고 라이터 불을 갖다 댔다. 테이프는 주름이 잡히며 구겨지더니, 일 분이 안 되어 서로 뒤엉키면서 형체를 알아볼 수 없는, 시커멓고 곧 부서질 것 같은 덩어리로 바뀌었다. 저쪽에서도 과장과 이야기한 걸 녹음했을 겁니다, 상관이 말했다. 상관없소, 전화 대화야 얼마든지 가짜로 만들어낼 수 있는 거니까, 사람 둘하고 녹음기만 있으면 되는 거 아니오. 중요한 건 우리가 우리 테이프를 태웠다는 거요, 원본을 태운다는 건 잠재적인 사본들도 태운다는 뜻이지. 말씀드릴 필요도 없지만, 전화교환수가 모든 전화 대화를 녹음하고 있습니다. 그것도 사라지게 해야 할 거요, 알겠소. 네, 장관님, 그럼, 이제 생각을 좀 해 보시도록 저는 자리를 비키겠습니다. 그럴 필요 없소, 이미 대답은 생각했소. 네, 사실 놀랄 일은 아니지요, 장관님은

운 좋게도 생각이 아주 빠른 분이니까요. 그게 사실이라서 다행이지 뭐요. 잘못하면 아첨이 될 수도 있는 말이었는데, 내가 실제로 생각을 빨리 하기는 해. 제안을 받아들이실 생각입니까. 아니, 역제안을 할 생각이오. 이런 말씀 드려도 좋을지 모르지만, 저쪽에서 거부를 할 수도 있을 것 같은데요, 그쪽 대표는 단호하고 위협적인 표현을 사용했거든요. 만일 우리가 원하는 답이 안 나오면 혼수상태에 빠지는 자경단원 숫자가 더 늘어날 것이다, 이게 그 사람 말입니다만. 이보시오, 우리가 주고자 하는 답은 바로 그자들이 기대하는 답이오. 죄송합니다만, 장관님, 이해가 안 되는데요. 이보시오, 그게 당신 문제야, 당신 감정을 건드리려고 이런 말을 하는 건 아니지만, 당신 문제는 장관처럼 생각을 할 수 없다는 거요. 다 제 잘못입니다. 아, 제발, 자신을 탓하진 마시오, 혹시 당신이 장관으로서 나라에 봉사하라는 부름을 받게 된다면, 이런 자리에 앉자마자 뇌가 도약을 한다는 걸 알게 될 거요, 그 차이는 상상도 할 수 없지. 네, 하지만 저는 일개 공무원으로서 그런 환상을 품어봐야 아무런 소득이 없습니다. 왜, 이런 속담 알지 않소, 이 물을 마시지 않겠다는 말은 절대 하지 마라. 그런데 장관님, 지금 장관님은 정말로 아주 쓴 물을 마셔야 할 것 같습니다, 상관은 타고 남은 테이프를 가리키며 말했다. 분명한 전략을 따르고 또 사태와 관련된 모든 사실을 알면, 안전한 행동 계획을 짜는 게 그렇게 어려운 일은 아니오. 어서 말씀해 주십시오, 장관님. 모레, 당신네 과장이 저쪽 대표와 이야기를 한다고 할 때, 사실 그 과장 아닌 다른 사람이 장관의 협상자 역할을 할 수야 없겠지만, 그 과장더러 저쪽에서 우리에게 한 제안을 검토하는 데 동의한다고 하고, 동시에 상황을 알리라고 하시오. 어떤 그럴 듯한 이유 없이 자경단원 수천 명이 일에서 손을 뗀다면 여론과 야당이 가만있지 않을 거라고 말이오. 물론 마피아가 이제부터 일을 떠맡게 되었다는 건 그럴 듯한 이유라고 할 수가 없겠지요. 바로 그거요, 물론 약간 더 외교적으로 말을 해야 할 테지만. 죄송합니다, 장관님, 그냥 말이 그렇게 나와버렸습니다. 어쨌든 그 지점에서 과장이 역제안을 하는 거요, 아니면 뭐 대안을 제시한다고 말해도 좋겠지, 그러니까 자경단원들을 철수시키지 않고 지금 있는 자리에 그대로 두지만, 활동을 중지시키겠다는 거요. 활동을 중지시킨다고요. 그렇소, 무슨 뜻인지 분명한 말인 것 같은데. 아, 그럼요, 장관님, 그냥 놀랐다는 표현을 한 것일 뿐입니다. 뭐가 놀랍소, 사실 이게 그 악당의 협박에 굴복하는 것처럼 보이지 않는 유일한 방법인데. 실제로는 굴복했다 해도 말입니까. 중요한 건 굴복하지 않은 것처럼 보인다는 거요, 그런 겉모습을 유지할 수 있다는 말이오, 그 겉모습 뒤에서 벌어지는 일은 우리 책임이 아니고. 그 말씀은. 우리가 국경으로 가는 차를 한 대 세우고 그 차량을 책임진 사람들을 체포한다고 해봅시다, 말할 필요도 없이 그자들이 가족에게 제시하는 청구서에 이런 위험 부담도 포함되어 있었을 거 아니오. 청구서나 영수증은 없을 텐데요, 마피아는 세금을 내지 않거든요. 그냥 말이 그렇다 이거요. 중요한 건 이게 모두가 함께 승리를 거두는 상황이라는 거요. 우리는 우리 마음에서 짐을 벗어버리니까 승리요, 자경단원들은 신체적인 위해를 당할 위험을 무릅쓸 필요가 없으니까 승리요, 국민은 집 안의 산송장이 마침내 송장으로 바뀌게 될 거라는 걸 알고 편히 쉴 수가 있으니 승리요, 마피아는 자기들이 하는 일의 대가를 얻으니까 승리란 말이오. 완벽한 계획입니다, 장관님. 입을 여는 게 누구에게도 이익이 되지 않으므로 아무도 입을 나불거리지 않을 거라는 점까지 강철같이 보장되는 계획이지. 그렇죠, 장관님 말씀이 옳습니다. 내가 좀 지나치게 냉소적으로 보이나. 전혀 그렇지 않습니다, 장관님, 이런 튼튼하고, 논리적이고, 일관성 있는 계획을 제시하신 것에 감탄할 뿐입니다. 경험이오, 경험. 그렇습니다, 저는 가서 과장한테 장관님 지침을 시달하겠습니다, 그 친구 틀림없이 일을 제대로 해낼 겁니다, 아까도 말씀드렸지만, 이제까지 이 친구한테 작은 불만도 가져본 적이 없습니다. 큰 불만도 없었겠지. 작은 불만도 큰 불만도 없었습니다, 상관이 대답했다. 그는 마침내 이 작은 농담을 이해했다.

 모든 일이, 아니, 정확히 말하자면 거의 모든 일이 장관이 예측한 대로 흘러갔다. 약속한 시간 정각에, 일 분도 이르지 않고 일 분도 늦지 않게, 자칭 마피아라고 하는 범죄 집단의 대표가 장관의 답변을 들으려고 전화를 했다. 과장은 과연 만점을 받을 만한 사람이어서, 자신의 역할을 훌륭하게 수행했다. 그는 근본적인 사항, 즉 자경단원들이 활동은 중지하되 자신의 자리를 그대로 지킨다는 점에 관해서는 단호하고 분명하고 설득력 있는 태도를 보여주었다. 그리고 만족스럽게도 이 상황에서 얻을 수 있는 최선의 답변을 얻어 상관에게 전달할 수 있었다. 정부의 대안을 면밀히 검토한 뒤 스물네 시간 뒤에 다시 전화를 하겠다는 것이었다. 실제로 그렇게 되었다. 면밀한 검토 결과 정부의 제안을 받아들일 수 있다는 답이 왔다. 그러나 한 가지 조건이 있었다. 활동을 중지시킬 자경단원들은 정부에 충성하는 단원들, 다시 말해서 그들의 새로운 상관, 즉 마피아와 협력하라고 설득할 수 없는 단원들만으로 한정하자는 것이었다. 자, 이 범죄자들의 관점을 이해하도록 해보자. 전국적 규모로 이루어지는 길고 복잡한 작전을 앞에 두고 그들은 경험 많은 인력을 다수 고용하여, 의미도 없는데 영원히 이어지기만 하는 고통을 덜어주고자 하는 칭찬할 만한 이유로 사랑하는 사람을 없앨 준비가 되어 있는, 적어도 원칙적으로는 그럴 준비가 되어 있는 가족을 방문하게 해야 했다. 따라서 이 일에 정부의 방대한 첩자 망을 이용할 수 있다면 큰 도움이 될 것이 분명했다. 또 그렇게 하면 그들이 선호하는 무기인 부패, 뇌물, 협박을 계속 사용할 수 있다는 편리한 점도 있었다. 그러나 이 돌멩이, 갑자기 길 한가운데로 던져진 이 돌멩이에 내무장관의 전략은 발가락을 맞았고, 국가와 정부의 위신은 심각한 손상을 입게 되었다. 돌을 캐내는 일을 할 것이냐 일을 버리고 가난을 택할 것이냐,

스킬라로 갈 것이냐 카리브디스로 갈 것이냐, 악마를 택할 것이냐 깊고 푸른 바다를 택할 것이냐, 이 예상치 못한 고르디우스의 매듭을 손에 쥔 채 내무장관은 총리에게 자문을 구하러 달려갔다. 가장 심각한 문제는 이제는 이미 돌아갈 수 없을 정도로 멀리 왔다는 것이었다. 총리는 내무장관보다 경험이 더 많은 사람이었음에도, 이 곤경을 헤쳐나갈 뾰족한 방법을 떠올리지 못하고 그저 누메루스 클라우수스, 즉 인원 제한을 위해 더 협상을 해보라는 말만 했을 뿐이다. 가령 현재의 자경단원 전체 가운데 최대 이십오 퍼센트만 반대편을 위해 일을 하게 한다든가 하는 식으로 협상을 하라는 것이었다. 이제 짜증을 부리고 있는 대화 상대에게 타협안을 제시하는 일은 다시 과장에게 떨어졌다. 늘 희망을 버리지 않는 총리와 내무장관은 이 타협안으로 협정이 마무리될 것이라고 생각했다. 그렇다 해도 이것은 서명이 없는 협정이 될 터였다. 이것은 그야말로 신사협정으로 양쪽의 말로만 성립하며, 사전에서 설명하는 대로 어떤 법적 형식도 피하는 것이었기 때문이다. 그러나 그들은 이 마피아가 얼마나 사악하게 비틀린 마음을 갖고 있는지 전혀 몰랐다. 우선 마피아는 언제까지 응답을 할 것이라는 말을 하지 않았다. 그 바람에 조바심이 난 가엾은 내무장관은 이제 사직서를 낼 수밖에 없다고 믿었다. 둘째로, 며칠 만에 마피아가 전화를 하기는 했는데, 전화를 해서 한 말이라고는 그 타협안이 충분히 타협적인지 아직 결론에 이르지 못했다는 이야기뿐이었다. 그러면서 지나가는 말로,

전혀 중요한 문제가 아니라는 듯이, 전화를 건 김에 말해 준다는 듯이, 전날 자경단원 네 명이 또 절망적인 상태에 빠져든 것은 전혀 자기들 책임이 아니라고 알려주었다. 세 번째로, 행복하든 아니든 모든 일에는 결말이 있기 때문에, 방금 전국 마피아 이사회에서 과장과 그의 상관을 거쳐 정부에 답을 제시했는데, 그 답은 두 가지 항목으로 나뉘어 있었다. 첫 번째 항목. 누메루스 클라우수스는 이십오 퍼센트가 아니라 삼십오 퍼센트가 되어야 한다. 두 번째 항목. 필요하다고 판단할 때마다, 당국의 동의를 얻지 않는 것은 물론 사전 협의도 없이, 자신들을 위하여 일하는 자경단원들을 활동이 정지된 자경단원들이 차지하고 있는 자리로 이동시킬 권한을 요구한다. 물론 자경단원 간의 교체를 이야기하는 것이었다. 받아들이든지 말든지 알아서 하라. 이 딜레마에서 빠져나갈 길은 보이지 않는 거요, 총리가 내무장관에게 물었다. 글쎄요, 총리님, 그런 길이 있는지도 잘 모르겠는데요, 만일 우리가 이 제안을 거절하면 매일 자경단원 네 명이 일에서나 생활에서나 쓸모없는 인간이 되고 말 겁니다. 그렇다고 이 제안을 받아들이면 이자들에게 얼마나 오랫동안 휘둘릴지 모릅니다. 영원히 휘둘리겠지, 어떤 대가를 치르든 간에 집에 있는 짐을 덜어버리고 싶어하는 가족이 있는 한은 휘둘릴 거요. 그 말씀을 들으니 떠오르는 게 있네요. 그렇게 말하니 기뻐해야 할지 슬퍼해야 할지 모르겠소. 총리님, 저는 최선을 다 하고 있습니다. 하지만 만일 저도 다른 의미에서 짐이 된다면, 언제든지 말씀만 하십시오. 아, 너무 그렇게 예민하게 굴지 마시오, 자, 어서 그 생각이나 말해 보시오. 험, 총리님, 우리는 지금 분명히 수요와 공급 문제와 맞닥뜨린 것 같습니다. 그게 이 일과 무슨 상관인지 모르겠구려, 우린 지금 죽을 방법이 하나뿐인 사람들 얘기를 하는 거잖소. 닭이 먼저냐 알이 먼저냐 하는 고전적인 문제와 마찬가지로, 수요가 공급에 앞서는 것인지, 아니면 반대로 공급이 수요를 창출하는 것인지 판단하는 것은 여간 어렵지가 않습니다. 당신을 내무장관 자리에서 재무장관 자리로 옮기는 문제를 생각해 봐야 할 것 같구려. 그게 그렇게 다른 게 아니지요, 총리님, 내무부에도 재무가 있고 재무부에도 내무가 있으니까요, 말하자면 다 연통관(連通管)들입니다. 하던 얘기나 계속 하시오. 만일 그 첫 번째 가족에게 문제의 해결책이 국경 너머에 있다는 생각이 떠오르지 않았다면 오늘날 우리의 상황은 달랐을 겁니다, 또 많은 가족이 그들의 예를 따르지 않았다면 전에는 있지도 않았던 일을 이용하려고 마피아가 나타나지도 않았겠지요. 이론적으로는 그렇소만, 우리가 알다시피 마피아는 돌에서 물을 짜다가 돈을 받고 팔 능력이 있는 자들 아니오, 따라서 나는 아직도 장관이 무슨 생각을 하는 건지 모르겠다는 얘기요. 간단합니다, 총리님. 제발 간단했으면 좋겠소. 간략하게 말해서 공급을 없애야 한다는 겁니다. 어떻게 그럴 수 있소. 인도주의, 이웃 사랑, 연대라는 가장 신성한 원리의 이름으로 가족들을 설득하여 죽을병에 걸린 사람들을 집에 모시게 하는 겁니다.

어떻게 하면 그런 기적이 일어날 거라고 생각하시오. 모든 매체, 그러니까 신문, 텔레비전, 라디오, 나아가서 팸플릿과 스티커, 가두 연극과 정식 연극, 영화, 특히 감상적인 드라마와 만화 등을 모두 동원해 대대적인 홍보 캠페인을 벌이는 겁니다. 그러면 자신의 의무와 책임을 방기했던 사람들이 회개를 할 것이고, 사람들은 연대감, 자기희생, 동정심을 느끼게 될 겁니다. 곧 죄를 지은 가족은 자신의 행동이 용서받을 수 없을 만큼 잔인했다는 것을 깨닫고 얼마 전까지만 해도 자신의 삶의 기반을 이루었던 초월적 가치로 돌아올 것이 틀림없습니다. 시간이 갈수록 의심이 점점 커져만 가는구려. 이제 장관을 문화부로 옮겨야 하는 게 아닐까 하는 생각이 들고 있소. 아니, 종교부가 나을까, 장관은 그쪽에도 소명이 있는 것 같으니 말이오. 아니면, 총리님, 그냥 그 세 자리를 하나로 합치지요. 그러니까 재무부도 포함하자는 얘기로군. 아, 네, 다 연통관들이니까요 뭐. 그런데 이보시오, 장관, 장관이 전혀 어울리지 않는 분야가 있다면 그건 선전 쪽인 것 같소. 홍보 캠페인으로 가족들이 분별력 있는 영혼들이 모이는 울타리 안으로 돌아갈 거라는 생각은 도대체가 터무니없으니 말이오. 왜 그렇습니까, 총리님. 그런 캠페인은 그걸 만들어서 돈을 버는 사람들한테만 이익이 될 뿐이오. 전에도 그런 캠페인은 많이 했습니다. 그렇지, 그리고 장관도 그 결과를 봤잖소. 게다가, 우리의 관심사로 다시 돌아가서 이야기하자면, 설사 장관의 캠페인이 열매를 맺는다 해도, 오늘이나 내일 열매를 맺을 것 같지는 않소, 하지만 나는 지금 당장 결정을 내려야 한단 말이오. 그렇군요, 장관님. 총리는 자포자기한 것처럼 웃음을 지었다, 이 일 전체가 우스꽝스럽소, 말도 안 돼, 우리도 잘 알고 있다시피 우리한테는 선택의 여지가 없소, 우리가 어떤 제안을 하더라도 상황은 악화되기만 할 뿐이오. 그렇다면. 그렇다면, 그리고 두들겨 맞아서 삶의 마지막까지 갔다가 죽음의 문턱에서 멈추어 선 자경단원이 하루에 네 명씩 생기는 것 때문에 양심이 괴롭지 않으려면, 우리가 할 수 있는 일은 이 자들의 조건을 받아들이는 것뿐이오. 경찰에게 돌격을 명령할 수도 있습니다, 기습을 하는 거지요, 마피아를 수십 명 잡아들이는 겁니다, 그럼 이놈들도 한 걸음 물러나지 않고는 못 배길 겁니다. 용을 죽이는 방법은 목을 치는 것뿐이오, 발톱을 잘라서는 아무 소용이 없소. 도움이 될 수도 있습니다. 하루에 자경단원 네 명이오, 장관, 그걸 잊지 마시오, 하루에 자경단원 네 명이라고, 우리가 손발이 다 묶여 있다는 걸 인정하는 게 최선이오. 야당이 제 세상 만난 듯 활개를 칠 텐데요, 우리가 마피아에게 정부를 팔아먹었다고 비난할 겁니다. 정부라고 하지 않고 나라라고 할 거요. 그럼 더 나쁜 거지요. 교회가 도와주기나 바랍시다, 결국 그쪽에서도 우리가 이런 결정을 내린 것에는 그쪽에 쓸모 있는 죽음을 몇 건 제공하자는 목적도 있지만, 생명을 구하자는 목적도 있다는 주장을 받아들일 거요. 이제는 생명을 구한다는 이야기를 할 수가 없습니다, 총리님, 그건 옛날 이야기죠. 장관 말이 옳소,

다른 표현을 찾아야겠소. 정적이 흘렀다. 이윽고 총리가 말했다, 그만 합시다, 과장한테 필요한 지침을 주고 활동 중지 계획에 따른 업무를 개시하라고 하시오, 또 누메루스 클라우수스에 해당되는 자경단원 이십오 퍼센트를 배치하는 방식을 두고 마피아가 어떻게 생각하는지도 알 필요가 있소. 삼십오 퍼센트입니다, 총리님. 우리가 당한 패배가 처음 생각했던 것보다 훨씬 더 심각하다는 걸 굳이 지적해야겠소. 슬픈 날입니다. 다음에 험한 꼴을 볼 차례였을 네 자경단원의 가족이 여기서 진행되는 일을 안다면 그렇게는 말하지 않을 거요. 그네 자경단원이 내일이면 마피아를 위해 일할지도 모른다고 생각해 보십시오. 그게 인생이지 뭐, 연통관 장관. 내무장관입니다, 총리님, 내무부. 아, 내무부란 게 그저 다른 모든 관을 연결하는 관일 뿐이잖소.

마피아와 이러쿵저러쿵 협상을 하는 동안 정부가 감수하게 된 수치스러운 굴욕, 겸손하고 정직한 공무원이 범죄 조직을 위해 상근으로 일을 하도록 허용하기까지 한 굴욕을 보면서 도덕적으로 말해서 정부가 밑바닥까지 다 내려갔다고 생각할지도 모르겠다. 그러나 안타까운 일이지만, 그렇게 눈을 감은 채 현실정치라는 늪지대를 건너가다 보면, 실용주의가 지휘봉을 잡고 악보에 적힌 것을 무시한 채, 오케스트라를 지휘하다 보면, 불명예의 논리가 늘 어김없이 보여주듯이, 결국 밑바닥이라고 생각했던 곳에서도 몇 걸음 더 내려가게 된다고 장담할 수 있다. 해당 부처, 즉 국방부, 지금보다 정직했던 시절에는 전쟁부라고 불렀던 부처를 통해 국경에 배치된 부대에게 주요 간선도로, 특히 이웃한 나라들로 들어가는 도로만 감시하라는 명령이 떨어졌다. 일반 국도와 지방도로는 목가적인 평화를 마음껏 즐기도록 내버려두라는 이야기였다. 당연한 일이지만, 그와 더불어 군도, 좁은 길, 흙길, 소로, 지름길로 이루어진 복잡한 도로망도 내버려두라는 것이었다. 결국 부대 대부분이 막사로 돌아갈 수밖에 없었다. 이런 명령에 상등병과 병참 장교를 비롯하여 사병들의 마음은 한결 밝아졌다. 밤이나 낮이나 보초를 서고 정찰을 하는 데 질렸기 때문이다. 그러나 남들보다 군인의 명예와 국가에 대한 봉사의 가치의 중요성을 더 의식하는 하사관들은 큰 불만을 품었다. 그런 불만이 퍼져나가는 모세관 운동은 소위까지는 쉽게 도달했지만, 중위에 도달했을 때는 동력이 좀 떨어졌던 것 같기도 하다. 하지만 대위의 수준에 이르자 그 힘은 다시 배가 되었다. 물론 아무도 감히 마피아라는 위험한 말을 큰 소리로 입 밖에 내려 하지는 않았다. 그러나 자기들끼리 이야기를 할 때면 막사로 돌아오기 전 며칠 동안 벌어진 일을 되돌아보지 않을 수 없었다. 그들은 죽을병에 걸린 환자들을 싣고 가는 많은 밴을 가로막았다. 그러나 밴마다 운전사 옆에는 공식적으로 인정을 받은 자경단원이 타고 있었다. 이들 자경단원은 보여달라고 하지도 않았는데, 필요한 도장, 서명, 인지가 붙은 서류를 내밀었다. 이 서류는 병든 아무개 씨 또는 부인을 어떤 불특정 목적지까지 운송하는 것을 분명하게 허가하는 것으로, 군대는 각 밴을 탄 사람이 안전하고 성공적인 여행을 할 수 있도록 모든 지원을 해주어야 한다고 명시하고 있었다.

평소 같으면 훌륭한 하사관들은 이런 상황에 아무런 의심을 품지 않았을 것이다. 그러나 묘한 우연의 일치가 있었다. 자경단원이 군인에게 서류를 확인해 보라고 넘겨주면서 다 알지 않느냐는 듯이 눈을 찡긋 하는 일이 적어도 일곱 번은 벌어진 것이다. 하사관들은 이 시골 생활의 에피소드가 멀리 떨어진 여러 장소에서 동시에 일어난 점을 고려하여, 이것이 뭐라 할까, 수상쩍은 제스처일지도 모른다는 가정은 즉시 제쳐놓았다. 다시 말해서 동성 또는, 사실 이 경우에는 별 관계가 없지만, 양성 사이의 유혹의 게임에서 이루어지는 약간 원시적인 유혹의 제스처일 리는 없다고 생각한 것이다. 사실 그것은 자경단원의 초조함을 분명하게 드러내는 제스처였다. 물론 자경단원마다 강도의 차이는 있었지만, 어쨌든 모두가 마치 구조 메시지를 담은 병을 바다에 던지듯이 행동을 한 것이다. 그러자 눈이 날카로운 하사관들은 이 밴들 안에 자신을 드러내고 싶을 때면 늘 꼬리 끝을 보여줄 방법을 찾는 유명한 고양이가 숨어 있다고 생각했다. 그러나 곧 병영으로 귀환하라는 이해할 수 없는 명령이 떨어졌고, 뒤이어 사람들이 소리를 죽여 소문을 옮기기 시작했다. 이 소문이 어디에서 어떻게 생겨났는지야 아무도 몰랐지만, 소문을 퍼뜨리던 몇 사람은 비밀이라고 하면서 다름 아닌 내무장관에게서 나왔을지도 모른다고 슬쩍 흘렸다. 야당 쪽 신문들은 병영에 감도는 불건강한 분위기를 이야기했다. 반면 정부에 가까운 신문들은 그런 독기가 군 병력의 사기를 좀먹고 있다는 소문을 강력히 부인했다. 그러나 아무도 그럴 듯한 근거를 대지는 못했지만, 군사 쿠데타의 가능성이 있다는 소문이 사방으로 퍼져나갔다. 그와 더불어 죽지 못하는 병자들의 문제는 일시적으로 대중의 관심사에서 뒷전으로 물러나게 되었다. 그렇다고 이 문제를 잊었다는 것은 아니며, 이런 사실은 이 당시에 떠돌던 말, 또 카페에 죽치고 사는 사람들이 수도 없이 되풀이했던 말로도 증명이 된다. 군사 쿠데타가 일어난다 해도, 적어도 한 가지는 확실해, 서로 얼마나 총질을 해대건, 아무도 죽이지 못한다는 것 말이야. 당장이라도 왕이 나라의 단결을 극적으로 호소하고, 정부가 긴급조치들을 발표하고, 육군과 공군, 물론 육지에 둘러싸인 나라에서 필요도 없는 해군은 들어가지 않겠지만, 어쨌든 이 양군 수뇌부가 합헌 권력에 대한 절대적 충성을 맹세하는 성명을 내고, 작가들이 선언문을 내고, 예술가들이 입장을 발표하고, 연대를 위한 콘서트가 열리고, 혁명적 포스터 전시회가 열리고, 두 주요 노동조합이 총파업을 호소하고, 주교들이 기도와 금식을 촉구하는 교서를 발표하고, 참회자들의 행렬이 거리를 걷고, 노란색, 파란색, 녹색, 빨간색, 흰색 팸플릿이 대량으로 살포될 것 같은 분위기였다. 심지어 연령과 조건에 관계없이 죽음이 중지된 상태에 있는 사람들 수천 명이 참여하는 대규모 시위가 벌어질 것이라는 말도 돌았다. 들것, 외바퀴 손수레, 구급차에 실려, 또는 건강한 자식의 등에 업혀 수도의 대로를 따라 행진할 것이라는 이야기였다. 이 행렬의 선두에는 커다란 깃발이 나부낀다, 여기 우리 죽지 못하는 사람들은 우리 옆을 지나가는 여러분 모두를 기다리고 있다. 그러나 결국 이 모든 일이 전혀 필요 없게 되었다. 물론 마피아가 죽어가는 사람들의 운송에 직접 개입하고 있다는 의심이 사라지지 않은 것은 사실이다. 그 이후의 사건들에 비추어 이런 의심이 외려 더 강해진 것도 사실이다. 그러나 외부의 적의 갑작스러운 위협이 동족상잔의 분위기를 가라앉히고, 성직자, 귀족, 평민이라는 세 신분, 이 나라의 진보적인 사상들에도 불구하고 이런 세 신분은 여전히 존재하거니와, 어쨌든 이 신분들이 그들의 왕 주위로, 또 이해할 만한 약간의 머뭇거림은 있었지만, 정부 주위로 모여드는 데는 한 시간밖에 걸리지 않았다. 진상은 흔히 그렇듯이 몇 마디로는 요약할 수 없다.

아무도 죽지 않는 나라, 정도를 벗어난 나라에서 온 무덤 파는 용사들, 마피아가 고용했건 스스로 나 데다 이 용사들이 계속 영토를 침범하는 데 화가 난 이웃한 세 나라 정부는 외교적인 항의가 전혀 먹혀 들지 않자, 공동보조를 취해 군대를 동원하여 국경을 보호하기로 결정했다. 그들은 세 번 경고한 뒤에 발포하라는 엄명을 내렸다. 여기서 먼저, 마피아 몇 명이 국경을 넘다가 거의 수평 사격을 당해 죽은 뒤, 말하자면 우리가 보통 직업 재해라고 부르는 것을 당한 뒤, 마피아 조직은 즉시 이것을 구실로 개인적 안전과 작전상의 위험이라는 명목으로 그들이 제공하는 봉사에 대한 요금을 인상했다는 사실은 이야기해 둘 필요가 있겠다. 이제 마피아 조직의 사업과 관련하여 이 작고 흥미로운 부수적 정보를 언급했으니, 정말 중요한 일로 넘어가기로 하자. 이번에도 하사관들은 정부의 우유부단과 군 최고사령부의 의심을 우회하는, 전술적으로 흠 하나 없는 작전을 구사하여 상황의 주도권을 잡았고, 그 결과 모든 사람들의 눈앞에서 대중적 항의 운동의 장려자, 그리고 결과적으로 영웅이 되었다. 하사관들의 격려를 받은 사람들은 무리를 지어 광장과 대로로 나가, 부대를 전선으로 즉시 되돌려 보낼 것을 요구하기 시작했다. 국경 이편에 있는 나라, 인구통계학적 위기, 사회적 위기, 정치적 위기, 경제적인 위기 등 네 겹의 위기 때문에 발버둥치는 이 나라가 직면한 끔찍한 문제에는 무관심하고 냉정한 태도를 보이던 국경 건너편의 나라들이 마침내 가면을 벗고 진짜 얼굴을 백일하에 드러냈다. 그것은 가혹한 정복자와 무자비한 제국주의자의 얼굴이었다. 가게나 집에서, 라디오에서, 텔레비전에서, 신문에서, 사람들은 이런 말을 듣고 읽었다. 그들은 우리를 부러워한다, 여기에서는 아무도 안 죽는다는 걸 시샘한다, 그래서 자기들도 죽지 않으려고 우리 땅으로 쳐들어와 이곳을 점령하려는 거다. 이틀 뒤 병사들은 본격적으로 행진에 나서 깃발을 흔들었고, 적기가, 인터내셔널가, 마르세예즈, 사이라, 마리아 다 폰테, 히노 다 카르타, 냐웅 베라스 파이스 네눔, 아 포르투게사, 갓 세이브 더 킹, 도이칠란트 위버 알레스, 샹 데 마레, 스타즈 앤드 스트라이프(La Marseillaise, Ça Ira (이상 프랑스), Maria da Fonte, O Hino da Carta, Não Verás País

Nenhum, The Portuguesa(이상 포르투갈), God Save the King(영국), Deutschland über Alles(독일), Le Chant des Marais(프랑스), The Stars and Stripes(미국)-옮긴이) 등과 같은 노래를 부르면서 떠났던 초소로 돌아가, 완전 무장을 하고 임박한 공격과 영광의 시간을 충실하게 기다렸다. 그러나 둘 다 없었다. 공격도 영광도 없었다. 정복은 없었고, 제국 건설은 전무했다. 앞서 말한 이웃 국가들은 단지 이 새로운 종류의 강요당한 이주자가 적절한 허가 없이 자기 땅에 묻히는 것을 원치 않았을 뿐이다. 사실 그들이 하는 일이 매장뿐이라면 그것은 그런대로 견딜 만했다. 그러나 사람들은 죽이려고, 살해하려고, 없애려고, 끝내려고 환자들을 데려왔다. 이 가엾고 불행한 사람들이 죽는 것, 마지막 숨을 쉬는 것은 그들이 국경을 넘는 바로 그 운명적 순간, 자신의 몸에 무슨 일이 벌어지는지 머리가 알 수 있도록 발부터 들이밀게 해주는 순간이었기 때문이다. 두 용감한 진영이 서로 마주 보았지만 이번에는 강이 피로 붉게 물들지 않았다. 이런 평화는 국경 이쪽에 있는 사람들과는 아무런 관계가 없었다. 그들은 설사 기관단총을 엄청나게 맞아 몸이 두 쪽이 나도 죽지 않을 것임을 알았기 때문이다. 물론 우리는 몸이 두 쪽이 났을 때 위가 한쪽에 가 있고 내장은 다른 쪽에 가 있다면 도대체 어떻게 살 수 있을지 자문해 볼 수밖에 없으며, 이런 호기심은 얼마든지 정당화될 수 있다. 어쨌든 완전히 미친 사람이 아니고는 먼저 총을 쏠 생각을 하지 않았을 것이다. 그리고 다행히도 아무도 총을 쏘지 않았다. 사실 건너편에서 아무도 죽지 않는 엘도라도로 탈영하겠다고 결심한 소수의 병사들이 이쪽으로 넘어오기는 했지만, 그들은 왔던 곳으로, 군법회의가 기다리는 곳으로 곧장 돌려보냈다. 이 사실은 우리가 서술하던 복잡한 이야기의 전개와는 아무런 관련이 없으므로 앞으로 다시 이야기하지는 않겠지만, 그렇다고 이것을 그냥 잉크병의 어둠 속에 머물게 하고 싶지도 않다. 군법회의는 늘 인간의 마음을 사로잡아온, 영생을 향한 순진한 욕망은 그들의 재판에서 고려하지 않겠다고 미리 결정을 할 것이다. 우리 모두가 영원히 산다면 어떻게 되겠습니까, 검찰관은 그렇게 가장 저급한 수사학적 충격에 의존하려 할 것이다. 그러나 말할 필요도 없이 변호인 측에게는 적절한 답을 할 만한 지혜가 없을 것이다. 그들 또한 어떻게 될지 전혀 모르기 때문이다. 그들이 이 불쌍한 사람들을 총살하지 않기나 바라자. 그렇게 된다면 정말이지, 그들이 양털을 가지러 갔다가 되레 깎이고 왔다고 말할 수밖에 없을 것이다.

화제를 바꾸어보자. 죽어가는 사람들을 국경으로 운송하는 문제에 마피아가 직접 개입되어 있다고 의심하는 하사관들, 그리고 그들을 지지하는 일부 중위와 대위들에 관해 언급하면서 우리는 이런 의심이 이후의 어떤 사건들 때문에 더 강해졌다고 말했다. 이제 그 사건들이 무엇이고, 어떻게 일어났는지 밝힐 때가 왔다. 마피아는 이 모든 과정의 출발점이 되었던 소규모 자작농 가족의 예를 따라, 그저 국경을 넘어가 죽은 자를 묻고 이 일에 대한 수수료를 챙기고 있었다. 다만 차이가 있다면 마피아는 매장지의 아름다움에는 전혀 관심이 없고, 자신들의 업무일지에 산악 또는 지형의 참조점을 기록해 놓지도 않는다는 것이었다. 따라서 나중에 유족이 자신의 악한 행동을 회개한다 해도 눈물을 흘리며 다시 무덤을 찾아가 죽은 자에게 용서를 구하는 일은 불가능한 셈이다. 어쨌든 세 국경 건너편에 군대가 배치되면서 지금까지 아무런 방해를 받지 않고 이루어지던 장례 관행이 심각한 장애에 부딪혔다는 사실을 이해하는 데는 특별히 전략적으로 예리한 정신이 필요하지 않을 것이다. 그렇다고 이 문제를 풀 방법을 찾지 못했다면 마피아는 마피아가 아닐 것이다. 여기서 잠깐 여담을 하자면, 이 범죄 조직을 이끄는 그 똑똑하기 짝이 없는 사람들이 법을 존중하는 좁고 험한 길을 떠나, 우리 이마에서 흐르는 땀으로 일용할 양식을 구하라는 성경의 지혜로운 가르침을 따르지 않은 것은 정말 수치스러운 일이다. 하지만 사실은 사실이다. 그러니, 아, 이 이야기를 하자니 가슴이 답답하다, 하는 아다마스토르(그리스 시인 루스 데 카메스의 시에 등장하는 인물-옮긴이)의 슬픈 말을 되풀이하면서, 누가 보기에도 해결할 방법이 없을 것 같았던 곤경에서 빠져나가려고 마피아가 구사했던 책략과 관련된 괴로운 소식을 전해야겠다. 하지만 그 전에 서사시인이 그 불행한 거인 아다마스토르의 입을 통해 말했던 답답하다는 말의 뜻은 이 맥락에서는 매우 슬프고, 서글프고, 괴롭다는 것임을 이야기해 두는 것이 좋겠다. 지금까지 상당한 기간 동안 사람들은 보통 이 훌륭한 말을 역겨움, 반감, 혐오의 감정을 표현하는 데 사용할 수 있다고 생각해 왔다. 그렇게 생각하는 것도 당연하지만, 모두가 알다시피 그것은 방금 언급한 감정과는 아무런 관계가 없다. 사실 말은 아주 조심해서 사용해야 한다. 사람들처럼 마음을 바꾸기 때문이다. 어쨌든 마피아의 술책은 소시지를 만드는 것처럼 간단치가 않았다. 그냥 속을 채우고, 묶고, 꽂아서 훈제하면 되는 것이 아니었다. 그 일에는 시간이 걸렸다. 가짜 수염을 달고 모자를 눈까지 푹 눌러쓴 사절, 암호로 쓴 전문, 도청이 안 되는 전화기를 이용한 비밀 전화선 대화, 교차로에서의 심야 회동, 돌을 얹어둔 메모 등이 필요했다. 우리는 이전의 협상에서도, 말하자면 그들이 자경단원의 목숨을 갖고 주사위 놀음을 할 때도 이런 모든 요소가 있었음을 보았다. 그러나 이런 거래가 이전의 경우처럼 순수하게 쌍무적이었다고 생각해서는 안 된다. 아무도 죽지 않는 이 나라의 마피아만이 아니라, 이웃한 나라들의 마피아도 대화에 참여했기 때문이다. 그것이 마피아가 일하는 국가적 틀 내에서 각 범죄 조직의 독립성과 더불어 각각의 정부의 독립성을 보호하는 유일한 방법이었기 때문이다. 어느 한 나라의 마피아가 다른 나라의 행정부와 직접 협상을 한다면 그것은 결코 받아들일 수도 없고, 또 절대적으로 비난 받아 마땅한 일이었을 것이다. 그러나 상황은 그 지경에 이르지는 않았다. 적어도 지금까지는 그런 상황이 사전에 예방되었기 때문이다. 마지막 남은 겸손의 흔적 때문인지도 모르고, 국가 주권이라는 신성한 원칙, 정부만이 아니라 마피아에게도 중요한 원칙 때문이었는지도 모른다. 물론 범죄 조직이 그런 원칙을 중시한다는 점에 의심을 품는 것은 당연한 일이다. 그러나 그들이 시샘이 섞인 잔혹한 방식으로 그들의 직업적 동료의 헤게모니적인 야망으로부터 자신의 영토를 보호해 왔다는 사실을 기억해 보기만 하면 될 것이다. 이 모든 일을 조정하는 것, 일반성과 특수성을 결합하고, 한쪽의 이해관계와 다른 쪽의 이해관계의 균형을 잡는 것은 쉬운 일이 아니었다. 그래서 길고 지루한 기다림의 두 주 동안 병사들이 확성기로 서로 욕을 하며 시간을 보내야 했던 것이다. 물론 그들은 표시가 된 선을 넘어가거나, 지나치게 무례한 태도를 보이지는 않으려고 조심을 했다. 혹시나 특별히 과민한 중령이 기분이 확 상하는 바람에 국경지대가 갑자기 아수라장이 되는 일이 벌어질지도 모르는 일이었기 때문이다. 협상을 복잡하게 만들고 지연시켰던 가장 큰 요인은 다른 나라의 마피아에게는 유순한 자경단원 팀들이 없었다는 점이다. 그들에게는 정부가 꼼짝 못 하도록 압력을 가할 수단이 없었기 때문에, 이곳과는 달리 훌륭한 성과를 거둘 수 없었던 것이다. 불가피하게 퍼져나간 소문을 제외하면 협상의 이런 어두운 면은 전혀 공개되지 않았지만, 어쨌든 이웃 나라 군대의 중간 지휘관들이 상관의 묵인 하에, 어쩔 수 없는 오고 감, 전진과 후퇴에 눈을 감아 달라는 설득에 못 이기는 체 넘어간 것만은 분명했다. 도대체 얼마를 받았는지는 몰라도. 물론 그렇게 오고 가고, 전진과 후퇴를 하는 데 문제의 해법이 있었다. 어린아이라도 이런 생각을 할 수는 있지만, 이것을 실행에 옮기려면 그 어린아이는 우리가 분별력이 생기는 나이라고 부르는 연령에 이르렀을 때 마피아 모집책의 문을 두드리고 이렇게 말해야 한다, 나는 소명을 받아 여기에 왔습니다, 나를 마음대로 써주십시오.

언어의 압축, 간결, 절약을 사랑하는 사람들이라면 틀림없이 물을 것이다. 그렇게 간단한 것이었다면 뭐 하러 그렇게 질질 끌다가 이제야 핵심적인 대목에 이르는가. 그 답 또한 간단하다. 이제 최신 유행 용어를 사용하여 그 답을 해보겠다. 이 용어는, 바라건대, 어떤 사람들의 눈에는 곰팡이처럼 이 이야기에 흩어져 있는 것으로 보일 옛날 말투를 보완해줄 것이다. 그 용어란 문맥이다. 문맥이 무슨 말인지는 누구나 안다. 그러나 우리가 여기서 다소 무감각하게 배경이라는 그 무시무시한 옛날 말을 사용했다면 의심이 생겼을 것이다. 게다가 배경이라는 말은 사실에 전적으로 부합하지도 않는다. 문맥이라는 말은 배경(背景)만 제공하는 것이 아니라, 관찰되는 주제와 지평선 사이에 놓인 헤아릴 수 없이 많은 경(景)을 모두 제공하기 때문이다. 따라서 틀이라고 부르는 것이 더 나을 것이다. 그래, 틀. 이제 제대로, 진정으로 틀을 잡았으니, 마피아가 그들의 이해관계에 해를 줄 수도 있는 갈등의 가능성을 철저하게 피하기 위해 생각해 낸 술책의 본질을 밝힐 때가 되었다. 앞서도 말했듯이, 그것은 어린아이라도 할 수 있는 생각이었다. 그것은 이런 내용이다. 환자를 국경 너머로 데려간다. 그리고 환자가 사망을 하면, 다시 데려와 그가 태어난 조국의 어머니 같은 가슴에 묻는다. 가장 엄격하고, 정확하고, 분명한 의미에서 완벽하다고 말할 수 있는 해결책이었다. 우리가 보았듯이 어떤 관련 당사자에게도 수치를 안기지 않고 문제는 해결되었다. 이제 네 나라 군대도 전시 체제를 유지하며 국경에 남아 있을 이유가 없어 평화롭게 철수할 수 있었다. 마피아가 국경을 넘어 들어갔다가 바로 다시 나오겠다고 제안했기 때문이다. 앞서도 말했듯이 죽어가는 사람들은 건너편으로 옮기는 즉시 절명했으며, 따라서 잠시라도 그곳에 머물 필요가 없었다. 단지 죽는 데 필요한 시간이면 충분했으며, 그 시간은 늘 아주 짧았다. 그냥 한숨 한 번, 그것으로 끝이었다. 따라서 어떤 상황일지 상상이 갈 것이다. 누가 후 하고 불 필요도 없이 갑자기 꺼지는 촛불. 아무리 부드러운 안락사도 이렇게 편하고 이렇게 달콤할 수는 없을 것이다. 새로운 상황의 가장 흥미로운 측면은 사람들이 죽지 않는 나라의 사법체계에는 매장자를 처벌할 아무런 법적 근거가 없음을 알게 되었다는 것이다. 비록 입으로는 진실로 처벌을 원한다고 하지만. 그것은 단지 정부가 마피아와 어쩔 수 없이 맺었던 신사협정 때문만은 아니었다. 정부는 그들을 살인으로 기소할 수 없다. 형식적으로 말해서 살인이 일어나지 않기 때문이다. 또 그 비난받아 마땅한 행동, 이것을 묘사할 더 좋은 방법이 있다면 제발 그렇게 해주기를 바라거니와, 어쨌든 그 행동은 해외에서 일어나기 때문이다. 심지어 죽은 자를 묻었다고 기소할 수도 없다. 그것이 죽은 자에게 닥치는 자연스러운 운명이기 때문이다. 외려 그런 일을 해주려고 하는 사람이 있다는 데 감사해야 한다. 어떻게 보건 간에 시신을 매장한다는 것은 신체적으로나 심리적으로나 고통스러운 일이기 때문이다. 기껏해야 의사가 없었으니 제대로 사망을 확인할 수 없었다거나, 매장이 규정에 따라 이루어지지 않았다거나, 마치 이런 일은 처음 들어본다는 듯이, 무덤이 제대로 표시가 되어 있지 않으며, 폭우가 쏟아지고 비옥한 땅에서 식물이 즐겁게 쑥쑥 솟아오르면 이내 시야에서 사라질 것이 틀림없다고 비난하는 정도일 것이다. 법은 모든 난점을 고려한 뒤, 마피아의 영리한 변호사들, 그 상습적인 음모가들이 무자비하게 퍼부어댈 항소의 늪에 빠져들지도 모른다고 걱정하여, 상황이 어떻게 돌아가는지 참을성 있게 지켜보기로 했다. 이것이 이들이 취할 수 있는 가장 신중한 태도라는 데는 한 점 의심의 그림자도 없었다. 나라는 유례없이 불안한 상태다. 권력기관들은 혼란에 빠지고, 권위는 훼손되고, 도덕적 가치들은 급속히 뒤집히고, 사회의 모든 부문에서 시민의 예의범절이 완전히 사라져버렸다. 아마 신도 자기가 우리를 어디로 데려가는지 모를 것이다. 마피아가 그들의 사업을 합리화하고 일의 부담을 나누고자 장례업계와 신사협정 조항을 협상하고 있다는 소문도 있다. 평범하고 일상적인 말로 하자면, 마피아가 시체를 제공하고,

장의사들이 그들을 매장하는 수단과 전문지식을 제공한다는 것이다. 개나 고양이나 카나리아, 나아가서 이따금씩 앵무새나 꼼짝도 하지 않는 거북이, 길들인 다람쥐, 어깨에 올려놓고 다니던 애완용 도마뱀을 위한 장례식을 준비하는 데 수천 년의 지식, 전문적 소양, 노하우, 직업적 조객을 동원하고 낭비하느라 지친 장의사들도 두 팔 벌려 마피아의 제안을 환영했다는 소문이다. 우리는 이렇게 침체되었던 적이 없었습니다, 장의사들은 말했다. 이제 분명한 역설, 즉 장례산업이 재탄생했다는 역설 덕분에 미래는 밝고 명랑해 보였다. 희망이 꽃밭처럼 꽃을 피웠다. 이 모든 것이 마피아의 알선과 바닥이 드러나지 않는 금고 덕분이었다. 마피아는 수도와 전국의 여러 도시에 장의사들이 새로운 지사를 세울 수 있도록 지원금을 제공했다. 물론 마피아도 적절한 보답을 받았다. 마피아는 또 국경 근처 지역에서는 죽은 사람을 다시 국경 너머로 데려왔을 때 그들이 죽었음을 확인해 줄 사람이 필요할 경우에 의사가 참석하도록 했다. 마피아가 담당하는 매장이 절대적 우선권을 가지도록 지방의회와 협정을 맺었다. 마피아가 매장을 하고자 할 때는 밤이나 낮이나 시간을 가리지 않는다는 것이었다. 물론 이 모든 것에는 돈이 많이 들어가지만, 추가 요금과 보조 서비스가 지출을 대부분 해결해 주었기 때문에 사업은 계속 이익이 남았다. 그러다, 갑자기, 죽음을 목전에 둔 사람들을 계속해서 콸콸 흘려보내던 수도꼭지가 잠겨버렸다. 가족들이 양심의 공격을 받고 괴로워하다가 사랑하는 사람을 멀리 보내 죽게 하는 일을 더는 하지 않겠다고 서로 합의를 한 것 같았다. 우리가 상징적인 의미에서 그들의 살을 먹었으니, 이제 그들의 뼈도 갉아먹어야 한다. 우리는 단지 좋을 때만, 우리가 사랑하는 사람이 힘이 있고 몸이 말짱할 때만 옆에 있는 것이 아니라, 나쁠 때도, 최악일 때도, 빨아도 소용이 없는 악취 나는 걸레나 다름없게 되었을 때도 옆에 있어야 한다. 장의사들은 행복에서 절망으로 곤두박질쳤다. 다시 카나리아와 고양이, 개를 비롯하여 거북이, 앵무새, 다람쥐 등 여러 동물을 매장하는 수모를 겪는 상황으로 전락하고 말았다. 그러나 도마뱀은 안 묻기로 했다. 주인이 어깨에 올려놓고 돌아다녀도 가만히 있는 유일한 동물이었기 때문이다. 마피아는 냉정을 잃지 않고 차분한 상태를 유지하면서 바로 무슨 일이 벌어지는지 조사하기 시작했다. 아주 간단했다. 가족들은, 물론 다 똑같이 말한 것은 아니지만, 대개 이런 식으로 말했다, 몰래 행동하는 것은 다르죠, 한밤중에 사랑하는 사람을 데리고 나가는 건 말이에요, 그러면 이웃도 그분이 여전히 고통스러운 병상에 누워 있는지 아니면 그냥 증발해 버렸는지 알 도리가 없으니까요, 거짓말을 하는 건 쉬워요, 슬픈 표정으로 말하는 건 말이에요, 지금도 여기 계시죠, 가엾은 양반, 하고요, 이웃집 사람을 층계참에서 만났는데, 그래, 할아버지는 요즘 어떠세요, 하고 물어봤을 때 말이에요, 하지만 이제 모든 것이 달라졌어요, 사망증명서도 있고, 공동묘지에는 이름을 다 적은 명

판까지 붙여요. 이러니 몇 시간 후면 시샘 많고 남 욕하기 좋아하는 동네 사람들이 할아버지가 죽을 수 있는 유일한 방법으로 죽었다는 걸 알게 되잖아요. 그러니까 아주 간단하게 말해서, 잔인하고 배은망덕한 가족이 할아버지를 국경으로 데려갔다는 말밖에 더 돼요. 그럼 창피해지는 거죠. 그들은 그렇게 고백했다. 마피아는 듣고 또 들은 끝에 생각을 해보겠다고 말했다. 그 생각은 스물네 시간이 걸리지 않았다. 사십팔 페이지에 나온 늙은 신사의 예를 따라, 죽은 사람이 죽기를 원한 것이기 때문에 사망확인서에 그들의 죽음을 자살이라고 적기로 한 것이다. 다시 수도꼭지를 튼 셈이었다.

아무도 죽지 않는 이 나라의 모든 것이 우리가 방금 묘사한 것처럼 지저분한 것은 아니었다. 또 영원히 살고 싶은 희망과 절대 죽지 않는다는 공포 사이에서 갈등을 일으키는 이 사회에서 게걸스러운 마피아가 모든 부문에 발톱을 들이미는 데 성공한 것도 아니었다. 그들이 모든 영혼을 부패시킨 것도 아니었고, 모든 육체를 정복한 것도 아니었고, 과거의 훌륭한 원칙 가운데 얼마 남지 않은 것을 모두 더럽힌 것도 아니었다. 예를 들어 뇌물의 냄새가 나는 봉투가 오면 즉시 보낸 사람에게 되돌려 보내며 분명하고 확고한 답을 전하던 과거 말이다, 이 돈으로 댁의 애들 장난감이나 사주시오. 또는, 번지수가 틀렸소. 당시에는 위엄이 모든 계급이 노력만 하면 얻을 수 있는 자부심의 한 형태였다. 어쨌든 현재의 그 모든 것에도 불구하고, 거짓 자살과 국경의 더러운 거래에도 불구하고, 그 영(靈)은 계속 물 위에 움직이고 있었다("하느님의 영은 물 위에 움직이고 계셨다"(창세기 1:2)에서 나온 말-옮긴이). 물론 거대한 대양의 물은 아니었다. 그런 물은 다른 먼 땅들을 목욕시키고 있었기 때문이다. 우리가 말하는 물은 호수와 강, 시내와 개울, 비가 남긴 웅덩이, 하늘이 얼마나 높은지 가장 잘 알 수 있는 반짝이는 깊은 우물, 그리고 희한하게 들릴지 모르지만 어항의 잔잔한 수면이다. 초보 철학자는 어항의 수면으로 숨을 쉬러 올라온 금붕어를 무심히 지켜보고 있었다. 그러면서 약간은 덜 무심하게, 어항의 물을 갈아준 지 얼마나 되었는지 궁금해하고 있었다. 물고기가 물과 공기가 만나는 섬세한 초승달 모양의 수면을 연거푸 가르고 나올 때면 무슨 말을 하고 싶은지 잘 알았기 때문이다. 바로 순간, 이 계시의 순간에 초보 철학자는 아무도 죽지 않는 이 나라의 역사에서 가장 뜨겁고 짜릿한 논쟁을 일으키게 될 그 명확하고 선명한 질문을 보았다. 어항의 물 위를 움직이는 영이 초보 철학자에게 던진 질문은 이것이었다. 죽음이 모든 생물, 인간을 포함한 동물이든 네가 밟고 다니는 풀로부터 백 미터에 이르는 세쿼이아덴드론 기간테움(거대한 세쿼이아 나무-옮긴이)에 이르는 식물이든 모든 생물에게 똑같다면, 자신이 죽을 것임을 아는 인간을 죽이는 죽음과 그것을 절대 모르는 말의 죽음이 똑같을 것인가? 그런 생각을 해본 적이 있는가? 그 질문은 계속 이어졌다. 누에가 고치 안에서 스스로를 가두고 문을 걸어

잠갔을 때, 이 누에는 어느 시점에서 죽는가? 하나의 생명이 다른 것의 죽음에서 태어나는 것, 누에의 죽음에서 나방이 태어나는 것이 어떻게 가능한가? 그 둘이 같으면서도 다른 것이 어떻게 가능한가? 아니면 나방이 아직 살아 있으므로 누에는 죽지 않은 것인가? 초보 철학자는 대답했다, 누에는 죽지 않은 것입니다, 하지만 나방은 알을 낳은 뒤에 죽을 것입니다. 어항의 물 위를 움직이는 영이 대답했다, 흠, 나는 네가 태어나기 전부터 그것을 알고 있었다, 누에는 죽지 않았다, 나방이 떠났을 때 고치 안에는 주검도 없었다, 네 말대로, 하나의 죽음에서 다른 것의 생명이 태어난 것이다. 그건 변태(變態)라고 부르지요, 누구나 아는 겁니다, 초보 철학자가 으스댔다. 그거 아주 멋지게 들리는 말이로구나, 약속과 확신으로 가득 찬 말이야, 너는 변태라고 말을 하고 그 다음으로 넘어가지만, 그 말이 사물 자체가 아니라 우리가 사물에 붙이는 이름에 불과하다는 사실을 모르는 것 같구나, 너는 사물이 진정으로 어떠한지는 절대 모를 것이다, 심지어 그 진짜 이름이 무엇인지도 모를 것이다, 네가 사물에 붙이는 이름은 그저 이름, 네가 붙이는 이름에 불과할 뿐이니까. 우리 둘 중에 누가 철학자입니까. 너도 아니고 나도 아니다, 너는 그저 초보 철학자일 뿐이고, 나는 그저 어항의 물 위를 움직이는 영일 뿐이다. 우린 죽음에 관한 얘기를 하고 있었지요. 아니, 죽음에 관한 얘기가 아니야, 죽음에 관한 얘기가, 내가 물은 건 왜 인간이 죽지 않는데 다른 동물은 죽느냐 하는 것이야, 왜 어떤 것의 죽지 않음이 동시에 다른 것의 죽지 않음이 되지 않는가, 이 금붕어의 생명은 끝이 나는데 말이야, 아, 경고해 두는데, 네가 이 물을 갈지 않으면 그 죽음은 오래지 않아 닥칠 것이야, 그럴 때 너는 그 죽음에서 지금 이 순간 너도 모르는 이유로 네가 면제받고 있는 그 다른 죽음을 인식할 수 있을까. 전에, 사람들이 죽던 시절에, 몇 번 세상을 뜬 사람들이 있는 자리에 있었지만, 그들의 죽음이 나에게 언젠가 닥치게 될 죽음과 같을 것이라고 상상해 본 적은 없습니다. 너희 각각은 그 나름의 죽음을 가지기 때문이지, 너희는 태어나는 순간부터 그것을 비밀 장소에 가지고 다니지, 그건 너에게 속한 것이고, 너는 그것에 속한 거야. 동물이나 식물은 어떻습니까. 글쎄, 동물이나 식물도 똑같을 것 같구나. 각각 그 나름의 죽음이 있다는 말씀입니까. 그렇지. 그럼 많은 죽음이 있는 거로군요, 지금까지 존재했고, 지금 존재하고 있고, 앞으로 존재할 모든 생물의 수와 같은 수의 죽음이 말입니다. 어떤 면에서는 그렇지. 그럼 방금 하신 말씀과 모순이 되지 않습니까, 초보 철학자가 소리쳤다. 각 개체를 감독하는 죽음은, 말하자면, 한정된 수명을 가진 죽음, 하위의 죽음이야, 이 죽음은 자기가 죽이는 것과 함께 죽지, 하지만 그 위에 더 큰 죽음, 예를 들어 인류의 새벽 이후로 인간을 책임져 온 죽음이 있는 게 아닐까. 그러니까 위계가 있다는 거로군요. 그래, 그런 것 같구나. 동물에게 위계가 있듯이 말입니다, 가장 초보적인 원생동물에서부터 파란 고래에 이르기까지 말이죠. 동물한테도 있지. 그리고 식물한테도 있고요, 규조류에서부터 거대한 세쿼이아에 이르기까지 말이에요, 그런데 이 세쿼이아는 아주 크지요, 조금 전에 라틴어 이름으로 언급하셨듯이 말입니다. 내가 아는 한 식물에게도 똑같은 일이 벌어지지. 따라서 모든 것에 그 나름의 개별적이고 양도 불가능한 죽음이 있다는 거로군요. 그렇지. 그리고 그 다음에 더 일반적인 죽음 두 가지가 있다는 거고요, 자연의 왕국 각각에 하나씩. 그래. 거기서 끝나는 겁니까, 타나토스가 위임한 책임의 위계가 말입니다, 초보 철학자가 물었다. 내 상상력이 닿을 수 있는 곳까지 최대한 뻗어간 상태에서 말을 한다면, 또 하나의 죽음이 보이는구나, 마지막, 최고의 죽음이. 그건 무슨 죽음입니까. 우주를 파괴하는 죽음이지, 정말로 죽음이라는 이름값을 할 만한 죽음, 그런 일이 일어날 때 그 이름을 말할 사람은 없겠지만, 그 죽음에 비하면 우리가 지금까지 말한 다른 것들은 아주 작고 하찮은 세목에 불과하지. 그러니까 죽음이 하나만 있는 게 아니라는 거로군요, 초보 철학자가 약간 불필요한 결론을 내렸다. 내가 말한 게 바로 그거다. 그래서 우리의 죽음이었던 것은 작동을 멈추었지만, 다른 죽음들, 동물과 식물의 죽음은 계속 작동을 하는 거다, 따라서 그 죽음들은 독립적인 거다, 각각 자기 영역에서 일을 하는 거다, 그런 말씀이죠. 이제 알아들었구나. 네. 좋아, 이제 가서 다른 모든 사람들에게 전해라, 어항의 물 위를 움직이는 영이 말했다. 이렇게 해서 논쟁은 시작되었다.

어항의 물 위를 움직이는 영이 제시한 이 대담한 명제에 반대하는 첫 번째 주장은 그 대변인이 자격을 갖춘 정식 철학자가 아니라, 기본적인, 거의 원생동물만큼이나 초보적인 교과서 몇 권밖에 읽어보지 않은 초보 철학자에 불과하다는 것이었다. 그것만으로도 모자랐는지, 이 기본적인 것마저 여기서, 저기서, 모든 곳에서 되는대로 조금씩 가져왔으며, 그것들을 한데 꿰맬 실과 바늘도 없어 색깔과 모양이 끔찍하게 충돌하고 있다는 것이었다. 간단히 말해서 이것은 사상의 잡색 학파 또는 절충 학파라고 부를 만한 철학이라는 것이었다. 하지만 사실 그것이 문제가 아니었다. 이 명제의 핵심은 물론 어항의 물 위를 움직이는 영의 작품이기는 했지만, 두 페이지 전의 대화를 다시 읽어보기만 해도 초보 철학자가 이 흥미로운 사상의 회태에 약간의 기여를 했다는 점을 인식할 수 있을 것이다. 설사 그의 역할이 듣는 사람에 한정되었다 해도, 모두가 알다시피 이 자체가 소크라테스의 시절 이후로 변증의 불가결한 요인이었다. 적어도 한 가지, 인간은 죽지 않지만 다른 동물은 죽는다는 사실은 부인할 수가 없었다. 식물로 보자면, 아무리 식물학에 무지한 사람이라 해도, 식물이 전과 다름없이 생겨나고, 잎을 내밀고, 시든 다음 완전히 말라버리는 것을 쉽게 볼 수 있었다. 부패하든 부패하지 않든 그 마지막 단계를 죽는 것이라고 묘사할 수 없다면, 누군가 앞으로 나서서 더 나은 정의를 제시할 수도 있을 것이다. 어떤 반대자들은 말했다, 이곳 사람들은 죽지 않는데 다른 모든 생물은 죽는다는 사실은 세상에서 정상적인 상태가 아직 완전히 물러나지 않았다는 증거로 볼 수밖에 없다. 정상적인 상태란 말할 필요도 없이, 아주 단순하게, 때가 오면 죽는다는 거다. 그냥 죽고 그 죽음이 날 때부터 우리 거냐, 아니면 죽음이 그냥 지나가다가 공교롭게도 우리를 알아본 거냐 하는 논쟁에 휘말리지 않는 거다. 다른 나라에서는 사람들이 계속 죽었다. 그곳 주민은 그것 때문에 더 불행해 보이지 않았다. 처음에는, 당연한 일이지만, 부러움이 있었고, 음모가 있었고, 심지어 우리가 어떻게 죽지 않게 되었는지 알아내려고 과학적 간첩행위까지 시도하는 희한한 사례도 있었다. 그러나 그들은 우리를 괴롭히는 문제들을 보았다. 그런 뒤에 그 나라들의 주민이 느끼게 된 감정은 이런 말로 표현하면 가장 적당할 것이다, 우린 아주 운 좋게 피했구나.

물론 교회는 평소에 타던 군마를 타고 논쟁장에 뛰어들었다. 즉 하느님은 평소와 다름없이 신비하게 움직인다는 것이다. 약간 불경건하다는 말을 들을 수도 있지만, 이 말을 일반인의 용어로 표현하자면, 하늘의 문에 있는 틈으로도 그 안에서 무슨 일이 벌어지는지 볼 수 없다는 뜻이다. 교회는 또 자연의 인과관계가 일시적으로, 또 상당히 긴 시간 동안 중단된 것은 사실 새로운 일이 아니라고 말했다. 지난 이천 년 동안 일어났던 무한한 기적들을 돌이켜보기만 하면 되지 않는가, 다만 지금 벌어지고 있는 일과 비교할 때 한 가지 차이가 있다면 그것은 벌어지는 규모일 뿐이다. 과거에는 한 개인에게 그의 개인적 신앙에 대한 보답으로 주어지던 것이 지금은 개개인을 구별하지 않는 보편적인 선물로 바뀌었을 뿐이다. 온 나라에 말하자면 영생의 약이 주어진 것이다. 논리적으로 보아도 당연히 선택받을 것이라고 예상했을 신자들만이 아니라, 온갖 종류의 무신론자, 불가지론자, 이교도, 배교자, 불신자, 다른 종교에 헌신하는 사람, 착한 사람과 악한 사람과 더 악한 사람, 덕이 있는 사람과 마피아, 처형자와 피해자, 경찰과 강도, 살인자와 헌혈자, 미친 사람과 정신이 멀쩡한 사람을 불문하고 모두, 예외 없이, 동시에 기적의 역사상 처음 보는 엄청난 경이, 영혼의 영생과 영원히 얽혀 있는 몸의 영생의 목격자이자 수혜자가 되었다. 그러나 주교로부터 그 위쪽의 가톨릭 상층부는 경이를 갈망하는 중간층의 일부 구성원들이 내놓는 이 신비론을 탐탁하게 여기지 않았다. 그들은 그런 입장을 신자들에게 매우 단호한 메시지로 알렸다. 이 메시지에서 그들은 물론 우리가 파악할 수 없는 신의 신비로운 활동 방식을 먼저 언급한 뒤, 위기가 발생하고 나서 첫 몇 시간 동안 추기경이 총리와 나누었던 전화 대화에서 밝혔던 생각을 되풀이했다. 그때 추기경은 자신이 교황이라고 상상한 뒤, 그런 어리석은 가정을 하는 것에 대해 신의 용서를 구하면서, 새로운 테제, 즉 죽음의 지연이라는 테제의 즉각적 발표를 제안하고, 자주 칭송을 받는 시간의 지혜, 즉 오늘은 어떤 문제가 해결 불가능한 것으로 보일지라도, 언제나 그 문제를 해결해 줄 내일이 있다는 지혜에 대한 신뢰를 표명했다. 한 독자는 자신이 애독하는 신문의 편집자에게 편지를 보내 죽음이 스스로 시행을 미루기로 결정을 했다는 생각을 얼마든지 받아들일 준비가 되어 있다면서 물었다, 존경하는 마음으로 여쭙는데, 교회에서 그것을 어떻게 알았는지 말씀해 주실 수 있나요, 교회가 그렇게 잘 안다면, 이런 지연이 얼마나 오래 지속될 것인지도 알지 않을까요. 신문은 편집자의 편지를 통해 이 독자에게 그것은 단지 하나의 생각일 뿐이고, 따라서 아직 공인된 것은 아니며, 그 말은 결국 교회도 이 문제에 관해서는 우리가 아는 만큼밖에 알지 못한다는 뜻, 다시 말해서 아무것도 모른다는 뜻이라고 대답했다. 이 지점에서 누군가 논쟁을 최초의 시발점으로 돌리자고 요구하는 글을 썼다, 죽음은 하나인가 다수인가, 죽음을 단수로 표현할 것인가 아니면 복수로 표현할 것인가, 기왕에 내 손에 펜을 든 이상, 나는 교회가 그런 모호한 태도를 취함으로써 그저 시간을 벌면서 확실한 태도를 밝히는 것을 피하려 할 뿐이라고 말하고 싶다, 그래서 교회는 평소처럼 개구리 다리에 부목을 대면서, 다른 한편으로는 산토끼와 함께 달리고 사냥개와 함께 사냥을 하느라 바쁜 것이다. 인기를 얻게 된 이 표현 가운데 첫 번째 부분 때문에 기자들은 약간 곤혹스러워했다. 평생 그런 말은 듣지도 보지도 못했기 때문이다. 수수께끼와 마주친 기자들은 건강한 직업적 경쟁심을 느끼면서, 서가에서 기사를 쓸 때 가끔 참고하는 사전들을 꺼내 여기에서 양서류가 도대체 왜 등장하는지 찾아보기 시작했다. 그러나 아무것도 찾아내지 못했다. 아니, 개구리는 찾았다. 다리는 찾았다. 부목은 찾았다. 그러나 이 세 단어가 한데 모였을 때 생기는 분명한 의미는 찾지 못했다. 그러다 한 기자가 오래전에 시골에서 올라온 늙은 수위를 불러 물어봐야겠다는 생각을 했다. 그렇게 오래 도시 생활을 했으면서도 여전히 난롯가에 앉아 손자들한테 옛날이야기를 해주듯이 이야기를 하기 때문에 모두에게 비웃음을 사는 사람이었다. 기자들이 수위한테 그 표현을 아느냐고 묻자 수위가 대답했다, 예, 알지요. 그럼 설명을 좀 해보쇼, 편집인이 말했다. 부목이란 건 부러진 뼈를 제자리에 지탱하는 데 사용하는 나뭇조각이지요. 그 정도는 우리도 알고 있소, 그게 개구리하고 무슨 상관이 있냐는 거요. 그게 개구리하고 아주 깊은 관계가 있지요, 개구리 다리에는 부목을 댈 수가 없으니까요. 왜 못 대. 개구리는 절대 다리를 가만히 놔두지 않으니까요. 그럼 그 표현이 무슨 뜻이오. 그건 노력해 봤자 소용이 없다는 뜻입니다, 개구리가 그렇게 하도록 놔두질 않으니까요. 하지만 그게 그 독자가 하려던 말일 리는 없잖소. 글쎄요, 누가 시간을 벌려는 게 분명할 때도 그런 표현을 쓰지요, 그럴 때 개구리 다리에 부목을 대려 한다고 말을 합니다. 그러니까 그게 교회가 하려는 일이란 말이오. 그렇지요. 그러니까 이걸 쓴 독자가 전적으로 옳다는 말이로군. 그렇지요, 그런 것 같습니다, 아, 물론 제 일은 저 문으로 누가 들어오고 나가는지 보는 겁니다만. 큰 도움이 되었소. 다른 표현은 설명해 드리지 않아도 되겠습니까. 어느 거 말이오.

산토끼와 사냥개 말입니다. 아니, 그건 우리도 알고 있소, 매일 하는 일이 그거니까.

어항의 물 위를 움직이는 영과 초보 철학자가 시작한 논쟁, 즉 단수의 죽음이냐 복수의 죽음이냐를 둘러싼 논쟁은 경제학자가 쓴 글이 나타나지 않았다면 희극이나 소극으로 끝났을 것이다. 경제학자 자신도 인정했다시피 보험 계산이 그의 전공은 아니었지만, 이 문제에 관한 의견은 공표할 만큼의 지식은 있다고 생각하는 것 같았다. 약 이십 년, 일 년 정도는 오차가 있다 해도, 약 이십 년 후면 영구 장애 연금으로 살아가게 될 사람이 수백만 명이 될 것이며, 이들은 영원히 그렇게 살아가게 될 것이다. 그뿐 아니라 곧 그런 사람들이 수백만 명 더 늘어날 것이 분명한데, 이 나라는 그들에게 어떻게 돈을 줄 생각인가, 등차수열로 하든 등비수열로 하든 파국은 불가피하다. 이것은 혼돈, 무질서, 국가 파산을 의미한다. 소브 키 푀(sauve qui peut, 자신을 구할 수 있는 사람은 구하라는 뜻으로 패주를 뜻하는 말-옮긴이)의 상황이다. 다만 이 경우에는 아무도 자신을 구할 수 없다는 게 다를 뿐이다. 이런 무시무시한 전망과 마주치자 형이상학자들은 입을 다물 수밖에 없었다. 교회는 따분한 묵주 기도로 돌아가 시간의 끝이 오기를 기다릴 수밖에 없었다. 그들의 종말론적 전망에 따르면 시간의 끝이 오면 모든 것이 단번에 해결될 터였다. 자, 이제 경제학자의 걱정스러운 주장으로 돌아가 보자. 사실 계산은 아주 간단했다. 활동적인 인구 가운데 일정 비율이 국민

보험료를 내고, 비활동 인구 가운데 일정 비율이 노령이나 장애를 이유로 은퇴한 뒤 활동적인 인구에게 의지하여 연금을 받는 상황에서, 비활동 인구 대비 활동 인구가 계속 감소하고, 반대로 비활동 인구는 계속 늘어난다면, 죽음이 사라진 것, 겉으로 보기에는 절정에 이른, 정점에 이른, 최고의 행복이 결국은 좋은 것이 아님을 왜 아무도 금세 알아채지 못했는지 이해하기가 어려울 정도였다. 철학자들과 다른 추상주의자들이 먼저 거의와 영(零), 이것은 존재와 무의 평민적인 표현 방법인데, 어쨌든 그런 것에 관한 연구의 숲에서 길을 잃은 뒤에야, 상식이 산문적인 방식으로 돌아와 펜과 종이를 손에 들고 훨씬 더 급한 문제들이 있다는 것을 에이 + 비 + 시의 방법으로 보여주게 되는 것인지. 어쨌든 경제학자의 놀라운 글이 발표되자, 인간 본성의 어두운 면을 안다면 충분히 예측할 수 있는 일이지만, 주민 가운데 건강한 사람들이 죽을병에 걸린 사람들을 대하는 태도가 나쁜 쪽으로 변하기 시작했다. 그때까지만 해도, 비록 늙고 병든 사람들이 상당히 성가시고 골치 아프다는 데 모두가 동의하기는 했지만, 그럼에도 그들을 존중하는 것이 모든 문명사회의 핵심적인 의무 가운데 하나라고 생각했다. 따라서 비록 이따금씩 약간의 노력이 필요하기는 했지만, 그들을 돌보아주는 일이 필요할 때 누구도 그것을 거부한 적이 없었으며, 아주 드물기는 했지만, 빛이 꺼지기 전에 동정심과 사랑을 설탕처럼 한 숟가락 섞기도 했다. 물론 우리가 잘 알다시피, 자신의 구제 불가능한 비인간성을 어쩌지 못한 나머지 마피아의 힘을 빌려, 땀에 절고 자연적인 배설물로 더럽혀진 이부자리에서 영원히 죽어가고 있는 비참한 인간 잔존물을 제거한 잔혹한 가족들도 소수이지만 있기는 했다. 그들은 우리의 비난을 들어 마땅하다. 흔히 이야기되는 나무 사발 이야기에 나오는 가족과 마찬가지다. 물론 앞으로 보게 되겠지만, 그 가족은 다행히도 마지막 순간에 여덟 살 먹은 아이의 착한 마음 덕분에 최종적인 비난은 듣지 않게 된다. 이것은 잠깐이면 끝낼 수 있는 이야기이니, 그 이야기를 모르는 새로운 세대를 깨우쳐주기 위해 여기서 하고 가기로 하자. 다만 새로운 세대가 이 이야기를 순진하거나 감상적이라고 비웃지 말기를 바랄 뿐이다. 자, 그럼 이 도덕적 교훈이 될 만한 이야기에 귀를 기울여보라. 옛날에, 우화에 나오는 오래된 나라에 아버지, 어머니, 아버지의 아버지인 할아버지, 그리고 앞서 말했던 여덟 살 먹은 아이, 그러니까 어린 남자아이로 이루어진 가족이 살았다. 할아버지는 나이가 아주 많아 손이 떨렸기 때문에 식탁에 앉을 때 음식을 흘리곤 했다. 이 때문에 아들과 며느리는 무척 짜증이 나, 할아버지한테 좀 조심해서 먹으라고 야단을 치곤 했다. 그러나 가엾은 노인은 아무리 노력을 해도 손이 떨리는 것을 멈출 수가 없었다. 오히려 그러지 말라는 말을 들으면 더 떨리는 것 같았다. 그래서 식탁보를 더럽히거나 바닥에 음식을 떨어뜨리기 일쑤였다. 목에 걸어주는 냅킨에 음식을 떨어뜨리는 것은 말할 필요도 없었다. 그래서 하루에 세 번, 아침,

점심, 저녁에 냅킨을 갈아주어야 했다. 늘 이 모양이었고 나아질 기미가 없었다. 그러자 아들은 이 불쾌한 상황에 종지부를 찍기로 했다. 아들은 나무 사발을 집에 들고 와 아버지한테 말했다, 이제부터 문간에 앉아서 이걸로 드세요, 씻기도 편하고, 아버지 며느리가 더러운 탁자보나 냅킨을 처리할 필요도 없을 테니까요. 그래서 그렇게 하기로 했다. 아침, 점심, 저녁마다 노인은 문간에 혼자 앉아 최선을 다해 음식을 입으로 들어 올렸다. 올라가는 길에 반은 떨어졌고, 나머지 반 가운데 일부도 턱으로 흘러내리는 바람에, 흔히 험한 말로 아가리라고 부르는 곳으로 들어가는 양은 사실 아주 적었다. 손자는 할아버지에 대한 이런 잔혹한 대접에도 아무런 느낌이 없는 것 같았다. 할아버지를 보다가, 어머니와 아버지를 물끄러미 보고는, 자기는 상관없는 일이라는 듯이 계속 밥을 먹었다. 그러다 어느 날 오후 아버지가 일을 마치고 집에 와보니 아들이 나무토막을 파고 있었다. 아버지는 아들이 장난감을 만드는 줄 알았다. 옛날에는 그렇게 장난감을 만들어 놀곤 했으니까. 그러나 다음 날 아버지는 아들이 장난감 자동차를 만드는 게 아니라는 것을 깨달았다. 바퀴가 들어갈 자리가 보이지 않았기 때문이다. 그래서 아버지는 물었다, 뭘 만들고 있는 거냐. 아들은 못 들은 척 칼 끝으로 계속 나무만 깎아내고 있었다. 부모가 요즘보다 겁이 많지 않아, 아이 손에서 장난감을 만드는 데 쓰는 그런 유용한 도구를 바로 낚아채지 않던 시절에 일어났던 일이기 때문이다. 내 말 못 들었어, 그 나무토막으로 뭘 만드냐고 묻잖아, 아버지가 다시 물었다. 그러자 아들이 하던 일에서 눈도 떼지 않고 대답했다, 아버지가 늙어서 손이 떨리면 문간에 앉아서 밥을 드시게 해야 할 거 아니에요, 아버지가 할아버지한테 그런 것처럼 말이에요, 그때 쓸 사발을 만들고 있어요. 그 말이 마법 같은 효과를 발휘했다. 아버지의 눈에서 비늘이 떨어졌다. 진실과 그 빛을 보았다. 아버지는 당장 자신의 아버지에게 가서 용서를 구했으며, 저녁 시간이 되자 직접 의자에 앉히고 숟가락으로 음식을 떠먹인 다음 턱을 살며시 닦아주었다. 자신은 여전히 그렇게 해줄 수 있고, 사랑하는 아버지는 스스로 그렇게 할 수 없었기 때문이다. 이 이야기는 그 뒤에 일어난 일을 알려주지 않는다. 하지만 소년의 나무 깎기는 중단되었고 나무토막은 깎다 만 상태로 그대로 있었을 것이 틀림없다. 아무도 그 나무토막을 버리고 싶지 않았을 것이다. 교훈이 잊히지 않기를 바랐기 때문일 수도 있고, 언젠가 다른 사람이 그 일을 마무리 지을지도 모른다고 생각했기 때문일 수도 있다. 앞서 말했던 인간 본성의 어두운 면의 질긴 생존 능력을 고려한다면 그것도 얼마든지 가능한 일이니까. 누군가 이렇게 말한 적이 있지 않은가, 일어날 수 있는 일은 모두 다 일어날 것이다, 시간이 문제일 뿐이다, 살아서 그것을 다 보지 못한다면, 우리가 오래 살지 못했기 때문일 뿐이다. 어쨌든 모든 것을 팔레트의 왼쪽에서만 가져온 색으로 칠한다는 비난을 받지 않기 위해서라도 한 마디 덧붙여야겠다. 어떤 사람들은 어떤 신문이 먼저 이

따뜻한 이야기를 집단 기억의 먼지 낀 선반에서 건져내 거미줄을 털어버리고, 그런 다음에 어떤 텔레비전이 이 이야기를 각색한다면, 한때 사회에서 육성했던 영성이라는 비물질적 가치의 계발이나 숭배를 복원하는 데 도움이 될지도 모른다고 생각한다. 지금은 세상을 지배하는 저열한 물질주의에 인간의 의지가 사로잡혀, 많은 가족의 양심이 박살나 버렸다는 것이다. 우리는 의지가 강하다고 상상했지만, 사실 그것은 치유 불가능한 무시무시한 도덕적 허약을 반영한 것에 지나지 않았다. 하지만 희망을 버리지 말자, 그 소년이 화면에 나타나는 즉시 인구의 반이 눈물을 닦으려고 손수건을 찾으러 달려갈 것이며, 나머지 반, 그들보다 금욕적인 기질의 소유자라고 할 수 있는 반은 말없이 눈물이 뺨을 타고 흘러내리도록 내버려둘 것이다, 이것은 자신이 저지른 또는 너그럽게 보아 넘긴 어떤 악에 대한 양심의 가책이 반드시 빈말은 아님을 보여주는 것이다, 우리에게 아직도 할아버지를 구할 시간이 있기를 바라자.

갑자기, 공화당이 개탄할 만큼 형편없는 타이밍 감각을 드러내며, 이 민감한 사안을 계기로 자신의 목소리를 내기로 결정했다. 그들은 수도 얼마 되지 않았다. 심지어 정당을 구성하여 정기적으로 선거에 후보자를 내보냈음에도, 의회에 대표자 한 명 없었다. 그럼에도 그들은 어느 정도 사회적 영향력이 있다고 뻐겼다. 특히 문학과 예술계에 영향력이 있다는 것이었다. 실제로 이곳에서는 이따금씩 성명서가 나오기도 했는데, 그것은 전체적으로 잘 쓰기는 했지만, 변함없이 진통 효과를 노리는 달착지근한 것에 불과했다. 사실 공화당은 죽음의 실종 이후 자신이 살아 있다는 표시를 한 적이 없었다. 심지어, 이렇게 급진적인 반대파라면 충분히 이야기를 할 만한 상황, 즉 마피아가 비열하게 죽을병에 걸린 사람들을 운반하는 일에 참여했다는 소문이 나돌던 상황에도 아무런 설명을 요구한 적이 없었다. 그런데 이제 와서, 이 나라가 자신이 이 행성 전체에서 유일무이한 존재라는 의식에서 나오는 허영심과 다른 어느 곳과도 다르기 때문에 생기는 깊은 동요 때문에 갈등에 사로잡혀 불안에 휩싸여 있을 때, 이런 불안한 상황을 이용하여 다름 아닌 체제의 문제를 제기하고 나섰다. 그들은 공화당이라는 이름에서도 알 수 있듯이 군주제의 반대자이고 왕의 적이었는데, 이제 공화국을 수립하는 것이 필요하고도 긴급한 일임을 보여주는 새로운 논거를 발견했다고 생각했다. 그들은 어떤 나라가 결코 죽지 않는 왕, 설사 노령이나 정신 건강 쇠퇴의 이유로 내일 퇴위하겠다고 결정을 한다 해도 계속 왕으로 남는 왕을 둔다는 것은 일반적인 논리에 어긋난다고 말했다. 이 왕은 끝없이 이어지는 즉위와 퇴위, 침대에 누워 오지도 않는 죽음을 기다리는 왕들의 끝도 없는 행렬, 반은 살아 있고 반은 죽은 왕들의 흐름 가운데 맨 앞에 있는 왕이 될 터였다. 이 왕들은 궁의 복도에 두지 않는다면, 결국 만신전, 그들의 죽은 조상들이 들어가 관절로부터 떨어져 나온 뼈나 곰팡내 나는 미라가 되어버린 만신전을 다 채우고 마침내 그곳에도 들어가지 못하게 될 터였다. 그런 꼴을 보느니 공화국 대통령을 두는 것이 그보다 얼마나 더 논리적인가. 그들은 정해진 임기를 갖고, 한 번이나 두 번의 임기 동안 통치를 하고, 그런 다음에 자신이 마음에 드는 길로 나아가, 자신의 생활을 하고, 강연을 하고, 책을 쓰고, 대회나 세미나나 토론회에 참여하고, 원탁에서 자신의 생각을 이야기하고, 팔십 번의 연회에 참석하며 세계를 일주하고, 치마가 다시 유행하면 치마 길이에 대하여, 대기가 있으면 대기의 오존에 대하여 의견을 말할 것이다, 간단히 말해서 자기 마음대로 살 것이다. 이것이 매일 왕실 병원들에 자리를 차지하고 있는 환자들, 아무런 차도도 없는 환자들의 늘 똑같은 소식을 신문에서 읽고 텔레비전이나 라디오에서 듣는 것보다 훨씬 더 낫지 않은가, 잊지 말아야 할 것은, 이미 왕실 병원들이 두 배로 확대되었으며, 곧 다시 두 배로 늘어날 것이라는 사실이다. 여기서 병원들이라고 복수를 사용한 것은, 병원 같은 기관의 경우에 늘 있는 일이지만, 남자와 여자를 분리해서 수용한다는 것을 보여준다. 즉 왕과 왕자를 한쪽에, 왕비와 공주를 다른 쪽에 둔다는 것이다. 공화당은 이제 인민에게 정당한 책임을 떠맡으라고, 자신의 두 손에 운명을 틀어쥐고 새로운 삶을 시작하라고, 꽃잎이 흩날리는 새로운 길을 만들며 미래의 새벽으로 나아가라고 촉구했다. 이번에는 그들의 성명이 예술가와 작가만이 아니라, 다른 사회 계층에게도 감동을 주었다. 그들도 꽃잎이 흩어진 길의 행복한 이미지나 미래의 새벽이라는 비유에 민감한 반응을 보인 것이다. 그 결과 성전에 나설 준비를 갖춘 새로운 투사들의 열렬한 지지가 쏟아지게 되었다. 이들의 성전은 그것이 역사적 사건이 될 것임을 아는 사람이 생기기도 전에 이미 역사 속에 들어가 있는 것이었지만, 물고기는 낚시에 걸리기 전이나 그 뒤나 여전히 물고기인 것이다. 안타깝게도 그 뒤의 며칠 동안 이 전향적이고 예언적인 공화주의의 새로운 지지자들이 시민적 열망을 담아 발표한 구두 성명이 늘 훌륭한 예절과 건강한 민주적 공존이 요구하는 만큼 정중했던 것은 아니다. 일부는 심지어 선을 넘어 가장 불쾌하고 천박하다고 여겨지는 수준에 이르기도 했다. 예를 들어 왕족을 이야기하면서 당나귀를 비롯하여 코에 고리를 꿴 멍청한 짐승들에게 스펀지케이크를 계속 공급할 생각은 없다고 말하기도 했다. 취향이 고상한 사람들은 모두 그런 말을 받아들일 수 없을 뿐 아니라, 용서할 수도 없다고 입을 모았다. 왕실과 거기에 부속된 사람들에게 들어가는 비용이 계속 늘어나는 것을 언제까지나 국가의 돈궤로 감당할 수 없다고 말하는 것으로 충분했을 것이며, 그랬으면 모두 무슨 말인지 이해했을 것이라는 이야기였다. 말인즉슨 사실이지만, 불쾌감을 줄 필요는 없지 않느냐는 것이었다.

공화주의자들의 이런 폭력적인 공격 때문에, 아니, 더 중요한 것으로는 앞서 언급했던 국가의 돈궤가 곧 노령과 장애 연금을 감당할 수 없을 것이며, 이런 상황이 언제 끝이 날지 알 수 없다는 그 기사의 걱정스러운 예측 때문에 왕은 총리에게 단둘이, 녹음기나 어떤 종류의 증인도 없이 솔직한 대화를 할 필요가 있다고 통보하게 되었다. 총리는 지체 없이 달려와 안부를 물었다. 특히 새해를 맞이하면서 곧 죽을 상태였지만, 그럼에도 지금까지 다른 많은 사람들과 마찬가지로 일 분에 열세 번 계속 숨을 쉬고 있는, 그러면서도 지붕이 있는 침대에 누워 있는 몸은 다른 생명 징후를 거의 보여주지 않는 모후의 안부를 물었다. 왕은 총리에게 감사하고 나서, 모후는 여전히 자신의 혈관에 흐르는 피에 어울리는 위엄 있는 태도로 고통을 견디고 있다고 말하고, 바로 안건으로 넘어갔다. 첫 번째 안건은 공화주의자의 선전포고였다. 도대체 이 사람들이 무슨 생각을 하는지 이해를 못하겠소, 나라는 사상 최악의 위기에 빠졌는데, 그 사람들은 체제 변화 이야기나 하고 있으니 말이오. 아, 저 같으면 걱정하지 않겠습니다, 전하, 그 사람들이 하는 일은 이 상황을 이용해서 정부와 관련된 자기들의 계획을 널리 퍼뜨려보자는 것뿐이지요, 그 속을 들여다보면 사실 아주 혼탁한 물에서 낚시를 하는 가엾은 낚시꾼들에 불과합니다. 게다가, 말이 나온 김에 이 말은 해두고 싶소만, 그 사람들의 애국심 결여는 개탄할 만하오. 그렇지요, 전하, 공화주의자들의 국가관은 오직 자기들만 이해할 수 있는 것입니다, 사실 그 사람들도 이해를 하는지 어쩐지는 모르겠지만요. 그 사람들 생각에는 조금도 관심이 없소, 내가 총리한테서 듣고 싶은 것은 그 사람들이 체제 변화를 강요할 가능성이 조금이라도 있느냐 하는 거요. 그 사람들은 의회에 대표자도 보내지 못했습니다, 전하. 내가 말하는 건 쿠데타, 혁명이오. 절대 그런 일은 없습니다, 전하, 국민은 굳게 전하의 뒤를 받치고 있고, 군대도 합법 정부에 충성하고 있습니다. 그럼 내가 편히 쉴 수 있는 거로군. 물론입니다, 전하. 왕은 자신의 다이어리에 적힌 공화주의자들이라는 말 옆에 엑스 표시를 한 다음에 말했다, 좋소, 그런데 그 연금을 주지 못한다는 얘긴 뭐요. 주고 있습니다, 전하, 하지만 전망은 아주 좋지 않은 게 사실이지요. 그럼 내가 잘못 읽은 거로군, 난, 뭐랄까, 연금 지불이 중단되었다고 생각했소. 아닙니다, 전하, 하지만, 방금 말씀드렸듯이, 미래가 아주 걱정스러운 건 사실입니다. 어떤 면에서 걱정스럽다는 거요. 모든 면에서 그렇습니다, 전하, 나라가 카드로 지은 집처럼 그냥 무너져버릴 수도 있습니다. 이런 상황에 처한 나라는 우리나라뿐이오, 왕이 물었다. 아닙니다, 전하, 장기적으로 보자면 이 문제가 모두에게 영향을 미칠 겁니다, 하지만 당장은 죽어가는 사람과 죽어가지 않는 사람의 차이가 크지요. 뻔한 이야기를 해서 죄송합니다만, 근본적인 차이입니다. 미안하지만, 잘 이해를 못하겠소. 다른 나라에서는 사람들이 죽는 게 정상입니다, 하지만 여기에서는, 전하, 우리나라에서는 아무도 죽지 않습니다, 모후만 생각해 보시면 될 듯합니다, 모후는 죽어가고 있는 게 분명하지만, 그럼에도 여기 그대로 계십니다, 물론 우리 모두에게 행복한 일이지요, 하지만, 과장 없이 말씀드리자면, 우리 목에 정말로 올가미가 걸려 있는 셈입니다. 하지만 어떤 사람들은 죽는다는 소문을 들었는데. 사실입니다, 전하, 하지만 그건 바다의 물 한 방울에 불과합니다, 모든 가족이 그런 길로 나아갈 수는 없습니다. 무슨 길. 집 안에서 죽어가는 사람의 자살을 책임져 주는 조직에 넘기는 것 말입니다. 무슨 말인지 모르겠는걸, 죽을 수 없는데 자살이 무슨 소용이 있소. 아, 그럴 수 있습니다, 전하. 어떻게 그런단 말이오. 이야기가 복잡합니다, 전하. 뭐, 말해 보시오, 우리뿐이잖소. 국경 건너에서는, 전하, 사람들이 지금도 죽고 있습니다. 그러니까 그 조직이 사람들을 그곳으로 데려간단 말이오. 그렇습니다. 그게 자선 단체요. 죽을병에 걸려 죽어가는 사람들의 수가 늘어나는 것을 약간 늦추도록 도와주는 단체지요, 하지만, 앞서도 말씀드렸다시피, 바닷물의 물방울 하나에 불과합니다. 그 조직은 어떤 거요. 총리는 깊은 숨을 쉬더니 대답했다, 마피아입니다, 전하. 마피아라고. 네, 전하, 마피아입니다, 가끔 국가는 달리 더러운 일을 할 사람을 찾지 못할 때가 있지요. 전에 나한테 이런 얘기는 한 적이 없잖소. 없습니다, 전하, 전하는 이 상황에서 벗어나게 해드리고, 제가 모든 책임을 지려고 했습니다. 국경에 있는 부대들은. 그들에게는 할 일이 있습니다. 그 일이라는 게 뭐요. 자살자들의 이동에 장애물이 있는 것처럼 보이면서, 사실은 전혀 장애가 되지 않는 일입니다. 난 그 부대들이 공격을 막으려고 거기 있는 줄 알았는데. 그런 위험은 한 번도 없었습니다, 게다가, 우리는 다른 나라 정부들하고 협정을 맺었습니다, 모든 게 통제 하에 있습니다. 연금 문제만 빼고 말이지. 죽음 문제만 빼고지요, 전하, 우리가 다시 죽지 않는다면 우리에게 미래는 없습니다. 왕은 연금이라는 말 옆에 엑스 표를 하고 말했다, 무슨 일이 일어나 주어야겠군. 그렇습니다, 전하, 무슨 일이 일어나 주어야 합니다.

비서가 사장실에 들어갔을 때 봉투는 사장의 책상 위에 있었다. 보라색이었다. 따라서 특이하다고도 할 수 있었다. 게다가 종이는 아마포의 질감을 흉내 내도록 돋을새김이 되어 있었다. 약간 골동품 비슷한 느낌이었으며, 전에도 사용된 듯한 인상을 주었다. 주소는 없었다. 발신자 주소가 없는 경우는 가끔 있었지만, 이렇게 받는 사람 주소도 없는 경우는 처음 있는 일이었다. 봉투가 발견된 것은 잠겨 있던 문을 연 직후였다. 밤 동안 그 문 너머로는 아무도 들어갈 수 없었다. 비서는 봉투 뒷면에 뭐가 적혀 있는지 확인하려고 봉투를 뒤집어보다가 자기도 모르게, 어제 문에 열쇠를 넣고 잠글 때는 봉투가 거기에 없었다는 생각을 했다. 하지만 그런 생각을 하다니 터무니없다는 느낌이 희미하게 따라붙었다. 터무니없어, 비서는 중얼거렸다. 어제 나갈 때 내가 못 본 것일 뿐이야. 비서는 모든 게 제자리에 있는지 확인하려고 한번 둘러본 뒤 자기 책상으로 물러났다. 비서로서의 역할, 아니 거기에 덧붙여 심복으로서의 역할로 볼 때, 이 여자는 이 봉투 또는 다른 어떤 봉투라도 열어볼 수 있었다. 게다가 이 봉투에는 기밀 정보가 담겨 있다는 딱지도 붙어 있지 않았고, 친전이라든가 비밀이라는 말도 적혀 있지 않았으니까. 그럼에도 비서는 봉투를 열지 않았다. 비서 자신도 그 이유를 이해할 수 없었다. 비서는 두 번이나 의자에서 일어나 사장실 문을 조금 열어보았다. 봉투는 그대로 그 자리에 있었다. 내가 미쳤나, 비서는 생각했다. 색깔 때문인 게 틀림없어, 어서 와서 이 수수께끼를 끝내주면 좋으련만. 비서가 오기를 바라는 사람은 그녀의 상사, 즉 텔레비전 방송사의 사장이었다. 사장은 오늘 지각이었다. 그는 열 시 십오 분이 되어서야 출근을 했다. 사장은 말이 없는 사람이었기 때문에 그냥 인사만 하고 바로 사장실로 들어가면서 비서에게 오 분 뒤에 들어오라고 명령했다. 자리를 잡고 이 날의 첫 담배에 불을 붙이는 데 그 정도의 시간은 필요하다고 생각한 것이다. 비서가 방에 들어갔을 때 사장은 아직 외투도 안 벗고 담배에 불도 붙이지 않았다. 손에 봉투와 똑같은 색깔의 종이를 들고 있었다. 손이 떨리고 있었다. 사장은 책상으로 다가오는 비서를 돌아보았지만, 알아보지 못하는 것 같았다. 사장은 한 손을 들어 올려 비서가 더 다가오는 것을 막더니, 다른 사람 목구멍에서 나오는 듯한 목소리로 말했다, 당장 나가, 문을 닫고 아무도 못 들어오게 해, 아무도, 알아들었어, 누구든 상관없어. 비서는 걱정하는 표정으로 무슨 일이 있느냐고 물었지만, 사장은 화난 목소리로 비서의 말을 끊었다, 내 말 못 들었어, 나가라고 했잖아, 마침내는 소리를 질렀다, 나가, 당장. 가엾은 여자는 눈물을 글썽이며 물러났다. 비서는 사장의 이런 행동에 익숙하지 않았다. 사장도 물론 다른 모든 사람과 마찬가지로 결함이 있는 사람이었지만, 일반적으로 매우 정중했으며, 결코 비서를 도어매트처럼 대하지 않았다. 그 편지와 무슨 관계가 있는 거야, 달리 설명할 길이 없어, 비서는 눈물을 닦을 손수건을 찾으며 생각했다. 비서의 생각이 옳았다. 만일 지금 용기를 내서 다시 사장실로 들어간다면, 사장이 성난 표정으로 얼굴을 일그러뜨린 채 방 한쪽 끝에서 다른 쪽 끝까지 왔다 갔다 하는 모습을 보았을 것이다. 무슨 일을 해야 할지는 모르지만, 그럼에도 자신이, 오직 자신만이 그 일을 할 수 있다는 것을 너무 잘 알고 있는 것처럼. 이윽고 사장은 손목시계를 보았다. 편지를 보았다. 아주 작은 소리로, 혼잣말을 하듯이 중얼거렸다, 아직 시간이 있어, 시간이 있어. 이윽고 사장은 자리에 앉더니 수수께끼의 편지를 다시 읽었다. 동시에 다른 손으로는 기계적으로 머리를 쓰다듬었다. 그의 배를 움켜쥐고 있는 공포의 소용돌이에 저항하면서 머리가 그대로 잘 붙어 있는지 확인하려는 것 같았다. 사장은 편지에서 고개를 들더니 멍하니 허공을 보며 생각했다, 누군가와 얘기를 해야 돼. 그 순간 어떤 생각이 그를 도우려고 나타났다. 이것이 장난일지도 모른다는 생각. 최악의 취미를 가진 장난. 불만을 품은 시청자. 그런 사람은 아주 많았다. 그것도 아주 섬뜩한 상상력을 가진 사람. 텔레비전 방송계의 상층부에 있는 사람은 누구나 알다시피, 이곳은 분명히 장미꽃밭이 아니기 때문이다. 하지만 화풀이를 하려고 나한테 편지를 쓰는 건 흔한 일이 아니야. 말할 필요도 없이 사장은 바로 이런 생각 때문에 비서에게 전화로 물었다, 이 편지를 누가 가져왔나. 모르겠습니다, 사장님, 출근해서 평소처럼 사장님 방 문을 여니까 거기 있던데요. 하지만 그건 불가능하잖아, 밤에는 아무도 이 방에 못 들어와. 맞아요, 사장님. 그럼 어떻게 설명을 할 거야. 저한테 묻지 마세요, 사장님, 저 나름대로 설명을 해보려고 하는데, 사장님이 그럴 기회를 안 주시잖아요. 아, 미안해, 내가 좀 퉁명스러웠군. 괜찮아요, 사장님, 하지만 많이 당황했어요. 사장은 다시 인내심을 잃었다, 이 편지에 적혀 있는 걸 본다면 당황이라는 게 뭔지 제대로 알게 될 거야. 사장은 전화를 끊었다. 그는 다시 손목시계를 보고 혼잣말을 했다, 유일한 탈출구는 그거야, 다른 건 보이지 않아, 내가 내릴 수 없는 결정도 있는 거야. 사장은 주소록을 펼치고 원하는 번호를 찾다가 그것을 발견했다, 여기 있군. 여전히 손이 너무 떨려 번호를 제대로 누르기가 힘들었다. 누가 전화를 받았지만 목소리를 통제하는 것은 더 어려웠다, 총리님 집무실로 연결해 주시겠소, 방송사 사장이오. 비서실장이 전화를 받았다, 안녕하신가요, 사장님, 전화해 주셔서 고맙습니다. 무슨 일인가요. 보시오, 긴급한 일이 있어 가능한 한 빨리 총리님을 뵈어야겠소. 무슨 일인지 말해 주시겠습니까, 총리님께 미리 귀띔을 해야 하니까요. 안 되오, 정말 미안하지만, 그럴 수가 없소, 이 문제는 긴급할 뿐 아니라 비밀도 엄격하게 유지해야 하오. 어떤 일인지 대충만 말해 주셔도 되는데. 보시오, 나한테 지금 이 두 눈, 언젠가 땅이 삼켜버릴 이 두 눈 외에는 다른 어떤 눈도 보지 못한 문건이 있소, 엄청난 국가적 중요성을 가진 문서요, 이래도 총리님이 어디 계시든 바로 연결해 주지 않는다면, 실장의 개인적이고 정치적인 장래가 심히 걱정된다고 말할 수밖에 없소. 그러니까 심각하다는 거로군요. 내가 할 수 있는 말은, 이제부터 일 분이라도 시간을 낭비하면, 그건 다 실장 책임이라는 것뿐이오. 그렇다면 어디 한번 방법을 찾아보지요, 하지만 총리님은 지금 매우 바쁘신데. 글쎄, 실장이 훈장을 타고 싶다면 바쁘시지 않게 하는 게 좋을 거요. 당장 연결하지요. 좋소, 기다리겠소. 질문을 하나 더 해도 되겠습니까. 아, 그래요, 또 뭘 알고 싶은 거요. 언젠가 땅이 삼켜버릴 이 두 눈이란 표현은 왜 쓴 겁니까, 그런 일은 이제 일어나지 않잖습니까. 보시오, 실장이 전에는 뭐였는지 모르겠지만, 지금 뭔지는 내가 잘 알겠소, 완전한 멍청이요, 어서 총리님이나 연결해 주시오, 당장. 예기치 못하게 터져 나온 사장의 심한 말은 그가 얼마나 혼란스러운 상태인지를 보여준다. 그는 어떤 혼돈에 사로잡혀 있지만, 그 자신도 자신의 상태를 잘 모른다. 상대방은 표현이나 의도에서 대단히 합리적인 질문을 했을 뿐인데 어떻게 자신이 그렇게 모욕을 했는지 이해할 수가 없다. 사과를 해야겠군, 사장은 후회했다, 언제 이 사람 도움이 필요할지 모르잖아. 총리는 짜증스러운 목소리였다, 무슨 일이오, 나는 보통 텔레비전 문제에는 관여하지 않는 사람인데, 그건 내 일이 아니잖소. 이건 텔레비전 문제가 아닙니다, 총리님, 편지를 한 통 받았습니다. 그래, 편지가 있다고 하더군, 그걸 나더러 어쩌란 말이오. 한번 읽어보십시오, 그게 답니다, 그 이상은, 총리님 표현을 빌리자면, 제 일이 아닙니다. 당신 꽤 당황한 것 같군. 네, 총리님, 무척 당황했습니다. 그 수수께끼의 편지에 뭐라고 적혀 있소. 전화로는 말씀드릴 수 없습니다. 이건 보안이 되는 선이오. 아니, 그래도 안 됩니다, 조심에 또 조심을 해야 하는 문제입니다. 그럼 나한테 보내시오. 아니, 제가 직접 전달해야겠습니다, 심부름꾼을 보내는 위험을 무릅쓰고 싶지 않습니다. 그럼 내가 여기서 사람을 보내겠소, 예를 들어 비서실장 같은 사람을, 그 친구는 누구보다 나하고 가까우니까. 총리님, 제발, 그럴 만한 이유가 없었다면 총리님을 귀찮게 하지도 않았을 겁니다, 반드시 뵈어야 합니다. 언제. 지금이요. 지금은 바쁜데. 총리님, 제발. 알았소, 꼭 그래야 한다면 오시오, 그 수수께끼가 그럴 가치가 있기를 바랄 뿐이오. 감사합니다, 바로 가겠습니다. 사장은 수화기를 내려놓고, 편지를 봉투에 집어넣은 다음, 봉투를 외투의 안주머니에 넣고 일어섰다. 손이 떨리는 것은 멈추었지만 얼굴에서는 땀이 뚝뚝 떨어지고 있었다. 사장은 손수건으로 땀을 닦아내고 내선으로 비서에게 전화를 하여, 밖에 나갈 테니 차를 부르라고 말했다. 책임을 다른 사람에게 넘겼다고 생각하니 마음이 약간 진정되었다. 삼십 분 후면 이 일에서 자신의 역할은 끝날 터였다. 비서가 문에 나타났다, 차가 기다리고 있습니다, 사장님. 고마워, 얼마나 걸릴지는 모르겠어, 총리님과 만날 예정인데, 자네 혼자만 알고 있어야 해. 걱정 마세요, 사장님, 아무한테도 말 안 할게요. 갔다 오지. 다녀오세요, 사장님, 다 잘 풀리기를 바랍니다. 현재의 상황에서는 잘 풀리는 게 뭐고 안 풀리는 게 뭔지도 알 수가 없어. 그렇겠네요. 그런데 자네 아버지는 어떠신가. 똑같습니다, 사장님, 고통스럽지는 않은 것 같아요, 그냥 쇠약해지고 계시죠, 연료가 바닥을 드러내고 계신 거죠, 지난 두 달간 그랬어요, 지금 상황으로 보자면 이렇게 세월이 흐르다 보면 저도 언젠가는 아버지 옆의 침대에 눕게 되겠죠, 지금 상황으로 보자면 말이에요. 그건 모르는 일이지, 사장은 그렇게 말하고 나갔다.

비서실장이 문간에서 사장을 맞이하며 인사를 했다. 목소리에 냉기가 묻어났다, 총리님께 안내해 드리지요. 잠깐, 먼저 사과를 하고 싶소, 아까 이야기를 하다가 완전한 멍청이란 말이 나왔는데, 그건 사실 나였소. 어쩌면 우리 둘 다 아닐지도 모릅니다, 비서실장이 말하며 웃음을 지었다. 지금 내 호주머니에 있는 걸 실장이 읽는다면 지금 내 정신 상태가 어떤 지 이해할 거요. 걱정 마십시오, 나는 이미 다 잊었습니다. 고맙소, 오래지 않아 폭탄이 터지면 모두가 알게 될 거요. 터질 때 너무 큰 소리가 안 나기를 바라야지요. 그 소리는 지금까지 들어본 어떤 천둥소리보다 클 거고, 번개는 이제까지 본 어떤 번개보다 밝을 거요. 겁을 주시는군요. 아, 내가 또 용서를 구해야 할 일이 생겼구려. 가시지요, 총리님이 기다리고 계십니다. 그들은 방 하나를 가로질렀다. 옛날 같으면 대기실이라고 불렀을 만한 방이었다. 잠시 후 사장은 총리를 만났다. 총리는 웃음을 지으며 사장을 맞이했다. 그래, 도대체 어떤 죽느냐 사느냐의 문제를 가져온 거요. 정말이지, 총리님, 그 말씀이 정말 적절한 표현 같습니다. 사장은 호주머니에서 편지를 꺼내 탁자 건너 총리에게 내밀었다. 총리는 어리둥절한 표정이었다. 수신자 이름이 없지 않소. 보낸 사람 이름도 없습니다, 꼭 모든 사람에게 보낸 편지 같습니다. 익명이라. 아니오, 총리님, 곧 보시겠지만, 서명이 되어 있습니다. 하지만 일단 읽으십시오, 읽어보십시오. 총리는 편지를 천천히 꺼내 펼쳐들었다. 그러나 몇 줄을 읽더니 고개를 들고 말했다, 이건 장난이야. 그럴 수도 있습니다만, 저는 그렇게 생각하지 않습니다, 그 편지는 제 책상에 놓여 있었는데, 아무도 어떻게 거기 놓이게 되었는지를 모릅니다. 그게 우리가 이걸 믿어야 할 이유는 될 것 같지 않은데. 계속 읽어보십시오. 총리는 편지 끝에 이르자 아주 천천히, 소리 없이 입술을 움직여 서명으로 적혀 있는 한 단어를 읽었다. 총리는 편지를 책상에 내려놓더니 탁자 너머 사장을 물끄러미 바라보며 말했다. 장난이라고 상상해 봅시다. 장난이 아닙니다. 아니, 나도 아니라고 믿는 쪽이오만, 상상해 보자고 말할 때는 이제 몇 시간이면 알 수 있을 것이라고 결론을 내리려는 것이었소. 정확히 열두 시간입니다, 지금이 정오라고 할 때. 내 말이 그거요, 편지에서 일어난다고 하는 일이 실제로 일어난다면, 그리고 우리가 사람들에게 미리 알리지 않는다면, 작년 마지막 날 일어났던 일이 반복될 거요, 다만 이번에는 거꾸로 반복된다는 것이 다르지. 우리가 미리 알리든 안 알리든, 결과는 똑같을 겁니다, 총리님. 하지만 정반대지. 네, 정반대지만 똑같습니다. 맞소, 따라서 우리가 미리 말을 했다가 나중에 장난이었다고 판명되면 우리는 불필요하게 사람들을 걱정시킨 게 될 거요, 불필요하다는 말의 타당성에 대해서는 할 말이 많지만. 네, 저도 정말이지 그럴 필요는 없다고 생각합니다. 하지만 이미 총리님도 이게 장난이 아니라고 생각한다고 말씀하셨잖습니까. 그렇소, 장난이 아니라고 생각하오. 그럼 어떻게 해야 합니까, 미리 알릴까요 말까요. 그게 문제요, 사장, 생각을, 깊이 생각을 해야 하오. 이제 이 문제는 총리님에게 넘어갔습니다, 결정도 총리님이 하시는 거지요. 정말 그렇소, 나는 이 편지를 조각조각 찢어버리고, 무슨 일이 벌어지는지 기다려볼 수도 있소. 하지만 그렇게 하시지는 않을 것 같은데요. 맞소, 안 그럴 거요, 결정을 내려야 하오, 게다가 국민에게 미리 알려야 한다고 말하는 것만으로는 충분치 않소, 방법도 생각을 해야 하오. 미디어라는 게 이럴 때 필요한 거 아닙니까, 총리님, 우리한테는 텔레비전, 신문, 라디오가 있지 않습니까. 그러니까 당신은 그 여러 미디어에 이 편지 복사본과 함께 정부가 발표하는 성명을 배포하자는 거요, 냉정을 유지할 것을 호소하고 비상시에는 이러저러하게 행동하라고 알려주는 성명을. 저보다 훨씬 멋있게 표현하셨습니다. 칭찬은 고맙소만, 그렇게 했을 경우 어떤 일이 일어날지 한번 상상해 보라고 말하고 싶소. 무슨 말씀이신지 모르겠습니다, 총리님. 이런, 텔레비전 방송사 사장에게서 그런 말이 나올 줄은 몰랐는걸. 상황에 부응하지 못해 죄송합니다, 총리님. 당연한 일이지 뭐, 당신은 책임에 짓눌리고 있으니까. 총리님도 그렇잖습니까. 그래, 나도 그렇지, 하지만 나는 짓눌린다 해도 마비되지는 않소. 나라를 위해 다행한 일입니다. 다시 한 번 고맙소, 전에는 사실 우리가 이야기를 나눌 기회가 많지 않았지, 그래, 일반적인 경우 텔레비전 이야기를 할 때는 관계 장관과 하니까, 하지만 드디어 당신을 국민적 인물로 만들어줄 때가 온 것 같구려. 이번에는 정말 무슨 말씀인지 모르겠습니다, 총리님. 아주 간단하오, 이 문제는 오늘 밤 아홉 시까지는 절대 나하고 사장 둘만 알고 있어야 하오, 하지만 아홉 시가 되면 텔레비전 뉴스에서 오늘 밤 자정에 무슨 일이 벌어질지 설명하는 공식 성명을 낭독하게 될 거요, 더불어서 편지를 요약한 내용도 내보내고, 이 두 가지 일을 책임지고 할 사람은 텔레비전 방송사 사장, 당신이오, 우선, 봉투에 적혀 있지는 않지만 편지는 방송사 사장에게 온 것이기 때문이오, 둘째로, 텔레비전 방송사 사장, 당신이야말로 이 편지에 서명을 한 여자가 암묵적으로 우리에게 맡긴 이 임무를 훌륭하게 수행해 낼 것이라고 내가 신뢰하는 사람이기 때문이오. 그 일은 뉴스 아나운서가 더 잘할 것 같은데요, 총리님. 아니오, 나는 뉴스 아나운서를 원치 않소, 나는 텔레비전 방송사 사장을 원하오. 총리님이 원하신다니 영광으로 생각해야겠군요. 오늘 밤 자정에 무슨 일이 벌어질지 아는 사람은 우리들뿐이오, 또 국민에게 이 정보를 알릴 때까지는 우리 둘만 알고 있어야 하오, 만일 당신이 조금 전에 제안한 대로 한다면, 그러니까 지금 미디어에 이 소식을 알리면, 열두 시간 동안 혼란, 공황, 소요, 집단 히스테리가 나타날 거요, 또 무슨 일이 생길지 누가 알겠소, 그런 반응을 피하기 위해서 우리, 내가 지금 우리라고 한 건 정부를 가리키는 말이오, 우리가 할 수 있는 일은 없지만, 그래도 그런 반응을 세 시간으로 줄일 수는 있소, 물론 그때부터 상황은 우리 통제를 벗어나겠지, 온갖 반응이 나타날 거요, 눈물, 절망, 감추려 해도 잘 감추지 못하는 안도감, 인생을 다시 생각해 보자는 태도. 좋은 생각 같습니다. 그래, 하지만 우리한테 더 나은 생각이 없기 때문일 뿐이오. 총리는 편지를 다시 집어들더니, 읽지는 않고 쭉 훑어보다가 말했다, 이상하군, 서명의 첫 번째 글자는 대문자여야 하는데 그렇지가 않아. 네, 저도 이상하다고 생각했습니다. 이름을 소문자로 시작하는 것은 일반적이지 않으니까요. 어디 뭐 이 일 전체에서 일반적인 게 있소. 없지요, 없습니다. 그런데 복사하는 방법은 알고 있소. 뭐, 전문가는 아니지만 몇 번 해봤습니다. 좋소. 총리는 편지와 봉투를 문서가 가득한 서류철에 넣더니 비서실장을 불러 말했다, 복사기가 있는 방에서 사람을 다 내보내주게. 그 방은 공무원들이 일하는 곳인데요, 총리님, 그 사람들 사무실입니다. 그럼 다른 데 가 있으라고 해, 복도에서 기다리거나 밖에 나가 담배를 피우라고 해, 삼 분만 쓰면 되니까, 안 그렇소, 사장. 삼 분씩이나 걸리지도 않습니다, 총리님. 비서실장이 말했다, 어, 제가 비밀리에 복사를 할 수도 있습니다, 원하시는 게 그거라면 말입니다, 제가 보기엔 그걸 원하시는 것 같습니다만. 바로 그게 우리가 원하는 걸세, 실장, 하지만 이번만큼은 내가 직접 해야겠네, 여기 사장의, 말하자면 기술적 지원을 받아서 말이오. 알겠습니다, 총리님, 방을 비우라고 명령을 하겠습니다. 몇 분이 안 지나 비서실장이 돌아왔다. 비었습니다, 총리님, 이제 괜찮으시면 저는 제 방으로 가보겠습니다. 나한테 그래 달라고 말할 필요가 없게 해주어 정말 고맙네, 그리고 이 무슨 음모처럼 보이는 작전에서 자네를 배제했다고 화내지는 말아주게, 곧 이렇게 주의를 하는 이유를 알게 될 테니 내가 굳이 내 입으로 말할 필요도 없을 걸세. 알겠습니다, 총리님, 저는 다 그럴 만한 이유가 있어서 이렇게 하시는 거라고 생각했습니다. 바로 그거야. 비서실장이 떠나자 총리는 서류철을 집어들더니 말했다, 자, 갑시다. 사무실에는 아무도 없었다. 일 분이 안 되어 글자 하나하나, 단어 하나하나 똑같이 복사된 사본이 마련되었다. 그러나 차이가 있었다. 자주색 종이의 불안한 촉감이 사라진 것이다. 복사된 것은 그저 평범한 편지, 이 편지를 보실 때 가족에게 둘러싸여 행복하고 건강하시기를 간절히 바랍니다, 나는 물론 잘 지내고 있습니다, 하고 시작되는 편지나 다름없는 평범한 편지처럼 보였다. 총리는 사장에게 사본을 건네주었다, 여기 있소, 원본은 내가 보관하겠소. 정부 성명서는 언제 받을 수 있을까요. 앉으시오, 내가 불러줄 테니까, 금방 될 거요, 간단하니까, 친애하는 동포 여러분, 정부는 바로 오늘 입수된 이 편지를 전 국민에게 알리는 것이 정부의 의무라고 생각합니다, 이 문서의 의미와 중요성은 엄청납니다, 그러나 그 진위는 알 수가 없습니다, 따라서, 그 내용을 미리 말씀드리고 싶지는 않습니다만, 이 문건에서 말한 일이 일어나지 않을 가능성이 있다고 말할 수밖에 없습니다, 그러나 긴장과 위기가 없지 않을 상황에 국민이 정신적으로 대비하도록 하기 위하여, 이제 정부의 승인에 따라 방송사 사장이 편지를 낭독할 것입니다, 말을 맺기 전에 한 마디만 더 하자면, 우리가 하나의 민족이자 나라였던 이후로 우리에게 가장 어려운 시간이 될 것으로 보이는 앞으로 몇 시간 동안 정부는 말할 필요도 없이 언제나 국민의 이해와 요구를 고려하여 기민하게 대처할 것입니다, 따라서 올해 초 이후로 우리가 겪은 다양한 시련과 시험 동안 국민 여러분이 줄곧 보여준 차분하고 평온한 태도를 계속 유지해 주시기를 당부합니다, 동시에 우리는 지금보다 자비로운 미래가 평화와 행복, 우리가 누릴 자격이 있고 또 한때 누렸던 평화와 행복을 복원해 줄 것이라고 믿습니다. 친애하는 동포 여러분 잊지 마십시오, 뭉치면 삽니다. 이것이 우리의 구호이자 표어입니다. 단결하면 미래는 우리 것입니다. 다 됐소. 보다시피 금방 끝나지 않았소. 이런 공식 성명은 상상력이 그다지 필요 없거든. 그냥 저절로 써진다고 말할 수도 있지. 저기 타자기가 있군. 깨끗하게 정리해서 오늘 밤 아홉 시까지 잘 갖고 계시오. 이 서류들이 잠시라도 당신 눈에서 벗어나지 않게 하시오. 걱정 마십시오, 총리님, 지금 이 순간 제 책임이 무엇인지 잘 알고 있습니다. 실망하시는 일은 없을 겁니다. 좋소, 이제 돌아가서 일을 하시오. 떠나기 전에 두 가지만 여쭤어도 되겠습니까. 물어보시오. 오늘 밤 아홉 시까지는 오직 두 사람만이 이 일을 알고 있어야 한다고 말씀하셨습니다. 그렇소, 사장과 나, 다른 사람은 안 되오, 정부 관계자라 해도. 왕도요, 제가 쓸데없는 데 끼어드는 거라면 죄송합니다. 전하도 다른 모든 사람이 알 때 함께 알게 될 거요, 물론 그때 전하께서 텔레비전을 보고 계셔야겠지만. 미리 말씀을 안 드린다면 언짢아하실 것 같은데요. 걱정 마시오, 모든 왕, 물론 내가 말하는 왕은 입헌군주를 가리키는 거지만, 모든 왕이 공유하는 탁월한 자질은 이해심이 아주 많다는 거요. 아. 다른 질문은 뭐요. 꼭 질문이라기보다는. 그럼 뭐요. 그냥, 솔직히 말씀드려서, 총리님의 냉정함에 놀랐다는 겁니다. 제가 보기에 자정에 이 나라에서 벌어질 일은 재앙입니다, 유례가 없는 격변이지요, 세상의 종말 같은 것이라고 할 수 있습니다, 그런데 총리님을 보니, 마치 일상적인 정부 업무를 처리하시는 것 같습니다, 차분하게 명령을 내리시고, 심지어 조금 전에는 미소를 짓는 것처럼 보이기도 했습니다. 이 편지 덕분에 내가 손가락 하나 까딱할 필요 없이 얼마나 많은 문제를 해결할 수 있는지 안다면, 사장도 틀림없이 미소를 지을 거요, 자, 이제 난 일을 해야겠소, 몇 가지 명령을 내릴 것이 있거든, 내무장관에게 말해 경찰이 경계 태세를 갖추게 해야 할 것 같소, 그럴 듯한 구실도 생각을 좀 해야 돼, 공공질서를 어지럽히는 행동이 발생할 위험이 있다고 해야겠군, 내무장관은 생각에 많은 시간을 쓰는 사람이 아니거든, 행동을 더 좋아하지, 뭔가 할 일을 주면 아주 좋아하오. 총리님, 이 중요한 시간을 총리님과 함께 보냈다는 것이 저에게는 정말 큰 특권이었다는 말씀을 드리고 싶습니다. 그렇게 말해주니 고맙소, 하지만 이 사무실에서 한 이야기가 한 마디라도 나에 의해서건 당신에 의해서건 이 네 벽 너머에 있는 사람의 귀에 들어가게 되면 당신은 생각이 바뀌게 될 거요. 네, 잘 알겠습니다. 예를 들어 입헌군주의 귀에 들어가게 된다면. 네, 총리님.

여덟 시 반이 다 되어 사장은 텔레비전 뉴스 책임자를 방으로 불러 그날 밤 뉴스는 정부가 전국에 보내는 성명으로 시작하게 될 것이며, 그 성명은 평소처럼 담당 뉴스 아나운서가 읽지만, 그 다음에 사장 자신이 첫 번째 문건을 보완할 다른 문건을 읽게 될 것이라고 말했다. 프로듀서는 이런 방식이 이상하다고, 특이하다고, 정상적인 일 처리 방식에서 벗어났다고 생각했는지 몰라도, 어쨌든 내색은 하지 않았다. 그냥 오토큐에 넣을 테니 그 두 문건을 달라고만 했다. 오토큐란 말하는 사람이 시청자 한 사람 한 사람에게 직접 말을 하는 것 같은 허황한 착각을 만들어내는 놀라운 장치였다. 그러나 사장은 이번에는 오토큐를 사용하지 않을 것이라고 대답했다. 그냥 읽을 걸세, 예전에 하던 것처럼. 그러면서 정확하게 아홉 시 오 분 전에 스튜디오에 들어가, 그때 뉴스 아나운서에게 정부의 성명서가 든 서류철을 건네줄 것이고, 읽기 직전까지 그 서류철을 펼쳐보지 말라는 엄한 지침을 내릴 것이라고 덧붙였다. 프로듀서는 이제야 이 문제에 관심을 좀 보일 이유가 생겼다고 생각했다. 그렇게 중요한 겁니까. 삼십 분 뒤면 알게 될 걸세. 국기는요, 사장님, 앉으실 의자 뒤에 국기를 놓을까요. 아니, 국기는 필요 없네, 사실 나야 총리도 아니고 심지어 장관도 아니잖나. 왕도 아니죠, 프로듀서가 말하면서 아첨하듯 웃음을 지었다. 마치 그가 왕이라고, 텔레비전의 왕이라고 말하는 것 같았다. 사장은 무시해 버렸다. 이제 가보게, 이십 분 뒤에 스튜디오로 가겠네. 그럼 분장할 시간이 없을 텐데요. 분장은 하고 싶지 않네, 내가 읽을 내용은 아주 짧아, 그리고 시청자들은 생각할 게 너무 많아 내가 분장을 했느냐 안 했느냐 하는 데에는 신경도 쓰지 않을 걸세. 알겠습니다, 사장님, 좋으실 대로 하시죠. 하지만 조명으로 내 얼굴에 그림자를 너무 많이 만들지는 말게, 막 무덤에서 꺼내온 사람처럼 보이고 싶지는 않으니까, 특히 오늘 밤에는 말이야. 아홉 시 오 분 전에 사장은 스튜디오로 들어가, 정부 성명이 담긴 서류철을 뉴스 아나운서에게 건네주고 정해진 의자로 가서 앉았다. 예상할 수 있는 일이지만 소문은 빠르게 퍼져, 전례 없는 상황에 호기심을 느낀 사람들이 스튜디오에 잔뜩 모여 있었다. 프로듀서는 조용히 해 달라고 말했다. 아홉 시 정각에 익숙한 시그널 뮤직과 더불어 뉴스의 다급해 보이는 오프닝 타이틀이 떠올랐다. 시청자들에게 텔레비전 방송국이 하루 스물네 시간 시청자들에게 봉사하며, 과거에 신을 묘사하던 말처럼, 어디에나 존재하고, 어디에서나 뉴스를 보낸다는 사실을 설득할 의도로 만든 잡다한 이미지들이 빠르게 이어지면서 지나갔다. 뉴스 아나운서가 정부 성명을 읽자마자 이번 카메라가 사장을 화면에 잡았다. 사장은 초조한 것이 분명했다. 입이 말랐다. 사장은 잠깐 헛기침을 하더니 읽기 시작했다. 안녕하세요, 편지를 받는 분은 물론 관련된 모든 분에게 오늘 밤 자정부터 사람들이 다시 죽기 시작할 것임을 알려드립니다, 사실 태초로부터 작년 십이월 삼십일일까지는 거의 아무런 저항 없이 늘 이루어졌던 일이죠, 이제 내가 잠시 활동을 중단했던 이유, 죽이기를 그만둔 이유, 상상력이 풍부한 옛날의 화가나 판화가들이 늘 내 손에 쥐어주었던 상징적인 큰 낫을 내려놓았던 이유를 설명해야겠군요, 그건 나를 그렇게 혐오하는 사람들에게 언제까지나 산다는 것, 영원히 산다는 것이 어떤 의미인지 맛을 좀 보게 해주려는 것이었어요, 물론 우리끼리 이야기입니다만, 언제까지나라는 말과 영원히라는 말이 우리가 흔히 믿고 있는 것처럼 동의어인지는 잘 모르겠다는 걸 솔직히 고백해야겠군요, 어쨌든, 인내심 시험이라고도 부를 수 있고 단순하게 추가 시간이라고도 부를 수 있는 이 몇 달의 시간을 보낸 뒤, 이제 정신적, 즉 철학적 관점에서나 실용적, 즉 사회적 관점에서나 이 실험이 낳은 개탄할 만한 결과를 고려할 때, 내가 잘못을 공개적으로 인정하고 즉시 정상으로 돌아간다는 사실을 알리는 것이 가족이나 사회 전체에, 수직으로나 수평으로나, 최선이라고 생각해요, 다시 말해서 자정의 마지막 종소리가 허공에서 희미해지는 순간 죽어 마땅함에도, 건강하든 그렇지 못하든, 이 세상에 계속 남아 있을 수밖에 없었던 모든 사람들의 생명의 촛불이 꺼질 것이라는 뜻이에요, 여기서 마지막 종소리라는 말은 단지 상징적으로 쓴 것임을 잊지 말아주세요, 공연히 종탑의 시계를 멈추거나 종의 추를 아예 없애자는 어리석은 생각을 하지 말라는 거예요, 그런다고 해서 시간이 멈추어 내가 내린 돌이킬 수 없는 결정을 뒤집을 수는 없는 거니까요, 사람들의 마음에 궁극의 공포를 되돌려주겠다는 결정 말이에요. 스튜디오에는 이제 사람들이 대부분 사라졌다. 남아 있는 사람들은 자기들끼리 수군거렸지만, 프로듀서는 그들이 웅얼대는 소리도 별로 신경에 거슬리지 않는 듯했다, 그 자신이 놀라 입을 떡 벌리고 있었기 때문이다. 아마 이보다 덜 극적인 상황이었다면 평소와 마찬가지로 사나운 몸짓으로 입 다물라고 윽박질렀을 것이다. 따라서 체념하고, 저항 없이 죽으세요, 저항해 보았자 아무 소용이 없을 테니까요. 하지만 한 가지만큼은 내가 틀렸다고 인정을 할 수밖에 없다고 생각해요, 그것은 내가 일을 할 때 사용하는 잔인하고 부당한 방법과 관련이 있는 거예요, 나는 몰래, 예고도 없이, 실례한다는 말조차 없이 사람들 목숨을 가져가잖아요, 나도 이것은 정말이지 잔인하다고 인정해요, 심지어 유언장을 작성할 시간조차 주지 않는 경우도 많잖아요, 사실 대부분의 경우에는 병을 보내 미리 길을 닦아놓기는 하지만 말이에요, 하지만 묘하게도 인간은 늘 그 병을 떨쳐버리기를 바라더라고요, 그래서 뒤늦게야 그게 자신의 마지막 병이라는 사실을 깨닫는 거예요, 어쨌든 앞으로는 모두가 적절한 경고를 받도록 하겠어요, 자기의 남은 인생을 정리할 시간을 일주일 주겠다는 거예요, 유언장을 작성하고, 가족에게 작별 인사를 하고, 잘못한 것이 있으면 용서를 구하고, 이십 년 동안 말도 안 한 친척이 있으면 화해를 할 시간을 말이에요. 자, 이제 할 말을 다 했으니, 방송사 사장님, 내 요청은 오늘 이 땅의 모든 집이 내가 한 말을 반드시 들을 수 있게 해 달라는 거예요, 나를 흔히 죽음이라고 부르니, 이제 그 이름으로 서명을 하도록 하죠. 사장은 자신의 모습이 화면에서 사라진 것을 보고 의자에서 일어나 편지를 접어 재킷의 안주머니에 넣었다. 프로듀서가 얼이 빠진 창백한 표정으로 다가오는 것이 보였다. 바로 이거였군요, 프로듀서가 간신히 들릴 만한 목소리로 중얼거렸다. 바로 이거였어요. 사장은 말없이 고개를 끄덕이더니 출구로 향했다. 사장은 뉴스 아나운서가 떠듬떠듬, 방금 시청자들께서는, 하고 다시 뉴스를 진행하는 것을 보지 못했다. 그 뒤에 다른 뉴스가 이어졌으나, 그 모든 뉴스가 이제는 하찮은 것이 되었다. 전국의 누구도 조금도 관심을 가지지 않았기 때문이다. 누군가 죽을병으로 누워 있는 집에서는 가족이 임종을 지켜보기 위해 모여들었다. 그러나 죽어가는 사람에게 앞으로 세 시간 후면 죽을 것이라는 말은 도저히 할 수가 없었다. 남은 시간을 이용해 늘 쓰지 않겠다고 하던 유언장을 쓰라고 말할 수도 없었다. 친척한테 전화를 걸어 화해를 하겠냐고 물어볼 수도 없었다. 그렇다고 위선적인 관습을 따라 좀 괜찮으냐고 물어볼 수도 없었다. 그저 바싹 여윈 창백한 얼굴을 지켜보며 서서 몰래 시계를 흘끔거릴 뿐이었다. 시간이 흘러 세상의 기차가 다시 궤도로 돌아가 평소대로 여행을 하기를 기다리는 수밖에 없었기 때문이다. 마피아에게 슬픈 유물을 치워달라고 이미 돈을 준 수많은 가족은, 그들에게 쓴 돈을 두고 눈물을 흘릴 일은 없을 것이라고 생각했지만, 이제는 자비와 인내심이 조금만 더 있었더라면 공짜로 치워버릴 수도 있었다는 생각에 못내 아쉬워했다. 거리에서는 무시무시한 광경이 눈에 띄었다. 사람들은 방향 감각을 잃은 채 멍하니 꼼짝도 않고 서 있었다. 어디로 달려가야 할지 알 수가 없었다. 어떤 사람들은 하도 서럽게 우는 바람에 도저히 위로를 할 수가 없었다. 어떤 사람들은 마치 당장 그 자리에서 작별 인사를 하기로 결정한 듯 끌어안았다. 또 어떤 사람들은 이 모든 일이 정부 탓인지, 의학 탓인지, 로마의 교황 탓인지 따지기 시작했다. 어떤 회의주의자는 이제까지 죽음이 편지를 썼다는 기록이 없으니 그 편지를 즉시 필적 분석가에게 보내야 한다고 말했다. 약간의 뼈 조각으로만 이루어진 손은 절대 완전한, 진짜, 살아 있는 손, 피, 핏줄, 신경, 힘줄, 피부, 살을 다 갖춘 손처럼 글을 쓸 수 없다는 것이었다. 또 뼈는 종이에 지문을 남기지 않았을 것이 분명하며, 따라서 지문으로는 편지를 쓴 자를 찾아낼 수 없을 것이니, 디엔에이 검사를 해야 한다고 했다. 그러면 그때까지 평생 입을 다물고 있던 존재, 죽음이 존재라고 할 수 있다면, 어쨌든 그 존재가 이렇게 예기치 않게 편지를 보낸 사건을 약간이라도 파헤쳐볼 수는 있을 것이라는 이야기였다. 이 순간 총리는 왕과 전화 통화를 하여 왜 편지에 관해 왕에게 이야기하지 않았는지 설명하고 있다. 왕은, 그래, 완벽하게 이해했소, 하고 말한다. 그러자 총리는 왕에게 자정의 마지막 종소리와 함께 연약한 모후가 맞이할 슬픈 결말이 유감스럽다고 말한다. 왕은 어깨를 으쓱하며 대꾸한다, 그렇게 사는 건 사는 게 아니지, 오늘은 그분 차례이고, 내일은 내 차례겠지, 지금 왕위 상속자가 초조한 기색을 내비치며 자기는 언제 입헌군주가 되느냐고 묻는 상황이니 말이오. 평소와는 다른 진지함이 섞인 이런 친밀한 대화가 오간 뒤, 총리는 비서실장에게 비상 각의를 열 테니 정부의 모든 구성원을 모으라는 지침을 내렸다,

사십오 분 뒤에 여기 모이기를 바라네, 열 시 정각에 말이야, 새로운 상황으로 인해 며칠 동안 불가피하게 나타날 혼란과 무질서를 최소화하기 위해 필요한 조치를 논의하고, 승인하고, 실행에 옮겨야 하니까. 아주 짧은 시간에 처리해야 할 사망자들을 말씀하시는 겁니까, 총리님. 그건 문제 축에 끼지도 않네, 장의사가 존재하는 이유가 바로 그런 성격의 문제를 해결하는 것 아니겠나, 게다가, 그들에게는 이제 위기가 끝났어, 지금 얼마나 많은 돈을 벌지 계산해 보면서 무척 행복해하고 있을 거야, 그러니 그자들에게 죽은 자를 묻게 하게, 그게 그들이 할 일이니까, 우리가 할 일은 산 자들을 다루는 거야, 예를 들어 정신의학자들로 팀을 꾸려 사람들이 영원히 살 걸로 확신했다가 죽어야 하는 바람에 생긴 정신적 외상으로부터 회복할 수 있도록 돕는다든가. 네, 저도 그런 생각을 해보았습니다, 쉽지 않겠더군요. 시간 더 낭비하지 말고, 장관들한테 차관도 다 데려오라고 말하게, 열 시 정각에 여기 모이게 하게, 혹시 물어보면 무조건 그 장관한테 처음 전화하는 거라고 하게, 그 사람들은 꼭 과자를 달라고 하는 어린애들 같아서 말이야. 전화벨이 울렸다. 내무장관이었다. 총리님, 신문사마다 전화를 합니다, 방금 텔레비전에서 읽은 죽음 명의의 편지를 보여달라는 거지요, 하지만 안타깝게도 저는 그 문제에 관해 아는 게 없잖습니까. 안타까워할 필요 없소, 그 편지를 비밀로 유지하기로 결정한 사람은 나니까, 그 덕분에 열두 시간 동안 공황과 혼란을 견디지 않아도 되었던 거요.

그럼 어떻게 할까요. 걱정 마시오, 이쪽에서 편지를 지금 미디어에 나누어줄 생각이니까. 훌륭한 판단입니다, 총리님. 각의가 열 시 정각에 열릴 거요, 차관을 데려오시오. 차관보도 데려가겠습니다. 아니, 그 사람들은 남아서 집안일을 돌보라 하시오, 주방장이 너무 많으면 국을 망친다는 얘길 하도 자주 들어서 말이오. 네, 총리님. 정각에 오시오, 회의는 열시 일분에 시작할 거니까. 우리가 제일 먼저 도착하겠습니다, 총리님. 그럼 틀림없이 훈장을 받게 될 거요. 무슨 훈장입니까. 그냥 농담이었소, 신경 쓸 것 없소.

동시에 장의사 대표들, 즉 매장, 화장, 장례, 이십사 시간 서비스도 협회 본부에서 같은 시간에 만나기로 했다. 전국에서 동시에 발생하는 수천 건의 죽음과 그에 이은 장례 처리라는 이제까지 경험하지 못한 엄청난 직업적 도전에 맞서 그들이 내놓을 수 있는 유일한 해법, 동시에 합리적인 비용 절감을 통해 높은 수익을 얻을 수 있는 해법은 협력과 질서에 바탕을 두고 그들이 이용할 수 있는 모든 인력과 기술적 자산, 말을 바꾸면 병참 자원을 모으는 것이었다. 그런 뒤에 케이크에서 차지할 몫을 참여한 비율에 따라 나누기로 했다. 협회 회장이 익살스럽게 그렇게 말하자, 다른 회원들은 최대한 자제하면서도 즐거워하고 환호했다. 사람들이 죽음을 멈춘 날 인간이 사용할 관, 무덤, 관가, 영구차의 생산도 멈추었으며, 만의 하나 어떤 보수적인 태도를 가진 목수의 가게에 재고가 남아 있다 해도 그것은 말레르브(François de Malherbe, 1555~1628년,

프랑스의 시인-옮긴이)의 작은 장미 봉오리와 같다는 점, 즉 장미로 변한다 해도 아침을 넘기지 못한다는 점을 염두에 두어야 할 것입니다. 이런 문학적인 발언은 회장의 입에서 나온 것이었다. 회장은 계속해서 말을 해나갔는데, 약간 분위기를 망치기는 했지만, 그럼에도 청중으로부터 환호를 끌어냈다. 적어도 우리는 이제 개, 고양이, 애완용 카나리아를 묻는 수모는 겪지 않아도 됩니다. 그리고 앵무새도요, 뒤쪽에서 누군가가 말했다. 그래요, 앵무새도, 회장도 동의했다. 열대어도요, 다른 사람이 덧붙였다. 그건 수족관의 물 위를 움직이는 영이 일으킨 논쟁 다음부터 생긴 일이죠, 서기가 말했다, 앞으로는 고양이한테 던져줄 겁니다, 라부아지에(Antoine Laurent Lavoisier, 1743~1794년, 프랑스의 화학자-옮긴이)가 말했듯이, 자연에는 창조되는 것도 없고 사라지는 것도 없으니까요, 모든 것은 변할 뿐입니다. 그러나 이 장의사들의 지난날을 되새기는 능력이 얼마나 대단한지 확인할 기회는 여기에서 끝나고 말았다. 대표 가운데 한 사람이 시간을 걱정하다가, 손목시계가 자정 십오 분 전을 가리키는 것을 보고 손을 들어 목수 협회에 전화하여 관이 얼마나 있느냐고 물어볼 것을 제안했기 때문이다, 내일부터 얼마나 공급받을 수 있는지 알 필요가 있습니다, 이 대표는 그렇게 말을 맺었다. 예상할 수 있는 일이지만 이 제안은 따뜻한 환호를 받았다. 그러나 회장은 스스로 그런 생각을 하지 못한 것 때문에 약이 오른 표정을 잘 감추지도 못하고 말했다, 이 시간에 거기에는 아무도 없을 거요. 나는 그렇게 생각하지 않습니다, 회장님, 우리가 여기 모인 것과 같은 이유로 그들도 모였을 게 틀림없습니다. 제안자의 말이 옳았다. 목수 협회는 죽음이 보낸 편지가 낭독되는 것을 듣자마자 모든 회원에게 연락을 하여 가능한 한 빨리 다시 관을 제작할 필요가 있음을 통보했다고 대답했다. 계속 입수되는 정보에 따라 많은 사업체가 즉시 일꾼들을 불러들였을 뿐 아니라, 대부분이 이미 열심히 일을 하고 있다는 것이었다. 물론 이건 노동시간에 관한 법을 위반하는 것이지요, 목수 협회 대변인이 말했다, 하지만 우리 쪽 변호사들도 국가가 비상사태에 처했으니 정부가 이 일은 눈을 감아줄 뿐 아니라 외려 감사할 거라고 확신하더군요, 하지만 초기 단계에서는 공급되는 관이 우리 고객이 과거에 보았던 것과 같은 높은 품질과 마감 도장을 갖춘 것이라고 보장을 할 수가 없습니다, 광택이나 뚜껑의 십자가 장식은 다음 단계, 장례의 압박이 좀 감소하는 다음 단계를 기다릴 수밖에 없습니다, 어쨌든 우리는 우리가 이 과정에서 빠질 수 없는 근본적인 한 부분이라는 책임감을 느끼고 있습니다. 장의사 대표들은 더 크게, 더 따뜻하게 환호를 보냈다. 이제 실제로 서로 축하할 일이 생겼기 때문이다. 어떤 주검도 묻히지 않는 일이 없을 것이며, 어떤 청구서도 지불되지 않는 일이 없을 터였다. 무덤 파는 사람들은 어떻습니까, 첫 번째 제안을 했던 사람이 물었다. 무덤 파는 사람들은 시키는 대로 할 거요, 회장이 짜증스러운 표정으로 말했다. 그러나 그것은 사실이 아니었다. 다시 전화를 해보니 무덤 파는 사람들은 상당한 보수 인상과 더불어 시간 외로 일을 할 때는 평상시의 세 배를 달라고 요구했던 것이다. 그건 지방자치체 차원의 문제요, 회장이 말했다, 거기서 알아서 하게 합시다. 묘지에 도착했는데 무덤을 팔 사람이 없으면 어떡합니까, 간사가 물었다. 논쟁이 열기를 띠었다. 그러다가 이십삼 시 십오 분에 장의사협회 회장이 갑자기 심장마비를 일으켰다. 회장은 자정의 마지막 종이 칠 때 죽었다.

대학살보다 훨씬 심각했다. 죽음의 일방적 휴전이 지속되던 일곱 달 동안 죽음 직전에 이른 대기자 명단은 육만 명이 넘었다. 정확히 말하자면 육만이천오백팔십 명이었다. 이들 모두가 한 순간에, 죽음의 힘이 꽉 들어찬 순간에 영원한 안식으로 들어갔다. 이것은 인간들이 비난받아 마땅한 잔악한 행동을 했던 사례에서만 비교의 예를 찾을 수 있을 것이다. 말이 나온 김에 한 가지 말해 두고 싶은 것은, 죽음은 혼자서는, 외부의 도움을 받지 않은 상태에서는 늘 인류가 자기들끼리 죽인 것보다 훨씬 적은 수를 죽였다는 사실이다. 호기심이 강한 사람은 동시에 영원히 눈을 감은 사람들의 정확한 수가 육만이천오백팔십 명인지 어떻게 아느냐고 물을지도 모르겠다. 아주 간단하다. 이 일이 벌어지고 있는 나라의 인구가 대체로 천만 명이고, 사망률은 대체로 천 명 당 열 명 꼴이므로, 초보적이라고까지 할 수는 없지만 간단한 두 가지 산수, 곱셈과 나눗셈을 해보고, 또 물론 여기에 월과 연 비율이라는 요소를 집어넣으면, 우리는 수의 좁은 띠에 이르게 된다. 그 띠 안에서 우리가 말한 수는 적당한 평균으로 보인다. 적당하다는 말을 쓴 것은 우리가 이 수 양쪽에 있는 육만이천오백칠십구 명 또는 육만이천오백팔십일 명을 택할 수도 있었기 때문이다. 너무 갑작스럽고 예상치 못했던 장의사협회 회장의 죽음이 우리의 계산에 의심의 요소를 도입하지 않는다면 말이다. 그럼에도 우리는 다음 날 아침 일찍부터 시작된 사망자 수 계산이 우리 계산의 정확성을 확인해 줄 것이라고 자신한다. 호기심 많은 또 다른 사람, 늘 서술자의 말을 끊기를 좋아하는 사람은 의사가 자신의 의무를 이행하기 위해 어느 집에 가야할지 어떻게 아느냐고 물을 것이다. 의사가 가지 않으면 아무리 논란의 여지없이 죽었다 해도 법적으로는 죽은 것으로 간주되지 않기 때문이다. 그런 경우에는 말할 필요도 없이 사망자의 유족이 의사의 임시 대리인이나 일반 진료의를 불렀다. 하지만 그것으로는 충분치 않았을 것이 분명하다. 목표는 완전히 변칙적인 이 상황을 기록적으로 빠른 시간에 공식화하여, 불행이 절대 혼자 찾아오지 않는다는 속담을 다시 한번 확인하는 일을 피하려는 것이었기 때문이다. 그 속담을 이 경우에 적용하면, 집에서 갑작스럽게 죽으면 곧 그 뒤에 부패가 따른다, 가 될 것이다. 사건들의 진행은 총리가 그렇게 높은 자리에 오르게 된 것이 우연이 아니며, 각 나라는 자신의 수준에 맞는 정부를 가진다는 것이 여러 나라가 되풀이하여 보여준 틀림없는 지혜임을 확인해 주었다. 물론 좋은 쪽이든 나쁜 쪽이든 나라의 지도자가 모두 똑같지 않다는 것도 사실이지만, 모든 나라가 똑같지 않다는 것 또한 사실이라는 말은 해두어야겠다. 간단히 말해서 양쪽 모두 경우마다 다르다는 것이다. 또는 같은 말을 약간 다르게 표현하자면, 아무도 모른다는 것이다. 어쨌든, 앞으로 보게 되겠지만, 모든 관찰자, 심지어 불편부당한 판단을 내리지 않는 경향이 있는 관찰자라 해도 망설임 없이 이 나라 정부가 심각한 상황에 대처할 능력이 있음을 인정할 것이다. 달콤하고 너무 짧았던 불멸의 시기 초기에 사람들이 순진하게 누렸던 기쁨 속에서 한 부인, 얼마 전에 미망인이 된 부인이 식당의 꽃밭이 있는 발코니에 국기를 걸어 이 새로 얻은 행복을 기념했다는 사실을 우리 모두 기억할 것이다. 또 마흔여덟 시간이 안 되어 이 관습이 들불처럼, 전염병처럼 전국으로 퍼져나갔다는 사실도 기억할 것이다. 그러나 일곱 달 동안 계속된 견디기 힘든 실망 때문에, 그 깃발 가운데 지금까지 살아남은 것은 거의 없었다. 살아남은 것도 처량한 걸레가 되고 말았다. 색깔은 햇빛에 바래고 비에 씻겨 나갔으며, 중앙의 상징은 이제 칙칙하게 번진 자국으로만 남았다. 정부는 감탄할 만한 선견지명을 발휘하여 죽음의 예기치 않은 귀환이 일으킨 부차적 피해를 완화할 의도로 다른 긴급 조치들을 시행하는 것과 더불어, 걸려 있는 국기를 그곳에, 아파트 삼층 왼쪽에 죽은 사람이 기다리고 있다는 표시로 재해석하기로 했다. 그런 방침이 전해지자 불쾌한 파르카들(운명을 맡은 세 여신-옮긴이) 때문에 상처를 받는 가족들은 사람을 가게에 보내 새 깃발을 사오게 하여 창문에 걸고, 죽은 자의 얼굴에서 파리를 쫓으며 의사가 와서 사망을 확인해 주기를 기다렸다. 이런 발상이 효과가 좋았을 뿐 아니라 극히 우아했다는 점은 인정을 해야 한다. 모든 도시, 읍, 큰 마을, 작은 마을의 의사는 차나 자전거를 타고 또는 걸어서 돌아다니며 국기를 찾고, 국기가 있는 집으로 들어가 도구의 도움 없이 눈으로만 살핀 다음에 사망을 확인해 주면 그것으로 그만이었다. 긴급 상황의 규모 때문에 그 이상 면밀한 조사는 불가능했다. 의사는 서명한 종이 한 장을 남기고 떠났고, 이것은 장의사에게 그들의 원료의 구체적 성격을 확인해 주었다. 다시 말해서 장의사들이 속담에서 이야기하는 것처럼 양털을 찾아 죽은 자의 집에 갔다가 외려 털이 깎여 나오는 일은 없었다는 것이다. 이제 깨달았겠지만, 이런 식으로 국기를 영리하게 이용하는 것에는 이중의 목적과 이중의 이점이 있었다. 국기는 처음에는 의사의 안내자 역할을 했지만, 곧 시신을 처리하러 오는 사람들을 위한 횃불이 되었다. 큰 도시, 특히 상대적으로 작은 규모인 시골에서 보자면 거대한 대도시인 수도에서 장례지도사 협회의 불행한 회장이 함축성 있게 표현한 대로, 케이크에서 차지할 몫의 비례 할당제를 확립할 목적으로 도시 지역을 몇 개의 구역으로 나눈 것은 시간과 싸우는 경주에서 인간 화물을 운송하는 데 엄청난 도움이 되었다. 국기는 예측도 예상도 못했던 또 다른 결과를 낳았는데, 이것은 우리가 회의주의를 양성하는 일에 체계적으로 헌신할 때 얼마나 잘못된 길로 갈 수 있는지를 보여준다. 그 결과란 시민 가운데 예의 바른 사회적 행동이라는 깊이 뿌리 내린 전통의 존중자이면서 동시에 모자를 쓴 사람들이 보여주는 고결한 행동이었다. 그들은 국기로 장식된 창문을 지날 때마다 모자를 벗었다. 그 바람에 이들이 그렇게 하는 것이 누가 죽었기 때문인지 아니면 국기가 나라의 살아 있는, 신성한 상징이기 때문인지를 둘러싼 즐거운 의심이 허공에 떠돌게 되었다.

말할 필요도 없지만, 신문 판매는 엄청나게 늘어났다. 죽음이 과거의 일이 된 것처럼 보였을 때보다도 훨씬 더 늘어났다. 물론 많은 사람들이 텔레비전을 보고 그들에게 나타난 엄청난 변화를 알게 되었다. 심지어 자신의 가족이 죽어 발코니에 흐느끼는 깃발을 걸어두고 의사가 오기를 기다리는 사람도 많이 생겨났다. 그러나 어젯밤에 조그만 화면으로 본 방송사 사장의 초조한 모습과 흥분하여 경련을 일으키는 듯한 신문지는 다르다는 것을 쉽게 이해할 수 있다. 악을 쓰는 듯한 묵시록적 표제로 화려하게 장식된 신문은 접어서 호주머니에 넣고 다니다가 한가할 때 집에서 다시 읽어볼 수도 있었다. 여기서 몇 가지 눈에 띄는 예를 제시해 보겠다. 낙원 뒤에 지옥, 죽음이 춤을 이끌다, 불멸은 오래가지 않았다, 다시 죽을 운명에 처하다, 외통장군, 이제부터 사전 경고, 호소도 없고 희망도 없다, 자주색 편지지에 적힌 편지, 일 초도 안 되는 시간에 사망자 육만이천 명, 자정에 친 죽음의 종, 운명으로부터 벗어날 길은 없다, 꿈에서 나와 악몽으로 들어가다, 정상으로 돌아가다, 우리가 무슨 짓을 했기에 이런 일이, 기타 등등. 모든 신문이 예외 없이 일면에 죽음의 편지를 실었지만, 그 가운데 한 신문은 읽기 편하게 해주려고 그 텍스트를 상자 안에 넣고 십사 포인트 활자로 박아 넣었다. 또 구두점과 구문을 고쳤고, 동사 시제를 조정했을 뿐 아니라, 귀로 들을 때는 차이가 없는 것이었지만 눈으로 볼 때는 다르다며 마지막 서명을 포함하여 필요한 곳에 대문자를 넣었다. 그러나 바로 그 날 그 서신을 쓴 당사자가 똑같은 자주색 종이를 이용하여 분노에 찬 항의 서한을 보냈다. 신문사가 자문을 구한 문법학자의 권위 있는 의견에 따르면 죽음은 글쓰기 기술의 가장 초보적인 사항조차 습득하지 못한 것이 분명했다. 게다가 이 문법학자는 글자체의 문제도 있다고 지적했다. 묘하게도 불규칙한 이 글자체는 라틴 알파벳을 쓰는 경우에 가능한, 동시에 정도를 벗어난 모든 알려진 방법들을 조합하고 있어, 마치 여러 사람이 쓴 글자를 모아놓은 것 같았다. 그러나 그것은 용서할 수 있는 일이었다. 혼란스러운 구문, 구두점의 부재, 꼭 필요한 괄호의 완전한 결여, 강박에 사로잡힌 듯한 문단 구분 제거, 쉼표의 무작위적인 사용, 그리고 무엇보다도 용서할 수 없는 죄인 의도적이고 거의 극악하다고 할 수 있는 대문자의 폐기 등에 비하면 그것은 사소한 결함이라고 생각할 수도 있었기 때문이다. 이게 상상이나 할 수 있는 일이오, 대문자는 편지의 서명에서도 사라져 첫 글자를 소문자로 대체해 놓았소, 이건 수치고 모욕이오, 과거의 모든 위대한 문학적 천재를 지켜보는 귀중한 특권을 누린 죽음이 이렇게 글을 쓴다면 우리 아이들은 도대체 어쩔 거요, 죽음은 오랫동안 세상에 있었으니 모든 지식 분야에 통달했을 것이 아니냐면서 아이들이 이런 언어학적 기형을 흉내 내면 어쩔 거냐 말이오, 문법학자는 말을 맺었다, 이 끔찍한 편지를 채우고 있는 구문상의 큰 실수들을 보면 이것을 서툴고 터무니없는 신용사기라고 생각하고 싶을 정도요, 이 무시무시한 협박이 현실이 되었다는 잔혹한 현실과 고통스러운 증거만 없었다면 말이오. 앞서도 말했듯이, 같은 날 오후에 죽음으로부터 편지 한 통이 신문사에 도착했다. 자신의 이름을 원래 철자로 되돌릴 것을 아주 강력하게 요구하는 내용이었다, 관련자 귀하, 나는 대문자 죽음이 아니라 소문자 죽음입니다, 대문자 죽음은 여러분이 생각조차 할 수 없는 것이에요, 문법학자 양반, 이 정도면 잘 쓰고 있는 것이니 문법이니 구문이니 따지지 말아주세요, 어쨌든 당신들 인간들은 매일 일어나는 작은 죽음, 즉 나만을 알 뿐이에요, 최악의 재난에서도 생명이 계속되는 것을 막지 못하는 죽음 말이에요, 언젠가 여러분은 대문자 죽음에 관해 알게 될 겁니다, 그 순간, 그럴 리야 없겠지만 혹시 대문자 죽음이 여러분에게 시간 여유를 준다면, 여러분은 상대적인 것과 절대적인 것, 꽉 찬 것과 텅 빈 것, 아직 살아 있는 것과 이제는 살아 있지 않은 것 사이의 진짜 차이를 이해하게 될 거예요, 내가 진짜 차이라고 말할 때는 말로는, 다시 말해서 상대적이니 절대적이니, 꽉 찬 것이니 텅 빈 것이니, 아직 살아 있는 것이니 이제는 살아 있지 않은 것이니 하는 말로는 절대 표현할 수 없는 것을 이야기하는 거예요, 왜냐하면, 혹시 모를까 봐 하는 이야기지만, 말이란 움직이는 것이거든요, 오늘 다르고 내일 다르죠, 그림자처럼 불안정해요, 말 자체가 그림자죠, 존재하는 동시에 존재하지 않는 거예요, 비누 거품이에요, 안에 들어가면 간신히 소곤거리는 소리나 들을 수 있는 껍질이죠, 그저 나무 그루터기에 불과해요, 나는 지금 여러분에게 이런 정보를 무상으로, 공짜로 주고 있어요, 그러니 여러분은 독자들에게 삶과 죽음의 이유나 원인을 설명하는 일에 관심을 가지세요, 자, 원래 이 편지를 쓴 목적으로 돌아가죠, 이건 텔레비전에서 낭독한 편지와 마찬가지로 내 손으로 쓴 거예요, 나는 여러분이 언론 법규에 나오는 조항들을 이행하기를 바라요, 거기 보면 신문의 모든 오류, 생략, 실수는 같은 면에 같은 활자 크기로 정정하라고 되어 있잖아요, 만일 이 편지를 있는 대로 공개하지 않으면, 여러분은 내일 아침에, 원래는 몇 년 뒤에 사용하려고 했던, 하지만 여러분의 여생을 망치지 않도록, 정확히 몇 년이라고는 말하지 않겠어요, 사전 경고를 미리 받게 될 거예요, 물론 경고는 즉각 효력이 발휘되는 거죠, 여러분의 신실한 벗, 죽음. 이 편지는 다음 날

편집인의 아첨이 철철 넘치는 사과문과 더불어 있는 그대로 실렸을 뿐 아니라 복사본도 실렸다. 다시 말해서 상자에 넣은 십사 포인트 활자 텍스트 외에 편지지의 사본도 실렸다는 것이다. 편집인은 신문을 발행한 뒤에야 협박 편지를 읽는 순간부터 들어가 숨어 있던 벙커에서 나올 용기를 낼 수 있었다. 편집인은 너무 겁을 먹었기 때문에 중요한 전문가가 직접 보내온 필적 연구 보고서도 싣지 않으려 했다. 나는 죽음의 서명을 대문자로 바꾸는 것만으로도 이미 곤욕을 치를 만큼 치렀소, 그러니 당신 보고서는 다른 신문에 가져가시오, 불운은 함께 나누고 앞으로는 모든 일을 신에게 맡겨둡시다, 다시 그렇게 겁을 먹지 않기 위해서라면 무슨 일이든 하겠소. 필적 분석가는 다른 신문사를 찾아갔고, 이어 다른, 또 다른 신문사를 찾아갔으며, 이미 희망을 잃어버린 상태에서 네 번째 시도를 했을 때에야, 돋보기를 들고 밤낮 없이 오랜 시간 미로를 헤매는 것과 같은 노력을 기울인 일의 열매를 받아들여줄 사람을 만났다. 이 상당한 두께의 흥미진진한 보고서는 글씨의 해석이 원래 인상학의 여러 분야 가운데 하나로 시작되었다는 이야기로 시작하여, 이 학문에 정통하지 않은 사람들을 위하여 참고로 다른 관련 분야에는 마임, 제스처, 팬터마임, 음성분석이 있다고 밝히고, 그 다음에는 이 복잡한 주제에 관한 그 나름의 시간과 장소에서 주요 권위자 노릇을 했던 사람들의 이름을 나열했다, 카미요 발디, 요한 카스파르 라바테르, 에두아르 오귀스트 파트리스 오카르, 아돌프 헨체, 장 이

폴리트 미숑, 윌리엄 시어리 프레이어, 세자르 롬브로소, 쥘 크레피외 자맹, 루돌프 포팔, 루트비히 클라게스, 빌헬름 헬무트 뮐러, 알리스 엔스카트, 로베르트 하이스. 이들 덕분에 필적 분석이 심리학적 도구로 재구성되었다는 이야기였다. 이어 이 필적학자는 필적학적 세부사항의 모호성과 이 세부사항들을 하나의 전체로서 표현할 필요성을 보여주고, 이 문제와 관련된 핵심적인 역사적 사실들을 제시하고 나서, 연구의 대상이 되는 주요한 특징들, 즉 크기, 압력, 빈 칸, 여백, 각도, 구두점, 위로 삐침과 아래로 삐침의 길이, 다른 말로 하면 강도, 형태, 기울기, 방향성, 기호의 유동성을 자세하게 정의하기 시작했다. 그리고 마지막으로 연구의 목적이 임상 진단, 성격 분석, 전문적 소양의 검토 등이 아니라는 점을 분명히 밝힌 뒤, 이 전문가는 편지의 글이 매 단계마다 드러내는, 범죄적 세계와의 분명한 관련에 초점을 맞추었다. 필적학자는 좌절감에 사로잡힌 모진 어조로 써 나갔다. 그럼에도 나는 해결할 방도가 보이지 않는 모순에 직면하고 맙니다. 이 점과 관련하여 가능한 해결책이 있을까 의심스럽습니다. 이 꼼꼼하고 세심한 필적학적 분석은 실제로 이 편지를 쓴 여자가 사람들이 연쇄살인범이라고 부르는 자임을 가리킵니다. 그러나 이와 마찬가지로 논란의 여지가 없는 진실이 마침내 나를 찾아왔습니다. 이 진실은 앞서 말한 명제를 어느 정도는 뒤엎는 것입니다. 즉 이 편지를 쓴 여자는 죽었다는 것입니다. 이렇게 되자 죽음 자신도 그 사실을 확인해 줄 수밖에 없었다. 그 말이 옳아요, 이 박학한 설명이 뒷받침된 글을 읽고 나서 죽음은 그렇게 말했다. 하지만 아무도 이해할 수 없는 것은 다음과 같은 점이었다, 죽음이 죽었고 뼈에 불과하다면 어떻게 사람들을 죽일 수 있단 말인가? 좀 더 핵심에 다가가 본다면, 어떻게 편지를 쓸 수 있었을까? 이것은 절대 설명되지 않을 수수께끼들이다.

우리는 죽음이 일시 정지 상태에 있던 육만이천오백팔십 명에게 치명적인 자정의 종소리가 울린 뒤에 일어난 일을 설명하는 데 몰두하느라, 반드시 생각해 보아야 할 일, 즉 이런 변화된 상황이 석양의 집, 병원, 보험회사, 마피아, 교회에 어떤 영향을 주었는가 하는 문제를 더 적절한 시간에 생각해 보려고 미루어놓았는데, 이제 드디어 그 생각을 해볼 시간이 되었다. 특히 가톨릭교회에 준 영향이 중요한데, 그것은 이것이 이 나라 사람들 다수의 종교이기 때문이다. 이 종교의 영향이 워낙 압도적이기 때문에 흔히들 우리 주 예수 그리스도가 그의 첫 번째이자, 우리가 알기에는 유일했던 지상에서의 삶을 처음부터 끝까지 다시 반복해야 한다면 이 나라 외에 다른 곳에서는 태어나고 싶어하지 않았을 것이라고 생각하곤 한다. 어쨌든 먼저 석양의 집부터 시작해 보겠는데, 이곳 분위기는 모두가 예상할 수 있는 것과 비슷했다. 이 놀라운 사건이 처음 생겼을 때 우리가 설명했듯이, 입주자의 지속적인 순환이 이런 시설의 경제적 번영의 필수적 조건이라면, 죽음의 귀환은 각각의 시설 운영자들에게 기쁨과 새로운 희망의 이유가 될 수밖에 없었고, 또 실제로도 그렇게 되었다. 죽음이 보낸 유명한 편지를 텔레비전에서 낭독하면서 시작된 최초의 충격 뒤에 관리자들은 즉시 계산을 해보았으며, 그 결과는 만족스러웠다. 이 예상치 못한 정상으로의 귀환을 축하하려고 한밤중에 샴페인도 적잖이 마셨다. 그런 행동은 다른 사람들의 생명에 대한 상스러운 무관심과 경멸을 드러내는 것으로 보일지 모르지만, 사실 여기서 드러난 것은 아주 자연스러운 안도감, 그 동안 갇혀 있던 감정들을 분출하고자 하는 욕구였다. 잠긴 문 안에 갇혀 있다가 갑자기 문이 활짝 열리며 햇빛이 안으로 쏟아져 들어온 상황이라고나 할까. 더 양심적인 사람들이라면 그들이 적어도 샴페인 특유의 시끄럽고 경솔한 과시, 코르크가 뽕 하고 빠지고 잔이 흘러넘치는 과시는 피했어야 한다고, 신중하게 포트와인이나 마데이라 한 잔을 마시든가, 커피에 코냑 한 방울이나 브랜디를 약간 넣어 마시는 것으로도 충분히 축하가 되었을 것이라고 말할 것이다. 하지만 우리는 행복에 사로잡힐 때 정신이 얼마나 쉽게 몸의 고삐를 놓아버리는지 잘 안다. 또 묵인을 해서는 안 되지만, 늘 용서는 할 수 있다는 것도 안다. 다음 날 아침 관리자들은 유족을 불러 사망자를 데려가게 했다. 그런 다음 환기를 시키고 시트를 갈았다. 관리자들은 직원들을 모두 불러 모아 그 모든 것에도 불구하고 삶은 계속된다고 말하고, 앉아서 잠재적인 고객의 명단을 살피고 신청자들 가운데 가장 유망한 사람들을 골랐다. 모든 면에서 다 똑같다고 할 수는 없지만, 그럼에도 똑같이 고려해 줄 만한 이유들 때문에, 병원 관리자들과 의대 수업의 분위기도 하룻밤 새에 좋아졌다. 앞서도 말했듯이 치료가 불가능하거나 병이 마지막 또는 그 최종적 단계에 이른, 영원한 것으로 여겨지던 질병 분류학적 상태에 그런 표현을 사용할 수 있을지는 몰라도, 어쨌든 그런 단계에 이른 환자들 다수가 이미 가정이나 가족에게 돌아갔다. 그 가엾은 사람들이 어디서 더 나은 간호를 받을 수 있겠는가, 그들은 그렇게 위선적으로 물었다. 그럼에도 알려진 친척도 없고 석양의 집에서 요구하는 비용도 감당할 수 없는 많은 사람들은 공간의 여유가 있는 곳이면 병원 어디든 꽉꽉 채우고 있었다. 어제부터 오늘까지 이 훌륭한 기관의 관례가 되어왔고 또 앞으로도 언제까지나 그럴 거라고 여겨온 것과는 달리 복도가 아니라, 헛간이나 다락에 들어가 있었다. 이 환자들은 그곳에 한번에 며칠씩 들어가 있곤 했다. 아무도 그들에게 관심을 갖지 않았다. 의사나 간호사들 말대로, 그들이 얼마나 아프건, 어쨌든 죽을 리는 없었기 때문이다. 그런데 이제 그들은 죽었다. 밖으로 가져가 묻었다. 이제 병원의 공기는, 여전히 에테르, 요오드, 방부제 냄새가 빠질 수는 없었지만, 그럼에도 산의 공기처럼 순수하고 맑아졌다. 이곳 사람들은 샴페인 병을 따지는 않았지만, 관리자와 병원 이사들의 행복한 웃음은 영혼에 바르는 연고와 같았다. 간호를 담당하는 여직원들을 보는 남자 의사들의 눈에 전통적인 약탈자의 번득임이 되돌아왔다는 이야기만으로도 충분할 것이다. 정상, 이 말의 모든 의미에서, 정상이 회복되었다. 명단의 세 번째인 보험회사에 관해서는 아직 할 말이 많지 않다. 보험 증권에 도입된 변화, 앞서 우리가 자세하게 이야기했던 변화에 비추어 현재의 상황이 이익인지 손해인지 아직 파악을 하지 못했기 때문이다. 그들은 안전한 땅을 디딘다는 확신이 없으면 한 걸음도 내딛지 않을 것이다. 그러나 마침내 디디게 되면 무엇이 되었건 자신들의 이익을 최대한 보장하도록 작성된 계약 양식 밑에 새로운 뿌리를 내릴 것이다. 그렇게 되기 전에는, 미래는 신에게 속한 것이라 내일 무슨 일이 일어날지 아무도 모르기 때문에, 그들은 계속해서 여든 살이 된 피보험자, 즉 그들이 이미 손에 확실하게 쥐고 있는 새는 여전히 사망자로 간주할 것이다. 두 마리가 더 그물로 떨어질지는 내일 두고 봐야 할 일이다. 그러나 어떤 사람들은 현재의 사회적 혼란을 최대한 이용해야 한다고 주장한다. 현재 사회는 그 어느 때보다 악마와 깊고 푸른 바다 사이, 스킬라와 카리브디스 사이, 바위와 단단한 땅 사이에 놓여 있기 때문에, 보험 업무상의 사망을 여든다섯, 아니 아흔까지 높이는 것도 나쁜 생각은 아닐 수 있다는 것이다. 이런 변경을 옹호하는 사람들의 추론은 물처럼 맑다. 사람들이 그런 나이에 이르면, 힘들 때 자신을 돌봐줄 친척이 없고, 그런 친척이 있다 해도 너무 늦어 어차피 별 도움이 안 된다. 그뿐 아니라 인플레이션과 생계비 상승 때문에 퇴직 연금의 가치도 실질적으로 하락한다. 그렇게 되면 어쩔 수 없이 보험료 납부를 중단할 수밖에 없는 일이 자주 발생할 것이고, 이것은 보험회사가 각각의 계약을 무효로 간주할 만한 최선의 이유가 된다는 것이다. 그건 비인간적인 짓이오, 어떤 사람들은 그렇게 이의제기를 한다. 사업은 사업이오, 다른 사람들이 다시 반박한다. 그 결말이 어떻게 날지는 나중에 보기로 하자.

같은 시간에 마피아 또한 열심히 사업 이야기를 하고 있었다. 우리가 너무 꼼꼼하게 묘사했기 때문에, 그래, 그 점은 거리낌 없이 인정한다, 어쨌든 이 범죄 조직이 장례지도사들의 세계로 검은 터널을 뚫고 침투해 들어간 방식에 대한 우리의 꼼꼼한 묘사 때문에, 어떤 독자들은 더 쉽게 더 큰 돈을 벌 방법이 많은데 그렇게 하지 못하다니 참으로 한심한 마피아도 다 있다고 생각했을지도 모르겠다. 아, 물론 그런 방법은 있다. 다양하고 많다. 그러나 이 지역 마피아도 전 세계에 흩어져 있는 비슷한 조직들과 마찬가지로 행동의 균형을 잃지 않고 전술과 전략을 최대한 활용하는 데 능숙하기 때문에, 단지 눈앞의 이익에만 의존한 것이 아니라, 그 이상의 높은 것을 겨냥했다. 영원에 눈독을 들인 것이다. 안락사의 유용성을 납득한 가족의 암묵적 동의를 얻고, 그 위에 다른 쪽을 보는 척하는 정치가들의 승인도 얻어, 인간의 죽음과 매장에 대한 절대적 독점을 확립하고, 동시에 나라의 인구를 언제나 나라에 편리한 수준으로 유지하는 책임을 진 것이다. 앞서도 사용했던 이미지를 사용한다면 수도꼭지를 틀고 잠그는 책임, 좀 더 엄격하고 전문적인 용어를 사용하자면 유량 통제 장치를 제

어하는 책임을 맡은 것이다. 적어도 발생 단계에서 생식의 속도를 높이거나 낮추지는 못한다 해도, 적어도 경계, 이 경우는 지리적 경계가 아니라 영원한 경계를 말하는 것인데, 어쨌든 그 경계로 가는 여행의 속도를 높이거나 늦출 힘은 가질 수 있었다. 우리가 방으로 들어간 바로 그 순간에, 그들의 토론은 죽음의 귀환 이후 놀게 된 일손을 어떻게 적절하게 활용할 것이냐 하는 문제에 초점이 맞추어져 있었다. 탁자 여기저기에서 적지 않은 제안이 나왔고, 어떤 것은 다른 것보다 더 과격했지만, 결국 그들은 이미 오랫동안 증명되어 온 방법, 복잡한 작전이 필요 없는 방법을 택했다. 즉 보호 사업을 택한 것이다. 바로 다음 날, 북에서 남에 이르기까지 전국 각지의 장의사에는 손님이 두 명씩 찾아왔다. 보통 남자 둘이었고, 가끔 남자와 여자였으며, 여자만 둘인 경우는 드물었다. 그들은 정중하게 책임자와 이야기를 하자고 했으며, 책임자에게 역시 정중하게 장례 사업이 공격을 당하거나 심지어 망할 위험에 처해 있다고 이야기했다. 폭탄이나 화재 때문이라는 것이었다. 또는 세계 인권 선언에 영생의 권리를 포함시켜 달라고 요구하다가 좌절을 겪는 바람에, 단지 장의사가 주검을 마지막 안식처로 운반하는 곳이라는 이유로 그 아무 죄 없는 회사에 폭력으로 울분을 터뜨리려 하는 불법 시민 단체의 활동가들 때문이라는 것이었다. 찾아온 손님은 말했다, 이런 조직적인 공격을 하려는 사람들은 저항에 부딪힐 경우 소유자와 관리자는 물론, 그들의 가족까지, 가족은 아니라 해도 종업원 한두 명까지는 살해할 수도 있다는 이야기를 들었소. 이런 공격이 내일이면 시작될 거요. 그 대상은 이곳일 수도 있고, 다른 곳일 수도 있소. 내가 할 수 있는 일이 뭡니까, 가엾은 관리자가 부들부들 떨며 말했다. 없소, 당신은 아무것도 할 수 없소. 하지만 당신이 원한다면, 우리가 당신을 보호해 줄 수는 있소. 아, 물론 그래 주시기를 바랍니다, 보호를 해주실 수만 있다면 말이죠. 하지만 몇 가지 조건이 있소. 조건이 뭐든 제발 보호만 해주십시오. 첫 번째는 이 이야기를 누구한테도 하지 말아야 한다는 거요, 부인한테도. 난 결혼을 안 했는데요. 그건 상관없소, 어머니, 할머니, 고모한테도 하지 말아야 한다는 거요. 제 입을 봉해 놓겠습니다. 그러는 게 좋을 거요, 그러지 않으면 당신이 이야기를 하는 사람들이 영원히 봉해질 위험이 있으니까 말이오. 다른 조건들은 뭡니까. 이제 하나만 남았소, 우리가 달라는 대로 보수를 내놓으라는 거요. 보수를요. 보호 작전을 짜야 하거든, 그건 비용이 많이 들지. 아, 알겠습니다. 우리는 돈만 준다면 인류 전체를 보호할 수도 있소, 한 시대가 가면 또 늘 다른 시대가 오는 법이기 때문에 우리는 여전히 그 희망을 잃지 않고 살고 있소. 흠, 알겠습니다. 금방 이해해 주니 얼마나 다행인지 모르겠소. 내가 얼마나 내야 합니까. 그건 이 종이에 적혀 있소. 큰돈이군요. 그게 시세요. 이게 일 년 치입니까, 아니면 한 달 치입니까. 일주일 치요. 하지만 나한테는 이런 돈이 없는데요, 장의사는 돈을 많이 못 법니다. 당신 생각에 당신 목숨이 얼마나 값이

나간다고 생각하시오, 그 돈을 달라고 하지 않는 걸 다행이라고 생각하시오. 글쎄요, 내 목숨은 하나뿐인데. 그걸 쉽게 잃어버릴 수도 있소, 그래서 잘 보살피라고 조언을 드리는 거고. 알겠습니다, 생각해 보지요, 동업자들하고 얘기를 좀 해 봐야겠습니다. 이십사 시간을 주겠소, 일 분도 더 안 되오, 그 시한이 지나면 우리는 이 일에서 손을 뗄 거고, 책임은 모두 당신이 지는 거요, 하지만 당신한테 무슨 일이 일어난다 해도, 첫 번째 공격은 치명적이지는 않을 게 틀림없소, 그 시점에서 다시 와서 이야기를 하게 되지, 물론 그때는 값이 두 배로 뛰고, 우리가 달라는 대로 줄 수밖에 없을 거요, 영생을 요구하는 그 시민 단체가 얼마나 잔인한지 당신은 상상도 못 할 거요. 알았습니다. 알았습니다, 내지요. 넉 주 치를 선불로 내시오. 넉 주 치요. 댁의 경우는 비상 상황이거든, 또 아까도 말했지만 보호 작전을 조직하려면 비용도 꽤 들거든. 현금입니까 수표입니까. 현금이오, 수표는 다른 액수로 다른 종류의 거래를 할 때 쓰는 거요, 돈이 한 손에서 다른 손으로 직접 건네지지 않는 게 최선일 때. 관리자는 가서 금고를 열더니 지폐를 세어보고 나서 손님들에게 건네며 말했다. 영수증이나 보호를 보장하는 다른 문서를 주십시오. 영수증은 없소, 보장도 없소, 우리의 명예를 건 약속으로 만족해야 하오. 명예. 그렇소, 명예, 우리가 명예를 걸고 약속한 말을 얼마나 철저하게 지키는지 당신은 상상할 수도 없을 거요. 문제가 생기면 어디로 연락하면 될까요. 걱정 마시오, 우리가 연락할 테니까. 문까지 배웅하겠습니다. 아니, 공연히 그럴 것 없소, 우리도 길을 아니까, 관 보관 창고를 지나 좌회전, 거기서 분장실을 지나고, 복도를 따라 내려가다가 응접실을 통과하면 거리로 통하는 문이 나오잖소. 나가다 길을 잃지는 않겠군요. 우리는 방향 감각이 아주 날카롭다오. 절대 길을 잃지 않지, 예를 들어, 다섯 주가 지나면 누군가 다음 번 돈을 받으러 어김없이 이곳을 찾아올 거요. 그 사람이 맞는 사람인지 어떻게 압니까. 보면 모를 수가 없을 거요. 그럼, 안녕히 가십시오. 그래, 안녕히 계시오, 우리한테 감사할 필요는 없소.

마지막으로, 물론 가볍게 여겨서 마지막에 배치한 것은 아니지만, 로마의 가톨릭교회 또한 흡족해 할 만한 많은 이유가 있었다. 처음부터 죽음의 폐지가 악마의 소행일 수밖에 없으며, 신이 악마의 소행을 물리치도록 돕는 데는 끈기 있는 기도보다 강력한 것이 없다고 확신하던 가톨릭교회는 평상시에 큰 노력과 희생을 기울여 양육하던 겸손이란 덕목을 옆으로 치우고 전국적인 기도 운동의 성공을 거리낌 없이 축하했다. 잊지 마라, 그 목적은 주 하느님에게 가엾은 인류를 최악의 공포로부터 구하기 위해 가능한 한 빨리 죽음이 돌아오게 해달라, 인용 끝, 하고 비는 것이었다. 이 기도는 하늘에 닿는데 거의 여덟 달이 걸렸다. 화성까지 가는 데 여섯 달이 걸린다는 사실을 생각하면, 하늘은, 충분히 상상할 수 있는 일이지만, 훨씬 더 멀리, 어림잡아 지구로부터 삼십억 광년쯤 떨어진 곳에 있는 셈이다. 그러나 교회가 느끼는 정당한 만족감에는 먹구름이 끼어 있었다. 신학자들은 하느님이 죽음의 갑작스러운 귀환을 명령한 이유를 두고 논쟁을 벌였지만 합의에는 이르지 못했다. 사실 너무 갑작스러워, 심지어 죽어가는 육만이천 명에게 마지막 의식을 거행할 여유도 주지 않았다. 그들은 마지막 성사의 은총마저 박탈당한 채 뭐라고 말할 틈도 없이 죽어버린 것이다. 신이 죽음에게 명령을 할 권한이 있느냐, 아니면 반대로 죽음이 위계상 신 위에 있느냐 하는 문제를 둘러싼 걱정스러운 생각들이 이 거룩한 기관의 마음과 정신을 조용히 갉아먹었다. 이 기관에서는 신과 죽음이 동전의 양면이라는 과감한 주장이 이단이라기보다는 혐오스러운 신성모독으로 간주되고 있었다. 어쨌든 이것이 표면 밑에서 실제로 벌어지던 일이었다. 그러나 외부 사람들에게는 교회가 가장 몰두하는 일이 모후의 장례식에 참가하는 일로 보였다. 이제 육만이천 명의 보통 사망자가 안전하게 마지막 안식처에 들어가 도시에서 교통 정체를 일으키지 않았기 때문에, 지위에 어울리게 납관에 들어가 있는 이 지체 높은 여인을 왕실의 만신전으로 옮겨야 할 때가 왔다. 신문들이 모두 동의했듯이, 한 시대가 끝난 것이다.

독자들은 인내심을 잃고 짜증의 표시들을 보여야 마땅함에도 불구하고, 이 긴 여담을 끊고 죽음이 귀환을 발표한 운명의 밤 이후로 무슨 일을 했는지 이야기해 달라고 요구를 해야 했음에도 불구하고 그렇게 하지 않았다. 어쩌면 아주 고상한 교육, 요즘에는 점점 희귀해지고 있는 교육을 받은 데다가, 기록된 말이 수줍은 영혼들 안으로 스며들 수 있다는 거의 미신적인 존중심을 가졌기 때문인지도 모르겠다. 물론 이 특별한 사건에서 석양의 집, 병원, 보험회사, 마피아, 가톨릭교회의 중요한 역할을 고려할 때, 그들이 이런 갑작스럽고 극적인 상황 반전에 어떤 반응을 보였는지 자세하게 설명하는 것은 당연하고도 적절한 일로 보인다. 그러나 새로 죽게 된 사람들, 그러니까 구체제의 복귀 후 처음 며칠 동안 죽은 사람들도 그전에 몇 달 동안 이승과 저승 사이에서 떠돌다 간 불행한 사람들의 대열에 합류할 수밖에 없었을 것이며, 따라서 논리적으로 보자면 우리는 당연히 그 새로운 죽음에 관해서도 이야기를 해야만 했을 것이다. 물론 그 발표 직후 몇 시간 동안 묻어야 했던 엄청난 수의 주검을 고려하여 죽음이 예기치 않게 칭찬할 만한 동정심을 보여주었다면, 그래서 삶이 옛날의 축으로 돌아갈 여유를 주기 위해 며칠 더 자리를 비우기로 했다면 이야기가 달라진다. 실제로 그 발표 후 며칠 동안 새로 죽은 사람은 없었다. 그러나 죽음이 자리를 비운 것은 아니었다. 죽음은 그렇게 관대하지 않았다. 발표 후 일주일간 죽음의 행동 중단, 사실 아무것도 변하지 않았다는 착각을 일으켰던 행동 중단은 단지 죽음과 인간 사이의 관계를 관장하는 새로운 규칙 때문이었다. 즉 변제가 완료되기 일주일 전에 사전 경고를 받는다는, 뒤집어 말하면 경고를 받은 뒤에도 일주일을 더 살 수 있다는 규칙 때문이었다. 그 일주일 동안 일을 정리하고, 유언장을 작성하고, 세금을 완불하고, 가족과 가까운 친구들에게 작별 인사를 하라는 이야기였다. 이론적으로 볼 때 이것은 괜찮은 생각 같았다. 그러나 실제로 실행되고 보니 곧 그렇지 않다는 것이 드러났다. 어떤 사람, 아주 건강해서 두통조차 겪어본 적이 없는 사람, 낙관주의자, 원칙적으로도 그렇고 또 그럴 만한 분명하고 객관적인 이유도 있어서 낙관주의자인 사람을 한 명 상상해 보자. 그가 어느 날 아침 집을 나서서 출근을 하다가 동네를 담당하는 친절한 우편배달부를 만난다. 우편배달부는 말한다, 어휴, 만날 수 있어서 다행입니다, 아무개 씨, 편지가 온 게 있는데요. 남자는 자주색 봉투를 받아든다. 특별히 관심을 기울이지는 않는다. 보나마나 디렉트메일 회사에서 보낸 쓰레기일 것이기 때문이다. 다만 봉투에 적힌 그의 이름의 필체가 이상할 뿐이다. 신문에 실린 유명한 사본에 있는 글자체와 똑같다. 그 순간 심장이 놀라서 펄쩍 뛴다. 어떤 불가피한 불행을 예감하고 소름이 끼친다. 그러나 편지를 거부하려 해도, 그럴 수가 없다. 그때부터 누가 그의 팔꿈치를 살며시 붙들고, 층계를 내려갈 때도 바나나 껍질에 미끄러지지 않도록 안내를 해주는 것 같다. 모퉁이를 돌 때도 자기 발에 걸려 넘어지지 않도록 도와주는 것 같다. 봉투를 찢어버리려 해도 소용이 없다. 죽음이 보낸 편지는 본디 없앨 수가 없다는 것을 모두가 알고 있다. 아세틸렌 용접 버너로 있는 힘껏 불을 뿜어도 없앨 수가 없다. 편지를 떨어뜨린 척하는 순진한 꾀도 소용없다. 편지가 풀로 붙인 것처럼 손에 붙어 떨어지지 않기 때문이다. 설사 기적이 일어나 그런 불가능한 일이 생긴다 해도, 틀림없이 어떤 선량한 시민이 바로 편지를 집어들고 모른 척하고 바쁘게 가려는 사람을 부리나케 쫓아와 말할 것이다, 이걸 떨어뜨리셨네요, 중요한 편지 같은데요. 그러면 그는 서글프게 대답할 수밖에 없을 것이다, 그래요, 중요한 겁니다, 이렇게 수고를 해주셔서 고맙습니다. 그러나 이런 일은 처음에만, 즉 죽음이 장례 통지 편지를 위한 메신저로 공공 우편제도를 이용한다는 것을 아는 사람이 거의 없었을 때에만 일어날 것이다. 며칠이 안 지나 자주색은 사람들이 가장 싫어하는 색깔이 되었다. 애도를 상징하는 색은 검은색임에도 불구하고 검은색보다 훨씬 더 싫어했다. 이것은 얼마든지 이해할 수 있는 것이, 상복은 살아 있는 사람이 입지 죽은 사람이 입지 않기 때문이다. 물론 요즘에는 죽은 사람도 검은 옷을 입고 땅에 묻히는 경향이 강해지기는 하지만. 어쨌든 출근을 하다가 죽음이 갑자기 우편배달부, 틀림없이 벨을 두 번 울리지 않을 우편배달부의 모습으로 길을 가로막았을 때 그 남자가 느꼈을 당혹감, 두려움, 곤혹스러움을 상상해 보라. 우연히 수신인을 거리에서 만나지 않았다면, 우편배달부(『우편배달부는 벨을 두 번 울린다(*The Postman Always Rings Twice*)』라는 제임스 케인의 소설 제목을 빗댄 것-옮긴이)는 편지를 그냥 수신인의 우편함에 넣거나 문 밑에 찔러두었을 것이다. 남자는 거기에, 길 한가운데 서 있다. 건강도 아주 좋고, 머리도 튼튼한 남자다. 얼마나 튼튼한지 끔찍한 충격을 받은 지금도 전혀 아프지가 않다. 그럼에도 갑자기 세상은 그에게 속하지 않게 되었고, 그도 세상에 속하지 않게 되어버렸다. 남자가 막 내키지 않는 마음으로 뜯어본 이 자주색 편지에 따르면, 이 남자와 세상은 앞으로 단지 일주일 동안 서로에게 자신을 빌려줄 것이다. 하루도 더 연장이 안 된다. 뜯기는 뜯었지만, 눈물이 고이는 바람에 제대로 읽기도 힘들다. 안녕하세요, 안타깝지만 일주일 뒤면 귀하의 생명이 돌이킬 수 없이, 피할 수 없이 끝남을 알려드립니다, 남은 시간을 최대한 활용하시기 바랍니다, 귀하의 충실한 벗, 죽음. 서명은 소문자다. 이것은 우리가 알다시피, 어떤 면에서는 원산지 증명 역할을 한다. 남자는 망설인다. 우편배달부가 그를 아무개 씨라고 불렀으니, 우리도 이미 알고 있듯이, 이 사람은 남성이다. 남자는 집으로 가서 가족에게 이 돌이킬 수 없는 선고에 관해 이야기할지, 아니면 눈물을 머금고 계속 일이 기다리는 곳으로 가 자신에게 남은 며칠을 채우고 나서 자신 있게, 죽음아, 너의 승리가 어디에 있느냐(성경, 「고린도전서」 15:55―옮긴이), 하고 물을 것인지 고민한다. 그러나 그렇게 물어도 대답을 얻지 못할 것임을 잘 알고 있다. 죽음은 결코 대답을 하지 않기 때문이다. 대답하고 싶지 않아서가 아니라, 인간 최대의 슬픔과 마주하여 무슨 말을 해야 좋을지 모르기 때문이다.

모두가 다른 모두를 아는 조그만 동네에서만 가능한 이 거리의 에피소드는 우리가 삶 또는 존재라고 부르는 일시적 계약의 종결을 위하여 죽음이 제도로 만들어놓은 통신 체제의 불편에 관해 많은 이야기를 해준다. 이것은 우리가 매일 보는 다른 많은 것들과 마찬가지로 죽음이 가학적 잔혹성을 과시하는 것으로 보일지도 모른다. 그러나 사실 죽음은 잔혹할 필요가 없다. 사람들의 생명을 가져가는 것만으로도 충분하고도 남는다. 그냥 미처 생각을 충분하게 하지 못했을 뿐이다. 지금 죽음은 일곱 달 이상의 긴 휴식 뒤에 지원 서비스를 재조직하는 일에 몰두해 있기 때문에, 차례차례 자신의 임박한 죽음을 통보받는 사람들이 토해내는 절망과 고뇌의 외침을 들을 여유가 없다. 이런 절망과 고뇌의 감정은 어떤 경우에는 죽음이 예측했던 것과 정반대의 결과를 낳기도 한다. 사라질 운명을 선고받은 사람들은 일을 정리하지도, 유언장을 작성하고, 세금을 완불하지도 않는다. 가족과 가까운 친구들에게 작별 인사를 하는 일은 마지막 순간까지 미룬다. 물론 그 마지막 순간은 가장 우울한 작별을 하기에도 충분치 않다. 신문들은 죽음, 그녀의 다른 이름은 운명인데, 이 죽음의 진정한 본성을 잘 알지도 못하고서 지금까지보다 더 사납게 그녀를 공격했다. 그녀를 동정심 없고, 잔인하고, 압제적이고, 사악하고, 피에 굶주렸고, 의리 없고, 믿을 수 없는 뱀파이어, 악의 여제, 치마를 입은 드라큘라, 인류의 적, 여자 살인범, 그리고 또 연쇄살인범이라고 불렀다. 심지어 카피라이터에게서 풍자를 마지막 한 방울까지 짜내는, 유머를 전문으로 하는 한 주간지는 개자식에 빗대어 개딸이라는 표현을 만들어내기도 했다. 다행히도 몇 개 신문에서는 양식(良識)이 계속 지배를 하고 있다. 왕국에서 가장 존경받는 신문으로, 전국 언론의 장로라 할 만한 한 신문은 지혜로운 사설을 게재하여, 죽음과 솔직하고 공개적인 대화를 요청했다. 아무것도 감추지 않고, 심장에 손을 올리고, 우애의 정신으로 대화를 하자는 것이었다. 물론 죽음이 어디에 사는지 알아낼 수 있을 것이라고, 그녀의 동굴, 소굴, 본부를 찾아낼 수 있을 것이라고 가정하고 하는 말이었다. 또 다른 신문은 경찰이 문구점과 종이 공장을 수사해야 한다고 주장했다. 자주색 봉투를 쓰는 인간이 있다 하더라도 그 수는 예전부터 극소수였을 것이며, 최근의 사건들을 보고 편지 쓰기 취향을 바꾸었을 것이 틀림없으므로, 이 섬뜩한 고객이 물품을 구매하려고 나타났을 때 체포하는 것은 아주 쉬운 일이라는 이야기였다. 이 신문과 치열한 경쟁을 벌이는 다른 신문은 재빨리 이 생각이 아둔하고 멍청하다고 비판했다. 모두가 알다시피 수의를 걸친 해골인 죽음이 뼈만 남은 뒤꿈치로 딱딱 소리를 내며 보도를 걸어 편지를 부치러 다닌다는 생각을 하는 사람은 갈 데까지 간 바보밖에 없을 것이라는 이유에서였다. 텔레비전도 신문사에 뒤지고 싶지 않았던지, 내무장관에게 경찰을 시켜 우체통을 지키라고 조언했다. 텔레비전 방송사 사장한테 처음 온 편지가 문이 잠긴 상태에서, 창문 하나 깨지지 않았는데도 사무실에 나타났다는 사실은 까맣게 잊어버린 모양이었다. 사장실의 바닥, 벽, 천장에서는 갈라진 틈, 심지어 면도날이 통과할 만한 아주 좁은 틈조차 드러나지 않았다. 어쩌면 죽을 운명에 처한 가엾고 불행한 사람들에게 좀 더 동정심을 보여달라고 죽음을 설득하는 일이 가능할지도 몰랐다. 하지만 그렇게 하려면 우선 죽음을 찾아야 했는데, 아무도 그녀가 어디에 있는지 모른다는 것이 문제였다.

그때 직접적으로든 간접적으로든 자신의 직업과 관련이 있는 것이라면 모르는 것이 없는 한 법의학자가 두개골에서 얼굴을 복원하는 유명한 외국 전문가를 초빙하자는 제안을 했다. 이 전문가는 오래된 그림과 판화에 나오는 죽음의 묘사, 특히 그녀를 해골로 묘사한 것들에 기초하여 사라진 살을 붙이고, 눈구멍에 눈을 집어넣고, 정확한 균형을 고려하여 머리카락, 눈썹, 눈꺼풀을 붙이고, 심지어 뺨에 적절한 색조도 집어넣을 수 있을 텐데, 이렇게 해서 완성된 완벽한 두상이 나타나면, 이것을 천 장쯤 복사하여 천 명의 수사관에게 나누어 주고, 지갑에 넣고 다니면서 오가다 마주치는 많은 여자와 비교해 보게 한다는 것이었다. 문제는 외국 전문가가 작업을 끝냈을 때에야, 그가 택한 두개골 세 개가 다 달랐다는 사실이 드러났다는 것이었다. 사실 처음부터 전혀 훈련이 되지 않은 눈을 가진 사람만이 그 세 개가 똑같다고 생각했을 것이다. 어쨌든 그 바람에 수사관들은 어쩔 수 없이 그림 복사본을 하나가 아니라 세 장 가지고 다녀야 했다. 이것은 야심만만하게 죽음 사냥이라고 부른 이 작전에 큰 장애가 되었다. 오직 한 가지만이 의심의 여지없이 증명되었다. 이 점에 관해서는 아주 초보적인 도상학도, 아주 복잡한 명명법도, 아주 난해한 상징주의도 다 옳았는데, 죽음은 그 이목구비, 속성, 특징으로 보아 어김없는 여자라는 점이었다. 틀림없이 기억하고 있을 테지만, 죽음의 첫 번째 편지를 살폈던 탁월한 필적학자도 분명히 같은 결론에 이르렀기 때문에 편지를 쓴 사람을 여자라고 언급했을 것이다. 그러나 이것은 어쩌면 단순한 습관인지도 모른다. 어떤 알 수 없는 이유로 남성이나 중성을 택하는 극소수의 언어를 제외하면 죽음은 늘 여성이었기 때문이다. 어쨌든, 이미 이야기를 했지만, 잊지 않도록 세 얼굴, 모두 여성이고 모두 젊은 세 얼굴이 누구나 그 얼굴들에서 볼 수 있는 뚜렷한 유사성에도 불구하고, 어떤 면에서는 분명히 서로 달랐다는 사실을 다시 강조해 두는 것이 좋겠다. 그러나 서로 다른 죽음 셋이 교대로 일을 한다는 것은 너무 터무니없는 생각이므로, 둘은 배제해야 할 터였다. 그러나 이 또한 그렇게 간단하지 않은 것이 진짜 죽음의 해골은 선택된 이 셋 가운데 어느 것과도 일치하지 않을 수 있었기 때문이다. 따라서 이 작전은 흔히 말하듯이 어둠 속에 총을 쏴놓고 자비로운 운이 도와주어 목표물이 총알이 가는 길에 자리 잡고 있기를 바라는 것과 다름없었다.

수사는 어쩔 수 없이 공식 신원 확인소 자료실에서 시작되었다. 이곳에는 자국인이건 외국인이건 전국의 모든 거주자의 사진을 모아, 어떤 기본적인 특징에 따라 분류하고 정리해 놓았다. 예를 들어 장두(長頭)는 이쪽, 단두(短頭)는 저쪽에 분류해 놓은 것이다. 하지만 조사 결과는 실망스러웠다. 물론 우리가 앞서 말했듯이 옛날 판화와 그림에서 모델을 선택하여 얼굴을 재구성했기 때문에, 처음에는 아무도 설립된 지 불과 백 년 정도밖에 안 되는 이런 현대적인 신분확인 자료에서 죽음의 인간화된 이미지를 발견하기를 바라지는 않았다. 그러나 다른 면에서 보자면 죽음은 늘 존재해 왔으며, 오랜 세월에 걸쳐 얼굴을 바꾸어왔다고 생각할 이유는 없었다. 또 한 가지, 죽음이 등록도 하지 않고 은밀하게 살았다면 의심을 받지 않고 제대로 일을 하기가 어려웠을 것이라는 점을 잊지 말아야 한다. 따라서 죽음이 가명으로 시민 등록부에 등록을 했을지도 모른다는 가설은 완벽하게 논리적이다. 우리가 너무나 잘 알고 있듯이, 죽음에게는 불가능한 일이 없기 때문이다. 그러나 진실이 무엇이든 간에, 기술과 자료 검색에 재능이 있는 사람들의 도움을 요청했음에도, 수사관들은 신원을 확인할 수 있는 여자들 가운데 죽음의 세 이미지와 조금이라도 닮은 여자의 사진을 단 한 장도 발견할 수가 없었다. 따라서 이미 예측했듯이 고전적인 수사 방법으로 돌아갈 수밖에 없었다. 즉 정보 조각들을 모아 페어 맞추고, 천 명의 수사관들을 파견하여 수색하는 경찰 기술을 발휘하는 것이었다. 수사관들은 집집마다, 상점마다, 사무실마다, 공장마다, 식당마다, 술집마다 들르고, 심지어 과외의 섹스를 위해 마련된 장소까지 찾아가, 이 땅의 모든 여자를 살폈다. 물론 사춘기 소녀와 중년이나 노년의 여자는 뺐다. 그들이 호주머니에 넣고 다니는 세 장의 사진은 이 사진에 해당되는 여자를 만날 경우, 약 서른여섯 살 나이의 매우 아름다운 여자를 눈앞에 보게 될 것이라고 분명하게 말해 주고 있었기 때문이다. 그들에게 주어진 모델에 따르면, 그들 누구도 죽음이 아니었지만, 어느 누구도 죽음일 수 있었다. 거리와 도로와 골목을 끝도 없이 걷고, 서로 이어놓으면 하늘에라도 닿을 층계들을 올라가는 엄청난 노력을 기울인 끝에 수사관들은 이 여자들 가운데 둘을 찾아낼 수 있었다. 이 여자들이 보관소에 있는 기존의 사진과 달랐던 것은 성형수술의 혜택을 입었기 때문이다. 그러나 놀라운 우연의 일치로, 이상한 우연으로, 이 수술은 그들의 얼굴에서 모델의 재구성된 얼굴과 유사한 점들을 강조했다. 그러나 그들 각각의 이력을 꼼꼼하게 조사한 결과 그들이 전문적으로든 아마추어로든, 심지어 여가 시간에라도 죽음의 치명적인 활동에 참여했을 가능성은 한 치의 착오 가능성도 없이 배제되었다. 가족 앨범에서만 확인된 세 번째 여자는 전 해에 죽었다. 간단한 소거법으로도 죽음의 피해자인 사람이 죽음일 수는 없었다. 말할 필요도 없이, 수사가 지속되는 기간, 즉 그 몇 주 동안에도, 자주색 봉투는 계속 수신자의 집에 도착했다. 죽음이 인류와 맺은 약속에서 조금도 물러설 생각이 없음은 분명해 보였다.

당연한 일이지만, 이 나라의 천만 주민이 살아내고 있는 이 일상의 드라마를 정부가 팔짱을 끼고 수동적으로 지켜보기만 했냐고 물어볼 수밖에 없다. 그 답은 두 가지로, 그렇다, 이기도 하고 그렇지 않다, 이기도 하다. 그렇다, 라는 것은 상대적인 면에서 하는 이야기일 뿐이다. 사실 죽는다는 것은 적어도 아담과 하와 이후로는, 삶에서 가장 정상적이고 평범한 일이며, 순수하게 일상적인 사실이고, 부모로부터 자식에게로 전해지는 무한한 유산 가운데 한 에피소드일 뿐으로, 만일 세계의 정부들이 구빈원에서 죽은 어떤 가엾은 노인을 애도하기 위해 매번 사흘씩 국장을 지낸다고 한다면 이것은 그렇지 않아도 불안정한 공중의 마음의 평화에 큰 해를 주는 일이 될 것이다. 그렇지 않다, 라고 한 것은 아무리 심장이 돌로 된 사람이라 해도 죽음의 일주일 전 통지가 집단적 재난에 가까운 상황을 초래했다는 분명한 사실에는 무관심할 수 없기 때문이다. 매일 불운이 문을 두드리는 평균 삼백 명의 사람들에게만 그런 것이 아니었다. 매일 끔찍하기 짝이 없는 악몽에 시달리다가 잠에서 깨어났을 때 머리 위에 실로 묶여 있는 다모클레스의 검을 보게 되는 구백구십구만구천칠백 명 이상도 아니고 이하도 아닌, 온갖 연령, 재산, 조건에 속한 사람들에게도 마찬가지였다. 운명적인 자주색 편지를 받은 삼백 명의 주민들의 경우 이 무자비한 선고에 대한 반응은, 당연한 말이지만, 각 개인의 성격에 따라 다양하게 나타났다. 사후 예상 복수라는 새로운 표현의 적용이 아주 그럴듯하다고 느껴지는 왜곡된 복수심에 사로잡혀 유언장을 쓰거나 세금을 완납하는 등의 시민 또는 가족의 의무를 저버리기로 결심한 사람들 이야기는 앞서도 했지만, 그들 외에도 호라티우스의 카르페 디엠(Carpe diem; 현재를 즐겨라-옮긴이)이라는 말을 매우 타락된 방식으로 해석하여 자신에게 남은 얼마 안 되는 생명을 섹스, 마약, 알코올을 이용한 쾌씸한 방탕에 써버리는 사람들도 있었다. 이런 사람들은 그렇게 과도하고 방종한 행위에 빠지면 자신의 머리에 신의 벼락까지는 아니라 해도 치명적인 뇌졸중은 생길 것이라고 생각하는지도 몰랐다. 그렇게 해서 그 자리에서 바로 죽어 정식 죽음의 손아귀에서 벗어나면 죽음을 이기는 셈이 되고, 그러면 죽음이 일하는 방식을 바꿀지도 모른다고 생각하는 것인지도 모른다는 것이다. 금욕적이고, 위엄 있고, 용기 있는 사람들은 자살이라는 근본적인 대안을 택했다. 그들 또한 그렇게 해서 막강한 타나토스에게 예절을 가르쳐줄 수 있을 것이라고 믿었다. 우리가 흔히 말하듯이 말로 따귀를 때리려는 것이었다. 이 따귀는 당대의 정직한 신념과 일치하여, 그 기원이 신체적 보복을 향한 원시적 욕망이 아니라 윤리적이고 도덕적인 영역에 기원을 두고 있기 때문에 훨씬 더 고통스러울 수 있는 것이었다. 그러나 물론 이 모든 시도는 실패했다. 다만 자살 날짜를 시한의 마지막 날로 택한 고집스러운 사람들만이 예외였다. 이것은 죽음도 대응 방법을 찾을 수 없는 뛰어난 책략이었다.

일반적인 사람들의 분위기를 제일 먼저 느낀 기관이 로마가톨릭교회라는 사실은 그들의 명예를 위해서라도 말해 두어야겠다. 우리는 사적이든 공적이든 일상적인 의사소통에서 약어가 붐을 이루는 시대에 살고 있기 때문에, 로마가톨릭교회도 로가교라고 쉽게 줄여 부르는 것이 좋을지 모르겠다. 어쨌거나 갑자기, 순식간에, 교회가 어떤 희망의 말, 어떤 위로, 향유, 진통제, 영적 안정제를 찾는 괴로운 사람들로 가득 차게 되었다는 것은 장님이 아니라면 누구나 알 수 있는 사실이다. 그때까지만 해도 죽음이 불가피하며, 피해갈 방법은 없다는 사실을 잘 알면서도, 동시에 죽을 운명에 처한 다른 많은 사람들이 있기 때문에 정말 운이 나쁘지 않은 한 자기 차례는 돌아오지 않을 것이라고 생각하며 살던 사람들, 이런 사람들이 이제는 커튼 뒤에서 살피고, 우편배달부 때문에 마음을 졸이고, 집으로 돌아갈 때는 떨게 되었다. 입을 떡 벌린 무시무시한 괴물보다 더 두려운 그 자주색 편지가 문 뒤에 웅크리고 있다가 달려들지도 몰랐기 때문이다. 교회는 잠시도 일을 쉬지 못했다. 공장 조립 라인처럼 계속 새로운 사람들이 들어왔기 때문에 회개하는 죄인들의 긴 줄은 교회 중앙의 회중석을 두 바퀴나 돌고 있었다. 고해 신부는 늘 근무중이었다. 가끔 피로 때문에 정신이 산만해지기도 했고, 추문거리가 될 만한 내용에 갑자기 귀가 솔깃해지기도 했지만, 어쨌든 결국에는 형식상 고백 성사를 완료할 수 있었다. 신부는 고해를 하는 사람들 각각에게 우리 아버지, 아베 마리아를 읊은 다음, 서둘러 사죄를 해주었다. 고백을 하러 온 한 사람이 떠나고 다음 사람이 무릎을 꿇는 짧은 틈에, 신부는 점심으로 치킨 샌드위치를 한 입 깨물며 머릿속 한편에서는 이 빈약한 식사를 보완할 즐거운 저녁식사를 상상하기도 했다. 설교는 변함없이 죽음이 천국으로 들어가는 유일한 길이라는 내용이었다. 살아서 천국에 들어간 사람은 아무도 없다는 것이다. 설교자들은 위로를 하고 싶은 간절한 마음에 망설임 없이 수사의 최고 형식과 교리문답의 가장 낮은 꾀를 동원하여 겁에 질린 교구민에게 그들이 사실 조상보다 운이 좋다고 생각할 수도 있다고 설득했다. 죽음이 그들에게 에덴으로 올라가는 것을 목표로 영혼을 준비시킬 수 있는 시간을 주었기 때문이라는 것이었다. 그러나 몇몇 사제는 고해실의 악취 나는 어둠 속에

갇힌 채 있는 용기를 모두 그러모아야만 했다. 그들이 얼마나 안간힘을 썼는지는 신만이 알 것이다. 그들 또한 바로 그날 아침에 자주색 봉투를 받았으며, 그래서 자신이 하는 말이 과연 고통을 완화하는 힘이 있는지 스스로 의심할 만한 이유를 갖게 되었기 때문이다.

보건부장관이 교회가 제공하는 치료를 서둘러 모방하여 절망에서 헤어나오지 못한 사람들을 구하고자 파견한 정신의학자들에게도 같은 일이 벌어졌다. 정신의학자가 환자를 괴롭히는 고통을 덜어낼 가장 좋은 방법은 우는 것이라고 조언을 하다가 자신도 바로 다음 날 우편함에서 똑같은 봉투를 받을 수도 있다는 사실을 생각하고는 발작을 하듯이 흐느끼는 경우도 드물지 않았다. 그럴 때면 정신의학자와 환자 둘 다 똑같은 불행을 앞에 두고 눈이 빠지도록 울부짖으며 상담을 끝내곤 했다. 그러나 정신의학자는 설사 불행이 닥친다 해도 자신에게는 여전히 살 날이 이레, 백구십이 시간 남아 있을 것이라고 생각했다. 여러 곳에서 준비되고 있다고 하는, 섹스, 마약, 알코올을 이용한 방탕의 자리를 몇 번 즐긴다면 저세상으로 가는 것이 좀 쉬워질 것도 같았다. 물론 그런 부절제한 행위가 저 위에서 천상의 보좌에 앉을 때 이 세상을 더 강렬하게 그리워할 이유가 될 수도 있다는 점을 잊지 말아야 하지만.

여러 민족의 지혜에 따르면 모든 규칙에는 예외가 있다. 심지어 정상적인 경우라면 절대 불가침이라고 생각될 규칙, 예를 들어 그 정의상 아무리 어처구니없는 예외라도 절대 있어서는 안 되는 죽음의 주권에 관한 규칙에도 예외가 있다. 이것은 정말로 사실인 것 같다. 공교롭게도 자주색 편지 한 통이 발신자에게 되돌아간 것을 보면 알 수 있다. 어떤 사람들은 그런 일이 불가능하다고 이의를 제기할 것이다. 죽음은 어디에나 존재하기 때문에 어떤 특정한 장소에 있을 수 없으며, 따라서 물리적으로나 형이상학적으로나 우리가 일반적으로 발신자라는 말로 뜻하는 바를 찾거나 규정할 수 없다고, 또는 여기에서 의도한 의미대로 편지를 보낸 곳을 찾거나 규정할 수 없다고 결론을 내릴 것이다. 또 이렇게 사변적인 방식은 아니지만, 다른 면에서 이의를 제기하는 사람들도 있을 것이다. 천 명의 경찰관들이 몇 주일째 계속해서 전국을 돌아다니며 마치 살이 촘촘한 빗으로 도피 전술에 아주 뛰어나 잘 잡히지 않는 이를 찾아내듯이 집집마다 뒤지고 있지만, 아직도 그녀의 은신처나 머리카락도 찾아내지 못했다. 따라서 죽음의 편지가 우편함에 도달하는 방식에 관한 설명을 아직 듣지 못했다면, 어떤 신비한 경로로 반송 편지가 그녀의 손에 닿게 되었는지 그 이야기도 듣지 못하게 될 것이 뻔하다. 우리는 겸손한 마음으로 이에 관한 설명을 비롯하여 많은 설명이 안타깝게도 부족하다는 사실을 인정한다. 또 설명을 요구하는 사람들을 만족시킬 만한 설명을 제공할 수 없다는 사실도 고백한다. 다만 독자의 잘 믿어주는 마음을 이용하여, 또 사건들의 논리에 대한 존중심을 뛰어넘어, 우리가 앞으로도 이 우화의 타고난 비현실성에 비현실성을 더 보탤 것이라는 말밖에 할 수 없다. 물론 이제 우리는 그런 결함이 우리 이야기의 신빙성을 심각하게 훼손한다는 사실을 깨닫고 있다. 그렇다 해도, 다시 말한다, 그렇다 해도 우리가 말한 자주색 편지가 발신자에게 돌아가지 않았다고 말할 수는 없다. 사실은 사실이니까. 그리고 이 사실은, 마음에 들든 들지 않든, 논란의 여지가 없는 것이다. 이 점과 관련하여 지금 우리 앞에 있는 죽음의 모습보다 더 나은 증거는 없을 것이다. 죽음은 수의에 싸인 채 의자에 앉아 있다. 뼈만 남아 산악지대 같은 느낌을 주는 얼굴에는 놀라서 텅 빈 표정이 자리 잡고 있다. 죽음은 의심하는 표정으로 자주색 봉투를 보다가, 이런 경우에 우편배달부가 보통 봉투에 적는 말이 적혀 있는지 살펴본다. 예를 들어, 반송, 수취인 불명, 수신자 이사, 장기 부재중 같은 말이 적혀 있는지 보는 것이다. 아니면 간단하게 수신자 사망이라든가. 나도 참 멍청하지, 죽음은 중얼거렸다, 앞으로 죽을 거라고 통보하는 편지가 개봉되지도 않은 채 돌아왔는데 어떻게 수신자 사망일 수가 있어. 개봉되지도 않은 채 돌아왔다는 말은 별 생각 없이 한 말이었다. 그러나 죽음은 곧 그 말을 다시 불러내 큰 소리로, 꿈을 꾸는 듯한 목소리로 되풀이해 보았다, 개봉되지도 않은 채 돌아왔다. 돌아오는 것이 돌려보낸 것과는 다르다는 사실을 아는 데는 우편배달부가 필요한 것이 아니다. 돌아왔다는 것은 단지 자주색 편지가 목적지에 도달하지 못했다, 가는 도중에 어느 지점에서인가 무슨 일이 생겨 가던 경로를 되밟아 출발한 곳으로 돌아왔다는 뜻일 뿐이었다. 편지는 누가 가져가는 곳으로만 갈 수 있다. 다리나 날개가 달리지 않았다. 우리가 아는 한 편지는 주도권을 가질 수 없다. 만일 가진다면 틀림없이 자신들이 종종 전할 수밖에 없는 끔찍한 소식을 들고 가지 않겠다고 거부를 할 것이다. 죽음은 공정하게 생각했다, 내가 보내는 편지처럼 언제 죽을 거라고 미리 말해 주는 것이야말로 최악의 소식이겠지, 사형수 감방에서 긴 세월을 보내던 사형수에게 교도관이 앞으로 나오라고 해서, 여기 편지가 있네, 마음의 준비를 하게, 하고 말하는 것과 같겠지. 이상한 것은 지난번에 보낸 다른 편지들은 무사히 수신자들에게 도착했다는 것이다. 이것만 도착하지 않았으니 우연한 사건일 수밖에 없었다. 겨우 두 블록 떨어진 곳, 걸어서 십오 분밖에 안 걸리는 곳에 사는 사람에게 보낸 연애편지가 오 년이나 걸린 사례도 있으니, 그것이 어떤 결과를 낳았는지는 신만이 알겠지만, 어쨌든 이 편지도 아무도 눈치 채지 못하는 사이에 한 컨베이어벨트에서 다른 컨베이어벨트로 옮겨졌다가, 사막에서 길을 잃어 자신이 남긴 발자국을 되짚어오는 것 외에 달리 할 수 있는 일이 없는 사람처럼 출발점으로 돌아온 것일 수도 있었다. 해결책은 다시 보내는 거지 뭐, 죽음이 옆의 하얀 벽에 기대선 낫에게 그렇게 말했다. 그렇다고 낫이 대답을 할 것이라고 기대하는 사람은 없을 것이다. 이 낫도 예외는 아니었다. 죽음이 계속 말을 이어갔다. 편지가 아니라 너를 보냈다면 신속한 것을 좋아하는 네 취향 덕분에 문제가 쉽게 해결되었을 텐데, 하지만 요새는 시대가 많이 변했어, 우리가 사용하는 수단과 체계를 갱신해야 돼, 새로운 기술을 따라가야지, 예를 들어 이메일을 사용한다든가, 그게 가장 위생적인 방식이라던데, 잉크 얼룩이나 지문이 안 생긴대, 게다가 빠르다는구나, 마이크로소프트의 아웃룩 익스프레스만 열면 바로 가버린대, 하지만 두 가지 방식을 병행해야 한다는 게 문제가 되겠지, 컴퓨터를 사용하는 사람용과 사용하지 않는 사람용으로 말이야, 어쨌든 생각할 시간은 많잖아, 늘 새로운 모델과 새로운 디자인이 나오고, 또 더 개선된 새로운 기술을 갖춘 것도 나오니까, 언젠가는 한번 시도해 볼 거야. 하지만 그때까지는 계속 펜, 종이, 잉크를 사용해야 해. 여기에는 전통의 매력이라는 게 있어, 죽는 문제에서는 전통이란 게 꽤 중요하거든. 죽음은 자주색 봉투를 노려보며 오른손을 움직였다. 그러자 편지가 사라졌다. 이렇게 해서 이제 우리는 많은 사람이 생각했던 것과는 달리, 죽음이 편지를 우체국까지 가져가는 것이 아님을 알게 되었다.

 탁자에는 평소보다 약간 적은 이백구십팔 명의 이름이 적힌 명단이 있다. 백오십이 명은 남자고, 백사십육 명은 여자다. 같은 수의 자주색 봉투와 편지지가 다음 발송, 즉 우편에 의한 사망을 기다리고 있었다. 죽음은 발신자에게 돌아온 편지에 적혀 있던 이름을 명단에 추가하고, 그 이름에 밑줄을 그은 다음 펜을 펜꽂이에 집어넣었다. 죽음에게 신경이라는 것이 있다면, 지금 약간 흥분했다고 말해도 좋을 것이다. 그럴 만도 했다. 편지가 돌아온 것을 대수롭지 않게 생각하기에는 너무 오래 살았기 때문이다. 이해는 아주 쉽다. 죽음의 일은 카인이 아벨을 죽인 이래, 신이 모든 비난을 감당하고 있는 그 사건 이래 만들어진 일 가운데 가장 따분한 것이 될 수밖에 없었다. 그 이유를 이해하는 데는 별 상상력이 필요 없을 것이다. 그 첫 개탄할 만한 사건, 세상이 시작되는 순간부터 가족생활이 만만치 않음을 보여준 사건 이래로 바로 오늘날에 이르기까지, 그 과정은 수백 년에 수백 년에 또 수백 년 동안 변함이 없었다. 반복되고, 쉼이 없고, 중단되지 않고, 끊어지지 않고, 단절되지 않았다. 생명이 생명 아닌 것으로 이

동하는 여러 방식에서만 차이가 있을 뿐, 기본적으로는 늘 똑같았다. 결과가 늘 똑같았기 때문이다. 중요한 사실은 죽게 된 사람은 누구나 죽는다는 것이다. 그런데 이제 놀랍게도 죽음이 서명한 편지, 그녀 자신의 손으로 쓴 편지, 누군가에게 돌이킬 수 없고 미룰 수도 없는 종말을 알리는 편지가 발신자에게로, 이 차가운 방으로 돌아온 것이다. 이 방에서 그 편지를 쓰고 서명한 존재는 유서 깊은 제복인 음침한 수의로 몸을 싸고 앉아 있다. 머리에는 두건을 쓰고 있다. 손가락의 뼈로, 또는 뼈의 손가락으로 책상을 두드리며 무슨 일이 일어난 것인지 곰곰이 생각한다. 자기도 모르게 그 편지가 다시 돌아오기를, 예를 들어 봉투에 수신자 소재 불명이라는 메시지가 적혀 오기를 기대하는 마음이 생기는 바람에 죽음은 약간 놀란다. 사실 그것은 우리가 어린아이처럼 어딘가에 숨어 죽음을 피했다고 생각해도 어김없이 우리를 찾아내는 이 존재에게는 진실로 새로운 경험일 터였다. 그러나 죽음은 실제로 봉투 뒷면에 그런 부재 상태가 표시될 것이라고 생각하지는 않는다. 이곳에서는 우리의 모든 동작과 움직임에 따라, 우리가 걷는 걸음마다, 집, 지위, 직업, 습관, 관습이 바뀔 때마다, 담배를 피우느냐 안 피우느냐에 따라, 많이 먹느냐 적게 먹느냐 안 먹느냐에 따라, 활동적이냐 나태하냐에 따라, 두통이 있느냐 소화불량이 있느냐에 따라, 변비가 있느냐 설사가 있느냐에 따라, 머리카락이 빠지느냐 암에 걸리느냐에 따라, 이 모든 질문에 대한 답이 예냐 아니오냐 글쎄냐에 따라 우리의 자료가 자동적으로 갱신되기 때문이다. 죽음은 알파벳 순서로 정리된 서류철이 담긴 서랍을 열고 해당 자료만 찾아보면 된다. 그러면 그것으로 끝이다. 우리가 우리 자신의 파일을 읽고 있는 바로 그 순간에 우리를 얼어붙게 만드는 갑작스러운 불안의 고통이 파일에 기록되는 것이 보인다 해도 조금도 놀랄 필요가 없다. 죽음은 우리에 관해 모든 것을 안다. 어쩌면 그래서 슬픈 것인지도 모른다. 그러나 그녀가 웃음을 짓지 않는다는 것이 사실이라 해도, 그것은 그녀에게 입술이 없기 때문이다. 이런 해부학적 교훈은 우리에게, 살아 있는 사람들은 혹시 다르게 생각할지 몰라도, 미소는 치아의 문제가 아님을 말해 준다. 죽음이 어떤 영원한, 고정된 미소를 짓고 있다고 말하는 사람들이 있다. 섬뜩한 취향 때문이라기보다는 취향이 부족한 유머 감각 때문에 그렇게 말할 것이다. 어쨌든 그것은 사실이 아니다. 사실 그녀는 고통으로 찡그린 표정이다. 죽음은 늘 자신에게 입이 있었고, 입에 혀가 있었고, 혀에 침이 있었던 시절의 기억에 쫓기기 때문이다. 죽음은 짧게 한숨을 쉬더니 종이를 집어들고 그 날의 첫 번째 편지를 쓰기 시작했다, 안녕하세요, 안타깝지만 일주일 뒤면 귀하의 생명이 돌이킬 수 없이 피할 수 없이 끝남을 알려드립니다, 남은 시간을 최대한 활용하시기 바랍니다, 귀하의 충실한 벗, 죽음. 이백구십팔 장의 편지지, 이백구십팔 개의 봉투, 명단에서 지운 이백구십팔 개의 이름, 이것을 처리하는 것은 죽을 정도로 힘든 일은 아니다. 그러나 일을 다 마쳤을 때 죽음은 진이 빠졌다. 오른손으로 우리에게 이미 익숙한 손짓을 하는 것으로 이 백구십팔 통의 편지를 보내자, 뼈로 이루어진 두 팔을 책상에 포개고 거기에 머리를 얹었다. 자려는 것이 아니다. 죽음은 자지 않기 때문이다. 쉬려는 것이다. 삼십 분 뒤 피로에서 회복되자 죽음은 고개를 들었다. 발신자에게 돌아왔기 때문에 다시 보낸 편지가 또 돌아와 있었다. 텅 빈, 놀란 눈구멍 바로 앞에 있었다.

만일 죽음이 일상의 권태로부터 벗어날 만한 놀라운 일을 기대하고 꿈꾸었다면 소원을 이룬 셈이었다. 이제 놀랄 만한 일이 생겼으며, 이 점에서 이것을 능가할 일은 없었다. 처음에 돌아온 편지는 일을 진행하는 도중에 일어난 단순한 사고로 치부해 버릴 수 있었다. 축에서 벗어난 바퀴, 윤활유의 문제, 먼저 도착하려고 앞으로 밀고 나온 하늘색 편지 때문에 생긴 일이라고 생각할 수 있었다. 간단히 말해, 기계 내부, 또는, 그래, 인체 내부에서 일어나는, 그래서 가장 정확한 계산마저 방해하는 그 예기치 않은 일들 가운데 하나가 일어난 것이라고 생각해 버릴 수 있었다. 그러나 두 번이나 돌아왔다면 그것은 완전히 다른 문제였다. 이것은 편지가 수신자의 집으로 가는 데 거쳐간 길의 어떤 지점에 어떤 장애, 편지를 오던 길로 되돌려 보내는 장애가 있었음을 분명히 보여주었다. 첫 번째 경우에는 편지가 보낸 다음 날 돌아온 것으로 보아 우편배달부가 편지를 배달할 사람을 찾지 못하자 편지를 우편함에 넣거나 문 밑에 찔러넣는 대신 발신자에게 돌려 보내면서 이유를 적지 않았다고 볼 수도 있었다. 물론 이 모든 것이 완전한 상상이지만, 어쨌든 벌어진 일을 설명할 수는 있었다. 그러나 이제는 사정이 달랐다. 편지는 가고 오는 데 삼십 분도 걸리지 않았다. 그보다 훨씬 덜 걸렸을 것이다. 죽음이 쉼터로 삼았던, 쉴 목적으로 서로 포갰던 딱딱한 앞팔뚝으로부터, 완척(腕尺)이니 하는 거리 측정의 단위로 쓰이곤 하던 팔뚝으로부터 고개를 들었을 때 편지는 이미 책상에 있었기 때문이다. 이상하고, 신비하고, 이해할 수 없는 힘이 이 사람의 죽음에 저항하고 있는 것 같았다. 모두가 그렇듯이 이 사람의 사망 날짜 또한 태어나는 날 이미 정해졌음에도. 불가능한 일이야, 죽음이 말 없는 낫에게 말했다, 이 세상이나 그 너머의 누구도 나보다 큰 힘을 가지지 못했어, 나는 죽음이야, 다른 모든 것은 부질없어. 죽음은 의자에서 일어나 서류 캐비닛으로 가서 문제의 파일을 가지고 돌아왔다. 의심의 여지가 없었다. 이름은 봉투에 적힌 이름과 일치했다. 주소도 마찬가지였다. 해당자의 직업은 첼리스트라고 나왔으며, 혼인 상태란은 공란이었다. 이 남자가 결혼을 한 것도, 홀아비가 된 것도, 이혼을 한 것도 아니라는 뜻이었다. 죽음의 파일에서 독신남이라는 상태는 기록되지 않기 때문이다. 자, 아이가 하나 태어나 색인 카드를 작성하는데, 무슨 일을 하게 될지 아직 모르므로 직업은 적지 않으면서 혼인 상태에는 독신남이라고 적는 것이 얼마나 어리석은 일인지 상상해 보면 된다. 죽음이 손에 쥐고 있는 카드에 적힌 나이난을 보니 이 첼리스트는 마흔아홉 살이다. 이제 죽음의 자료실이 얼마나 완벽하게 작동하는지 보여주는 증거가 필요하다면, 이제 그 증거가 우리한테 있는 셈이다. 십 초 만에, 아니 십 초도 안 되었을 때, 믿기 힘들어하는 우리 눈 앞에서, 사십구라는 숫자가 오십으로 바뀌었기 때문이다. 오늘이 카드에 이름이 적힌 첼리스트의 생일이다. 따라서 일주일 뒤면 죽을 것이라는 경고장이 아니라 꽃을 받아야 하는 날이다. 죽음은 다시 일어서서 방을 몇 바퀴 돌았다. 낫 옆을 지날 때 두 번 발을 멈추고 말을 하거나 의견을 묻거나 명령을 하려는 것처럼 입을 열었다. 그저 혼란스럽다거나 당황스럽다는 이야기를 하려는 것이었는지도 모른다. 이것은 놀랄 일이 아니다. 죽음은 오랫동안 이 일을 해왔고, 지금까지 최고의 목자 노릇을 하면서 이 인간 양떼로부터 무례한 대접을 받아본 적이 없었기 때문이다. 그 순간 죽음은 이 사건이 처음 생각했던 것보다 훨씬 더 심각한 것일지도 모른다는 섬뜩한 예감에 사로잡혔다. 죽음은 책상에 앉아 지난주의 사망자 명단을 뒤지기 시작했다. 어제의 이름들을 적은 첫 번째 명단에는 죽음이 예상했던 것과는 달리 첼리스트의 이름이 빠져 있었다. 죽음은 계속 페이지를 넘겼다. 한 장, 또 한 장, 그리고 또 한 장, 또 한 장, 한 장 더, 그러다가 여덟 번째 장에 가서야 그의 이름을 찾았다. 그 이름이 어제의 명단에 있을 것이라고 생각한 것이 잘못이었다. 죽음은 이제 전례가 없는 추문을 마주하게 되었다. 이틀 전에 죽었어야 할 사람이 여전히 살아 있는 것이다. 그것이 다가 아니었다.

이 짜증나는 첼리스트는 태어날 때부터 겨우 마흔아홉 번의 여름을 보낸 젊은 남자로 죽을 예정이었는데, 이제 뻔뻔스럽게도 오십 년째로 접어들어, 운명, 숙명, 운, 점성, 복 등 가치가 있든 없든 가능한 모든 수단을 동원하여 살아보고자 하는 우리의 매우 인간적인 욕망을 꺾어버리는 데 헌신하는 모든 권세들에게 불명예를 안겨준 것이다. 이들 모두 수모를 당했다. 죽음은 생각했다, 결코 일어나서는 안 되는 이 잘못을 어떻게 바로잡아야 할까, 이런 일은 전례가 없는데, 규정에서도 이런 일은 예측을 못했는데, 더군다나 이 남자는 쉰이 아니라 마흔아홉 살에 죽었어야 했는데, 지금은 쉰 살이 되어버렸으니. 가엾은 죽음은 분명히 제정신이 아니었다. 괴로웠다. 이러다가는 괴로움을 못 견디고 벽에 머리라도 찧을 판이었다. 수십만 년 동안 계속 활동을 해왔지만, 이제까지 단 한 번도 실패한 적이 없었다. 그런데 이제 막 인간과 그의 하나뿐인 유일한 카우사 모르티스(causa mortis ; 죽음의 이유-옮긴이) 사이의 고전적 관계에 좀 새로운 것을 도입한 순간에, 어렵게 얻은 평판이 가장 심각한 타격을 입게 되다니. 어떻게 해야 하나, 죽음은 물었다, 이 사람이 죽어야 할 때 안 죽었기 때문에 나의 관할권을 벗어나버렸으면 어떡하지, 이 궁지에서 도대체 어떻게 빠져나간담. 죽음은 수많은 모험과 학살의 동반자인 낫을 보았다. 그러나 낫은 그녀를 무시했다. 한 번도 반응을 보인 적이 없었다. 이제 세상에 지친 것처럼 모든 것을 잊고, 녹이 슬고 닳아빠진 날을 하얀 벽에 기댄 채 쉬고 있었다. 그 순간 죽음에게 좋은 생각이 떠올랐다. 사람들은 하나가 있으면 반드시 둘이 있고, 둘이 있으면 반드시 셋이 있다고 하지, 셋은 신이 선택한 수이기 때문에 운이 좋다고 해. 그래, 그게 사실인지 한번 보자. 죽음은 오른손을 저었다. 두 번 돌아온 편지가 다시 사라졌다. 그러나 이 분도 안 되어 다시 돌아왔다. 전과 똑같은 장소에 놓여 있었다. 우편배달부가 문틈으로 밀어 넣은 것도 아니고, 벨을 울린 것도 아닌데, 그 자리에 있었다.

물론 우리는 죽음을 동정할 이유가 없다. 우리는 그녀에게 불만이 너무 많고 또 그 불만이 너무나 정당하기 때문에 그녀를 가엾게 여길 필요가 없다. 죽음도 과거에 어느 한 순간 우리를 가엾게 여기는 태도를 보여준 적이 없다. 언제나 어떤 대가를 치르더라도 자기 뜻을 이루고야 마는 죽음의 완강함을 우리가 얼마나 혐오하는지 누구보다 잘 알면서도. 그러나 짧은 순간이지만, 우리 앞에 있는 것은 불길한 존재, 임종의 순간을 맞이해 보았던 특별히 통찰력이 있는 몇 사람의 말에 따르면, 그 순간에 침대 발치에 나타나 편지를 보낼 때 하는 손짓과 비슷한 손짓을 하던, 다만 이 경우에는 가라는 뜻이 아니라 오라는 뜻이지만, 어쨌든 그런 손짓을 하던 그 불길한 존재라기보다는 쓸쓸한 존재에 가깝다. 진짜인지 가짜인지 묘한 시각적 효과 때문에 죽음은 이제 훨씬 더 작아 보인다. 마치 뼈가 오그라든 것 같다. 아니, 어쩌면 늘 그랬는지도 모른다. 두려움으로 인해 크게 벌어진 우리 눈 때문에 그녀가 거인처럼 보였던 것인지도 모른다. 가엾은 죽음. 다가가서 단단한 어깨에 손을 얹고, 그녀의 귀에, 아니 한때 귀가 있었던 곳에, 정수리 밑에 동정의 말을 몇 마디 속삭여주고 싶다. 너무 속상해 하지 마세요, 죽음 여사, 그런 일은 늘 일어납니다, 예를 들어 우리 인간은 오랫동안 실망, 실패, 좌절을 겪어왔지요, 그래도 우리는 포기하지 않습니다, 옛날에 우리 젊음이 한창 피어날 때 슬픔이나 동정심 같은 것은 조금도 내비치지 않고 우리를 갑자기 낚아채 가곤 하던 때를 기억해 보세요, 또 오늘을 생각해 보세요, 당신은 전과 다름없이 냉혹한 마음으로 삶에 꼭 필요한 것들이 전혀 없는 사람들에게 똑같은 일을 하고 있잖아요, 어쩌면 우리는 누가 먼저 지치는지, 당신인지 우리인지 보려고 기다려 왔는지도 모르겠습니다, 얼마나 괴로울지 이해합니다, 첫 번째 패배가 가장 견디기 힘들지요, 하지만 익숙해질 겁니다, 그리고 곡해하지 말고 들으세요, 나는 이 패배가 마지막이 아니기를 바랍니다, 내가 이렇게 말하는 건 복수심 때문이 아닙니다, 그렇게 한다면 이건 아주 형편없는 복수겠지요, 안 그래요, 내 머리를 자르려는 처형자에게 혀를 내미는 것과 비슷하겠지요, 솔직히 우리 인간은 우리 머리를 자르려는 처형자에게 혀를 내미는 것 말고는 할 수 있는 게 별로 없기는 하지만요, 어쩌면 그래서 당신이 현재의 곤경에서 어떻게 빠져나오는지 보고 싶은 마음이 간절한 것인지도 모릅니다, 편지는 계속 돌아오고, 첼리스트는 이제 쉰이 되었으니 절대 마흔아홉에는 죽을 수 없는 상황에서 말입니다. 죽음은 짜증스러운 듯 몸을 움직인다. 우리가 그녀의 어깨에 올려놓은 우애의 손길을 거칠게 털어내고 의자에서 일어선다. 이제 아까보다 키도, 몸집도 커 보인다. 원래의 죽음인 것 같다. 그녀의 발아래 땅이 몸을 떨 것 같다. 수의를 질질 끌면서 한 걸음 내디딜 때마다 연기구름이 피어오를 것 같다. 죽음은 화가 났다. 지금이야말로 그녀를 향해 혀를 내밀 때다.

앞서 언급했던 특별히 통찰력이 있는 사람들, 자리에 누워 죽어가면서 침대 발치에서 고전적인 유령의 의상인 하얀 수의를 입거나, 아니면 프루스트처럼 검은 옷을 입은 뚱뚱한 여자로 변장을 하고 나타난 그녀를 본 사람들의 경우 같은 아주 드문 예를 제외하면, 죽음은 보통 신중하여 눈에 안 띄는 쪽을 택한다. 특히 상황 때문에 어쩔 수가 없이 거리에 나서야 할 경우에는. 대체로 죽음이, 어떤 사람들이 말하듯이, 동전의 한쪽 면이고 신이 다른 쪽 면이기 때문에, 죽음도 신처럼 그 본성상 눈에 보이지 않을 것이라는 믿음이 널리 퍼져 있다. 글쎄, 그것은 꼭 그렇지가 않다. 우리는 죽음이 수의로 몸을 감싼 해골이며, 결코 질문에 대답을 하지 않는 낡고 녹이 슨 낫과 함께 추운 방에 살고, 방에는 거미줄과 더불어 서류 정리용 캐비닛이 수십 개 있는데, 캐비닛의 큰 서랍에는 색인 카드가 잔뜩 들어 있다고 증언할 수 있는 믿을 만한 목격자다. 따라서 죽음이 그런 차림으로 사람들 앞에 나서고 싶어하지 않는 이유를 충분히 이해할 수가 있다. 첫째로, 개인적인 자존심 때문이다. 둘째로 가엾은 행인이 모퉁이를 돌다 그 크고 텅 빈 눈구멍과 마주치면 무서워서 죽어버릴지도 모르기 때문이다. 물론 대중 앞에서야 죽음은 자신의 모습이 보이지 않게 한다. 그러나 개별적으로, 중요한 순간에는 그렇지도 않다는 것을 마르셀 프루스트나 다른 특별히 통찰력 있는 사람들이 증언했다. 신의 경우는 다르다. 신은 아무리 노력을 해도 자신의 모습을 인간의 눈에 보이게 할 수 없을 것이다. 그러지 못해서가 아니다. 신에게 불가능한 일은 없기 때문이다. 자신이 창조한 것으로 되어 있는 존재들, 어차피 자신을 알아보지 못할 존재들에게 자신을 소개할 때 어떤 얼굴을 쓰고 나갈 것인지 몰라서다. 신이 우리 앞에 나타나지 않기로 한 것은 아주 다행스러운 일이라고 말하는 사람들이 있다. 그런 일이 일어날 경우 우리가 받을 충격에 비하면 죽음에 대한 우리의 두려움은 애들 장난에 불과하기 때문이라는 것이다. 사실 신이나 죽음에 관한 그 많은 말이 다 이야기에 불과한데, 이것도 또 하나의 이야기일 뿐이다.

어쨌든 죽음은 사람 사는 곳으로 들어가기로 했다. 유일하게 입고 있던 옷인 수의는 벗은 다음 잘 개서 그 동안 앉아 있던 의자 등받이에 걸쳐놓았다. 의자와 책상, 그리고 서류 정리 캐비닛과 낫 외에 방은 텅 비어 있다. 좁은 문 하나가 있는데, 그 문이 어디로 통하는지는 우리도 모른다. 그 문이 유일한 출구로 보이기 때문에 죽음이 사람 사는 곳으로 가려면 그 문을 통과할 것이라고 생각하는 것이 논리적이지만, 실제로는 그렇지 않다. 수의를 벗은 죽음은 키가 줄어든 것 같다. 인간의 잣대로는 기껏해야 일 미터 육십육 또는 육십칠 센티미터 정도인 것 같다. 벌거벗자, 실오라기 하나 안 걸친 상태가 되자, 더 작아 보여, 아주 작은 사춘기 청소년의 해골처럼 보인다. 조금 전 우리가 엉뚱한 동정심에 마음이 움직여 그녀의 슬픔을 위로하려 했을 때 어깨에 놓인 우리의 손을 거칠게 거부했던 그 죽음이 맞나 싶다. 정말이지 세상에 해골처럼 벌거벗은 것은 없다. 살아 있을 때는 두 겹의 옷, 우선 해골을 감추는 살, 그 다음에는 이 살을 덮는 옷을 입고 돌아다닌다. 물론 두 번째 옷은 목욕을 하거나 다른 더 즐거운 활동을 하느라 벗기도 하지만. 자신의 본래의 모습, 오래전에 존재를 멈춘 어떤 사람의 발가벗겨진 뼈대로 돌아간 죽음에게 이제 남은 일은 사라지는 것뿐이다. 바로 그 일이 그녀에게, 머리에서 발끝까지 일어나고 있다. 우리의 놀란 눈 앞에서 그녀의 뼈들이 실체와 견고함을 잃기 시작한다. 가장자리들이 흐릿해진다. 고체였던 것이 기체가 되면서 희박한 안개처럼 사방으로 흩어진다. 해골이 증발하는 것 같다. 이제 죽음은 희미한 스케치에 불과하다. 그 너머로 무관심한 낫도 보인다. 갑자기 죽음은 그곳에 없다. 조금 전에는 있었는데 지금은 없다. 또는 있지만 우리 눈에 보이지 않는다. 그것도 아니라면, 죽음은 그냥 지하실 방의 천장을 뚫고 나가, 그 위의 엄청난 두께의 흙을 통과하여, 세 번째로 자주색 편지가 돌아왔을 때 내심 결정한 대로 움직인다. 우리는 그녀가 어디로 가는지 안다. 첼리스트를 죽일 수는 없지만 보고는 싶어한다. 자신의 눈앞에 두고, 그가 모르는 새에 한번 만져보고 싶어한다. 언젠가는 규칙을 지나치게 어기지 않으면서 그를 제거할 길을 찾아낼 것이라고 확신한다. 하지만 우선은 이 사람이 누구인지 알아낼 것이다. 죽음의 경고도 이르지 못하는 이 사람에게 어떤 대단한 힘이 있는 것인지, 아니면 순진한 바보처럼 한번도 자신이 죽을 것이라는 생각을 해본 적이 없이 살고 있는 것인지. 창문은 없고 어디로 통하는지 모르는 좁은 문만 하나 달려 있는 이 추운 방에 갇혀 있다 보니 우리는 시간이 얼마나 빨리 흐르는지 눈치도 채지 못했다. 새벽 세 시다. 죽음은 벌써 첼리스트의 집에 가 있을 것이다.

과연 그렇다. 죽음이 가장 피곤하게 생각하는 일 가운데 하나가 모든 곳의 모든 것을 동시에 보는 상태를 중단하려고 노력을 기울이는 것이다. 그런 점에서도 죽음은 신과 흡사하다. 인간의 감각 경험을 바탕으로 한 입증 가능한 자료에는 나타나지 않는 사실이지만, 우리는 어렸을 때부터 신과 죽음, 이 지고의 존재들이 언제나 어디에나 있다고, 즉 편재한다고 믿는 데 익숙해 있다. 편재한다는 말은 다른 많은 말처럼 공간과 시간으로 이루어진 말이다. 그러나 생각을 해보면, 아니,

말이란 아주 쉽게 우리 입을 떠나는 것이므로 아예 말로 표현을 해보면, 그것이 무슨 의미인지 분명하게 모를 가능성이 아주 높다. 신이 어디에나 있고 죽음도 어디에나 있다고 말하기는 쉽다. 그러나 만일 그들이 정말로 모든 곳에 있다면, 불가피하게, 그들이 있는 그 무한한 곳에서 보이는 모든 것을 다 볼 수밖에 없다는 사실을 우리는 미처 깨닫지 못하는 것 같다. 신은 의무적으로 전 우주 어느 곳에나 동시에 존재하기 때문에, 그렇지 않다면 그가 우주를 창조한 것이 의미가 없을 터이기 때문에, 신이 이 작은 행성 지구, 신은 완전히 다른 이름으로 알고 있을 작은 행성, 이런 생각을 해본 사람은 달리 없는 것 같지만, 어쨌든 이 작은 행성에 특별한 관심을 가질 것이라고 기대하는 것은 터무니없다. 하지만 죽음, 우리가 몇 페이지 앞에서 말했던 그 죽음은 배타적으로 인류에게 묶여 있다. 우리에게서 잠시도 눈을 떼지 않는다. 얼마나 집요한지 아직 죽을 때가 되지 않은 사람들조차 늘 자신을 따라다니는 그녀의 눈길을 느끼지 않는가. 이런 점을 생각해 본다면 죽음이 우리와 공유해 온 역사 전체에서 아주 드문 경우, 이런 저런 이유로 자신의 인식 능력을 우리의 인간 수준, 즉 한 번에 한 가지만 보는 수준, 어떤 한 순간에 오직 한 곳에만 있는 수준으로 낮추려 할 때 얼마나 엄청난 노력이 필요한지 대충 짐작할 수 있을 것이다. 오늘 우리가 관심을 가지는 이 특별한 사례에서도, 바로 그것이 그녀가 아직 첼리스트의 아파트에 반밖에 다가가지 못한 이유를 설명하는 유일한 방법이다. 죽음은 할 걸음을 내디딜 때마다, 실제로 죽음이 움직이는 데 다리와 발이 필요해서가 아니라 우리는 독자의 상상을 돕기 위해 걸음이라고 부를 뿐인데, 어쨌든 한 걸음 내디딜 때마다 자신의 본성에 내재된 팽창적인 경향을 억누르려고 무진 애를 써야 한다. 그 경향은 만일 자유롭게 놓아두면 즉시 폭발하여 아주 힘겹게 얻어낸 위태롭고 불안정한 통일을 박살낼 것이다. 자주색 편지를 받지 못한 첼리스트는 안락하다고 분류할 수 있는 아파트, 에우테르페(아홉 뮤즈의 하나로, 음악·서정시의 여신-옮긴이)의 제자라기보다는 시야가 한정된 소부르주아에게 어울리는 아파트에 살고 있다. 들어가면 복도가 나오는데, 어둠 속에서 문 다섯 개를 간신히 볼 수 있다. 반대편 끝에 있는 문, 나중에 다시 말하기 귀찮아서 미리 말해 두지만 이것은 욕실 문인데, 이 문 양쪽으로 문이 두 개씩 있다. 들어가면서 왼쪽 첫 번째 문, 죽음이 조사를 시작하려고 하는 문은 작은 식당으로 통한다. 이 식당은 어디를 보나 거의 사용되지 않는 것이 분명한데, 안쪽으로 훨씬 더 작은 부엌이 있다. 여기에는 가장 기본적인 것만 갖추어져 있다. 여기서 다시 복도로 나오면 맞은편에 문이 있는데, 죽음은 건드려보지도 않고 이 문이 사용되지 않는다는 것을 알았다. 즉 열리지도 닫히지도 않는 것이다. 그러나 이 표현은 좀 이상한데, 열리지도 닫히지도 않는다고 말하는 문은 보통 열리지 않는 닫힌 문일 뿐이기 때문이다. 물론 죽음은 그 문을 곧장 걸어서 통과해 들어가고, 그 너머에 무엇이 있든 그것들도 다 통과할 수 있다. 그러나 죽음은 여전히 보통 사람의 눈에는 안 보이지만, 그럼에도 대체로 인간적인 형태를 취하려고 많은 노력을 했다. 물론 앞서도 말했듯이 다리와 발을 갖출 정도까지는 아니지만. 따라서 이제 와서 긴장을 풀고 문의 내부의 목재나, 그 너머에 있을 것이 틀림없는, 옷으로 가득한 장 안으로 확산될 위험을 무릅쓰고 싶지 않다. 그래서 죽음은 그냥 복도를 따라 걸어 오른쪽에 있는 제대로 된 첫 번째 문으로 가서, 그 문으로 들어간다. 들어간 곳은 음악실이다. 덮개가 열린 피아노와 첼로, 로베르트 슈만의 세 편의 환상곡 작품번호 칠십삼이 놓인 악보대가 있는 방을 달리 뭐라고 부를 것인가. 죽음은 두 개의 창문으로 쏟아져 들어오는 가로등의 창백한 주황색 불빛으로 그 악보를 볼 수 있었다. 방에는 여기 저기 악보가 쌓여 있다. 물론 키가 큰 책꽂이에는 문학이 음악과 완벽한 하모니, 한때는 아레스와 아프로디테의 딸이었지만, 이제는 화음의 과학이 된 하모니(the science of harmony는 화성학이라는 뜻이 된다-옮긴이)를 이루어 살고 있다. 죽음은 첼로의 현들을 애무하고, 피아노의 건반을 손가락으로 부드럽게 쓰다듬어 보았다. 오직 죽음만이 악기의 소리를 들을 수 있었다. 길고 묵직한 한숨과 그 뒤에 이어지는 짧은 새소리 같은 트릴이었다. 둘 다 인간의 귀에는 안 들리지만, 오래 전에 한숨의 의미를 해석하는 법을 배운 존재에게는 분명하고 정확하게 들렸다. 남자는 옆에 있는 문으로 들어가는 방에서 자고 있는 것이 분명하다. 문은 열려 있다. 이곳의 어둠은 음악실의 어둠보다 더 진하기는 하지만, 그럼에도 침대와 거기에 누워 있는 사람의 형체는 드러난다. 죽음은 앞으로 나아가, 문지방을 건너다 발을 멈춘다. 머뭇거린다. 방에 살아 있는 존재가 둘 있다는 것을 느꼈기 때문이다. 물론 개인적 경험을 바탕으로 한 것은 아니지만 그래도 성(性)이 무엇인지는 알고 있기 때문에, 죽음은 아마 남자에게 짝이 있을 것이라고, 그 사람이 남자 옆에서 자고 있을 것이라고 생각했다. 죽음이 아직 자주색 편지를 보내지는 않은 사람, 이 아파트의 남자와 한 시트의 아늑함과 한 담요의 온기를 공유하고 있는 사람이다. 죽음은 가까이 다가갔다. 죽음을 두고도 이런 말을 할 수 있을지 모르지만, 침대 옆 탁자를 거의 스쳐갔다. 그러나 남자는 혼자였다. 침대 건너편의 양탄자에 중간 크기의 개가 몸을 털실 뭉치처럼 말고 자고 있었다. 털은 짙은 색이었다. 검은색인지도 몰랐다. 죽음은 자신이 오직 인간의 죽음만 다루기 때문에 이 동물은 그녀의 상징적인 낫이 닿지 않는 곳에 있다고, 자신의 힘으로는 이 동물의 털끝 하나 건드릴 수 없다고 생각했다. 죽음의 기억으로는 이런 생각을 해본 것이 처음 있는 일이었다. 만일 개의 죽음, 또 다른 죽음, 인간을 제외한 다른 모든 살아 있는 존재를, 즉 동물과 식물을 책임지고 있는 죽음이 그녀처럼 자리를 비워 누군가에게, 다음날, 아무 개도 죽지 않았다, 하는 말로 시작되는 책을 쓰기 시작할 만한 구실을 준다면, 이 잠자는 개 또한 얼마나 오래갈지는 몰라도 불사의 존재가 될 터였다. 남자가 꿈틀거렸다.

아마 꿈을 꾸는 모양이었다. 아니면 여전히 슈만의 환상곡을 연주하다 음을 틀리게 연주했는지도 모른다. 첼로는 피아노와 다르다. 피아노의 경우에는 음이 늘 같은 자리에, 각각의 건반 밑에 있다. 반면 첼로의 경우에는 긴 현을 따라 흩어져 있다. 가서 음을 찾아야 한다. 음을 짚어야 한다. 정확한 지점을 찾아야 한다. 정확한 각도와 정확한 압력으로 활을 움직여야 한다. 따라서 자다가 한두 음을 틀리게 내는 것은 얼마든지 있을 수 있는 일이다. 죽음은 남자의 얼굴을 자세히 보려고 몸을 앞으로 기울이다가, 정말 멋진 생각을 떠올렸다. 자료실의 색인 카드에 사진이 있어야 한다는 것이다. 보통 사진이 아니라, 과학적으로 매우 발전한 사진, 각 사람의 삶의 세밀한 내용을 지속적으로 또 자동적으로 반영하여 시간에 따라 변하는 사진 말이다. 주름진 붉은 아기에서부터 정말 과거의 그 사람이 맞는지, 아니면 시간이 흐르면서 어떤 램프의 귀신이 우리를 다른 사람으로 계속 바꾸고 있는 게 아닌지 궁금해하는 오늘의 모습까지. 남자가 다시 몸을 꿈틀댄다. 당장이라도 잠을 깰 것 같지만, 아니다, 숨이 다시 정상적인 박자, 일 분에 열세 번으로 돌아간다. 왼손은 박동에 귀를 기울이는 듯 심장에 올려놓고 있다. 심장의 이완 때는 개방음, 수축 때는 폐쇄음. 오른손은 손바닥을 위로 하고 손가락들을 약간 구부리고 있다. 다른 손이 와서 손뼉을 치기를 기다리는 것 같다. 남자는 쉰 살보다 더 늙어 보인다. 아니, 어쩌면 늙은 것이 아니라, 그냥 지쳤거나 슬픈 것인지도 모른다. 그러나 이것은 남자가 눈을 떠봐야 알 수 있을 것이다. 머리카락은 좀 빠졌고, 남은 머리카락 가운데 많은 부분은 이미 하얗게 변했다. 아주 평범한 사람이다. 못생기지도 잘생기지도 않았다. 지금 이 남자가 아래로 내려간 시트 때문에 줄무늬 파자마 재킷을 드러낸 채 누워 있는 모습을 보면, 아무도 그가 이 도시의 한 교향악단의 수석 첼리스트라고, 그의 인생이 마법의 다섯 줄 사이를 달려왔다고 생각하지 못할 것이다. 누가 알랴, 음악, 휴지, 소리, 심 이완, 심 수축의 깊은 핵심을 찾으며 살아왔는지. 죽음은 여전히 이 나라의 우편 체계의 부실함에 짜증이 나 있었지만, 처음 도착했을 때만큼 화가 나 있지는 않다. 죽음은 남자의 잠든 얼굴을 보다가 막연하게 남자가 죽었는지도 모른다고, 왼손으로 보호받는 심장이 정지 상태로 텅 비어 있는 것인지도 모른다고, 그 마지막 수축 상태로 영원히 굳어버린 것인지도 모른다고 생각한다. 죽음은 이 남자를 보러 왔다. 막상 와보니 왜 자주색 편지가 세 번이나 돌아왔는지 설명해 줄 만한 특별한 것이 없다. 이제 죽음이 할 수 있는 최선의 일은 자신이 떠나온 방, 추운 지하의 방으로 돌아가, 이 첼로를 긁어대는 사람을 그 자신의 한계를 넘어서 살아남은 존재로 바꾸어놓은 이 짜증나는 운명의 장난이 만들어낸 결과를 정리할 방법을 찾는 것이었다. 죽음은 이제 점점 줄어들고 있는 화를 다시 돋우려고 두 가지 거친 말, 긁어댄다와 짜증난다, 라는 말을 사용했지만, 사실 별 효과가 없었다. 지금 자고 있는 남자는 자주색 편지와 관련하여 벌어진 사태에 아무런 책임이 없다. 또 자신이 이제 자신의 것이어서는 안 되는 삶을 살고 있다는 생각은 해보지도 못할 것이다. 일이 계획대로 풀렸다면, 그는 지금쯤 죽어 땅에 묻힌 지 일주일은 되었을 것이고, 그의 개는 미친개처럼 주인을 찾아 도시를 뛰어다닌다든가, 아니면 건물 입구에 앉아 주인이 돌아오기를 기다리며 아무것도 먹지도 마시지도 않을 것이라는 사실은 전혀 모를 것이다. 잠시 죽음은 자신을 방기해 버렸다. 죽음은 벽만큼 팽창하여 방 전체를 채우더니, 옆방으로 흘러들어 갔다. 그 방에서 죽음의 일부가 멈추어 의자 위에 펼쳐진 악보를 보았다. 요한 세바스찬 바흐의 모음곡 육번 디 장조 작품번호 천십이다. 쾨텐에서 작곡된 곡이다. 이 작품이 베토벤의 구번 교향곡처럼 기쁨, 인간 사이의 일치, 우정, 사랑의 조(調)로 작곡된 것을 아는 데에는 굳이 악보를 읽을 능력이 필요하지 않았다. 그 순간 특별한 일, 상상할 수 없는 일이 벌어졌다. 죽음이 무릎을 꿇은 것이다. 이제 죽음에게도 육체가 있었기 때문이다. 그래서 죽음에게 무릎과 다리와 발과 팔과 손, 그리고 얼굴이 있는 것이다. 지금 죽음은 두 손으로 얼굴을 가렸다. 그리고 어깨, 어깨가 어떤 이유에서인지 흔들리고 있었다. 설마 우는 것이야 아니겠지. 어디를 가든 늘 뒤에 눈물 자국을 남기는 존재, 그러나 자기 것은 한 방울도 안 남기는 존재에게 그런 것을 기대할 수는 없다. 있는 그대로, 보이지도 않고 안 보이지도 않고, 해골도 아니고 여자도 아닌 그 모습 그대로, 죽음은 공기처럼 가볍게 벌떡 일어나 침실로 돌아갔다. 남자는 움직이지 않았다. 죽음은 생각했다, 여기서 내가 더 할 일은 없어, 떠나야지, 사실 여기까지 이 잠들어 있는 남자와 개를 보러 올 이유가 없었어, 어쩌면 이들은 서로를 꿈꾸고 있겠지, 남자는 개를, 개는 남자를, 개는 벌써 아침이 와서 자신이 남자의 머리 옆에 머리를 뉘고 있는 꿈을 꾸고, 남자는 벌써 아침이 와서 왼손으로 개의 부드럽고 따뜻한 몸을 잡아 자신의 가슴으로 끌어당기는 꿈을 꾸고. 원래 복도로 통하는 문을 막고 있는 옷장 옆에 작은 소파가 있다. 죽음은 그곳으로 가서 앉았다. 처음부터 그럴 작정은 아니었지만, 어쨌든 그 구석에 가서 앉았다. 어쩌면 이 시간에 자신의 지하 자료실이 몹시 춥다는 사실이 떠오른 것인지도 모른다. 이제 죽음의 눈은 남자의 머리 높이에 있다. 창에서 들어오는 희미한 주황색 빛을 배경으로 남자의 옆모습이 선명한 실루엣으로 나타난다. 죽음은 다시 자신이 여기에 머물 합리적 이유가 없다고 되뇐다. 하지만 바로 반박을 한다, 있다고, 이유가 있다고, 그것도 아주 중요한 이유가 있다고. 이곳은 이 도시에서, 이 나라에서, 온 세상에서, 자연의 가장 엄격한 법칙, 우리에게 삶과 죽음을 모두 강요하는 법칙, 살고 싶냐고 물은 적이 없고 죽고 싶냐고 묻지도 않을 법칙을 어긴 사람이 사는 유일한 집이다. 이 남자는 죽었다, 죽음은 생각했다, 죽을 운명에 처한 모든 존재는 이미 죽은 것이다, 필요한 것은 내가 엄지손가락으로 가볍게 치거나 아니면 거절할 수 없는 자주색 편지를 보내는 것뿐이다. 죽음은 이어서 생각했다, 이 남자는 죽지 않았다. 이제 몇 시간 뒤면 잠을 깰 것이다. 매일 그러는 것처럼 침대에서 나올 것이다. 뒷문을 열어 개가 정원으로 나가 변을 보게 해줄 것이다. 아침을 먹을 것이다. 욕실에 들어갔다가 세수와 면도를 하고 개운한 표정으로 나올 것이다. 거리로 기운차게 나갈지도 모른다. 개를 데리고 나가 모퉁이 신문 판매대에서 아침신문을 살지도 모른다. 악보대 앞에 앉아 다시 슈만의 세 환상곡을 연주할지도 모른다. 그다음에는 모든 인간들이 그렇듯이 죽음에 관해 생각할지도 모른다. 그러나 바로 이 순간 자신이 불사의 존재나 마찬가지임을 모른다. 자신을 바라보는 죽음이 자신을 죽일 방법을 알지 못한다는 것을 모른다. 남자가 자세를 바꾸더니 문을 막은 옷장 쪽으로 등을 돌렸다. 오른팔이 개가 누워 있는 쪽 옆면으로 미끄러져 내렸다. 잠시 후 남자는 잠을 깼다. 목이 말랐다. 남자는 옆 탁자의 불을 켜고, 일어서서, 평소와 마찬가지로 개의 베개 역할을 하던 슬리퍼에 발을 쑤셔넣고, 부엌으로 갔다. 죽음도 따라갔다. 남자는 잔에 물을 채워 마셨다. 그때 개가 나타나 뒷문 옆에 있는 물접시에서 갈증을 풀고 주인을 올려다보았다. 밖에 나가고 싶구나, 첼리스트가 말했다. 남자는 문을 열고 개가 돌아오기를 기다렸다. 잔에는 물이 약간 남았다. 죽음은 잔을 보며 목이 마르다는 것이 어떤 느낌인지 상상해 보려 했으나 뜻대로 되지 않았다. 사막에서 사람들을 목이 말라 죽게 해야 했을 때도 그런 상상은 할 수 없었을 것이다. 물론 그럴 때는 그런 상상을 해 보려고 한 적이 없지만.

개가 꼬리를 흔들며 돌아왔다. 다시 자러 가자, 남자가 말했다. 그들은 다시 침실로 들어갔다. 개는 두 바퀴 맴을 돌더니 공처럼 몸을 웅크렸다. 남자는 시트를 목까지 끌어올리고, 기침을 두 번 하더니 곧 다시 잠이 들었다. 죽음은 모퉁이에 앉아 지켜보았다. 한참 뒤에 개가 양탄자에서 일어나 소파로 뛰어올랐다. 죽음은 평생 처음으로 개가 허벅지에 앉을 때 어떤 기분인지 알게 되었다.

우리 모두 약해지는 순간이 있다. 용케 오늘 그런 순간이 없이 지나간다 해도, 내일이면 틀림없이 그런 순간이 찾아올 것이다. 아킬레우스의 청동 갑옷 밑에서도 한때 심장이 감정적인 박동을 한 적이 있다. 아가멤논이 그의 연인, 노예 브리세이스를 빼앗아간 뒤로 이 영웅이 십 년 동안 질투심에 사로잡혔던 것을 생각해 보라. 헥토르가 그의 친구 파트로클로스를 죽였을 때 무시무시한 분노에 사로잡혀 전쟁터로 돌아가 트로이 전사들에게 울분을 쏟아냈던 것을 생각해 보라. 마찬가지로 그 어느 것도 뚫고 들어갈 수 없는 갑옷, 시간이 끝날 때까지 그런 상태를 유지하도록 보장된 갑옷, 지금 우리는 물론 죽음의 해골 이야기를 하는 것인데, 이 무시무시한 주검에도 늘 언젠가 뭔가가 우연찮게 박힐 가능성이 있다. 첼로의 부드러운 화음, 피아노의 천진난만한 트릴만으로도, 의자 위에 펼쳐진 악보를 우연히 보는 것만으로도, 생각하려 하지 않았던 것을 기억하게 될 수 있다. 결코 살아본 적이 없는 것, 무슨 일을 하더라도 결코 살게 되지 않을 것을. 다만 혹시라도…… 당신은 잠자는 첼리스트를 냉정하게 관찰하며 앉아 있었다. 너무 늦게 처리되는 바람에 죽일 수 없었던 남자다. 양탄자에 개가 웅크린 것을 보았다. 그 개에게도 손을 댈 수가 없었다. 당신이 그 개의 죽음이 아니기 때문이다. 살아 있는 두 존재는 방의 따뜻한 어둠 속에서 잠에 빠져 있었기 때문에 당신이 거기 있다는 것조차 몰랐다. 다만 당신에게 당신의 실패가 얼마나 뼈저린 것인지 인식시키는 데 도움을 주었을 뿐이다. 그 아파트에서, 당신, 다른 누구도 할 수 없는 일을 하는 데 익숙한 당신은 자신이 얼마나 무능한지 알았다. 손과 발이 묶여 있었다. 공공칠 살인면허는 무효가 되어버렸다. 한 번도, 인정해라, 죽음으로서 보낸 모든 날 가운데 단 한 번도, 이렇게 모욕을 느낀 적이 없다. 그 순간 당신은 침실을 떠나 음악실로 갔다. 그곳에서 당신은 요한 세바스찬 바흐의 첼로 모음곡 육번 앞에서 무릎을 꿇었고, 어깨가 빠르게 흔들렸다. 인간의 경우에는 보통 급히 터져 나오는 흐느낌에 수반되는 동작이다. 바로 그때, 당신의 단단한 무릎이 단단한 바닥을 파고들었을 때, 당신의 분노는 갑자기 안개처럼, 당신이 가끔 눈에 완전히 안 보이고 싶지는 않을 때면 변하곤 하는 가볍디가벼운 안개처럼 사라져버렸다. 당신은 침실로 돌아왔다. 첼리스트가 물을 마시러 부엌으로 들어갔다가 개를 위해 뒷문을 열어줄 때 따라갔다. 처음에 당신은 첼리스트가 누워 자는 것을 보았다. 이제 잠을 깨서 서 있는 것을 보았다. 파자마의 수직 줄무늬 때문인지 당신보다 훨씬 더 커 보였다. 하지만 그것은 불가능하다. 눈이 속인 것일 뿐이다. 보는 각도에 따른 왜곡이다. 사실들의 순수한 논리는 당신, 죽음이 가장 크다고, 다른 모든 것보다 크다고, 우리 모두보다도 크다고 말해 준다. 아니, 어쩌면 당신이 늘 가장 큰 것은 아닌지도 모른다. 어쩌면 세상에서 일어나는 일들은 우연으로 설명할 수 있는 것인지도 모른다. 예를 들어, 그 음악가가 기억하는 어린 시절의 눈부신 달빛은 만일 그가 자고 있었다면 비추나 마나였을 것이다. 그래, 우연이다. 당신은 침실로 돌아가 소파에 가서 앉았을 때 다시 아주 작은 죽음이 되었기 때문이다. 개가 양탄자에서 뛰어올라 당신의 소녀 같은 허벅지에 앉았을 때는 훨씬 더 작아졌기 때문이다. 그때 당신은 아주 어여쁜 생각을 했다. 죽음, 당신이 아니라 다른 죽음이 언젠가 찾아와 온화한 깜부기불 같은 이 부드러운 동물의 온기에 물을 끼얹는다면 그 얼마나 부당할까, 이것이 당신이 한 생각이다. 상상해 보라. 당신은 당신이 돌아가는 방, 당신의 불길한 의무의 목소리가 당신을 부르는 방의 북극과 남극 같은 추위에 익숙하다. 그 의무란 이 남자를 죽이는 것이다. 이 남자는 자면서 진짜 인간과는 침대를 함께 써본 적이 없는 사람의 씁쓸한 표정을 짓고 있는 것 같았다. 개와 함께 서로의 꿈을 꾸자고, 개는 그 사람 꿈을 꾸고, 그 사람은 개의 꿈을 꾸자고 약속한 것 같았다. 이 남자는 한밤중에 일어나 줄무늬 파자마를 입은 채 부엌으로 가서 물을 마신다. 잘 때 방에 물을 한 잔 갖다 두는 것이 더 편할 것이다. 그러나 그렇게 하지 않는다. 한밤중에 복도를 따라 부엌까지 어슬렁어슬렁 걸어가는 것, 밤의 평화와 정적 속에서 그렇게 걸어가는 것을 더 좋아한다. 개는 늘 이 남자를 따라다닌다. 가끔 정원으로 내보내 달라고 하지만, 늘 그러는 것은 아니다. 그런데, 이 남자는 죽어야 해, 당신은 그렇게 말한다.

죽음은 다시 한 번 수의를 걸친 해골이다. 두건은 이마까지 푹 눌러쓰고 있다. 그래서 두개골의 가장 흉한 부분은 가려져 있다. 물론 그녀가 이 문제에 정말로 신경을 쓴다 해도, 지금 그렇게까지 가릴 필요는 없었다. 여기에는 그 섬뜩한 모습에 겁을 먹을 사람이 없기 때문이다. 게다가 눈에 보이는 것은 손가락과 발가락의 뼈 끝 부분뿐이기 때문이다. 발가락은 판석 위에 올라가 있지만, 판석의 얼음장 같은 냉기는 느끼지 못한다. 손가락뼈는 강판을 가는 듯한 소리를 내며, 죽음의 역사적 포고들을 다 모아놓은 책의 책장을 넘기고 있다. 여기에는 모든 규칙 가운데 첫 번째 규칙, 즉 단순한 두 마디, 너는 죽여라, 하는 말로 정리된 규칙에서부터 최근의 부록과 부속물까지 다 포함되어 있다. 거기에는 지금까지 알려진 모든 죽음의 방식과 변형들이 다 나열되어 있다. 그 목록은 끝이 없다고 말할 수도 있을 것이다. 죽음은 자신의 조사 결과가 부정적인 데 놀라지 않는다. 인류의 모든 대표자 한 사람 한 사람의 완전한 정지, 결말, 끝, 죽음을 결정하는 책에 생명과 산다 같은 말, 나는 살아 있다와 나는 살 것이다 같은 말이 나오는 것은 어울리지 않을 뿐 아니라, 불필요하기까지 하기 때문이다. 그 책에는 죽음을 위한 공간만 있지, 누가 죽음을 피하면 어떻게 하느냐에 관한 터무니없는 가설을 위한 공간은 없다. 어쩌면, 열심히 찾아본다면, 한 번, 딱 한 번, 어떤 불필요한 주석에서, 나는 살았다, 하는 말을 찾을 수 있을지도 모른다. 그러나 그런 탐색은 한 번도 진지하게 시도된 적이 없다. 이것을 보면 죽음의 책에 살았다는 사실 자체는 언급될 가치가 없는 아주 중요한 이유가 있다고 결론을 내리게 된다. 그 이유란, 우리가 반드시 알아야 하지만, 죽음의 책의 다른 이름이 무(無)의 책이라는 것이다. 해골은 규정집을 한쪽으로 치워놓고 일어섰다. 문제의 핵심에 이를 필요가 있을 때에는 늘 그러듯이 방을 두 바퀴 돈 다음 서류 정리 캐비닛의 서랍을 열고 첼리스트의 카드를 꺼냈다. 그녀의 동작을 보니, 지금이 이 자료실의 기능과 관련된 중요한 측면, 서술자의 비판 받아 마땅한 태만 때문에 아직 이야기를 못한 측면을 분명히 밝힐 또 한 번의 기회이며, 지금이 아니면 앞으로는 기회가 없겠다는 생각이 든다. 우선, 혹시 다르게 상상했을지 몰라도, 이 서랍들에 정리되어 있는 천만 개의 색인 카드는 죽음이 정리한 것이 아니며, 죽음이 작성한 것도 아니라는 사실이다. 당연히 아니다. 죽음은 죽음이지, 사무직원이 아닌 것이다. 카드는 어떤 사람이 태어나는 순간 알파벳 순서에 맞추어 자기 자리에 나타나며, 그 사람이 죽을 때 사라진다. 죽음은 자주색 편지가 생기기 전에는 구태여 서랍을 열어보지도 않았다. 카드가 오가는 것을 둘러싼 소동도 혼란도 없었다. 어떤 사람들이 태어나고 싶지 않다고 말하거나, 죽고 싶지 않다고 항의하는 당혹스러운 장면이 있었던 기억도 없다. 죽은 사람의 카드는 누가 가져갈 것도 없이 이 방 아래 있는 다른 방으로 간다. 아니, 지하로 층층이 쌓여 있는 방 가운데 한 곳에서 자기 자리를 차지한다. 이 방들은 점점 밑으로 깊이 들어가고 있는데, 이미 지구의 불타는 핵을 향해 한참 다가가 있다. 이 서류들은 언젠가 그 핵에서 다 타버릴 것이다. 여기, 죽음과 낮이 차지하고 있는 이 방에서는 어떤 기록원이 채택한 기준, 즉 자신이 관장하는 산 자와 죽은 자에 속하는 이름과 서류를 모두, 그래, 한 사람도 빠짐없이 모두 한 자료실에 모으겠다고 결정했던 때와 같은 기준을 세우는 것이 불가능할 것이다. 이 기록원은 이들을 함께 모을 때에만 이들이 인류, 시간과 장소에 상관없이 하나의 절대적 전체로서만 이해해야 하는 인류를 대표할 수 있다고, 그때까지 그들을 분리해 관리한 것은 그런 정신에 대한 침해라고 주장했다. 그것이 삶과 죽음의 서류를 관장하는 분별력 있는 그 기록원과 우리가 지금 눈앞에 보고 있는 죽음 사이의 차이다. 죽음은 이미 죽은 자들에 대한 초연한 경멸에 자부심을 느낀다. 흔히 반복되는 잔인한 구절, 즉 과거는 과거라는 구절을 기억해야 한다는 것이다. 반면 기록원은 요즘 유행하는 표현으로 역사적 의식이라고 부르는 것 때문에 살아 있는 자들은 절대 죽은 자들과 분리되지 말아야 하며, 분리될 경우 죽은 자들은 영원히 죽은 자로 남을 뿐 아니라, 살아 있는 자들도 설사 므두셀라만큼 오래 산다 해도 자신의 삶을 반밖에 살지 못하는 것이라고 생각한다. 참, 므두셀라가 고대 마소라 텍스트에서 말하는 대로 구백예순아홉 살에 죽었는지, 아니면 사마리아 모세오경에서 말하는 대로 칠백스무 살에 죽었는지 논쟁이 약간 있기는 하다. 어쨌든 지금까지 주어졌고 또 앞으로 주어질 모든 이름의 기록원이 제시한 대담한 자료 정리 계획에는 물론 모든 사람이 동의하지 않을 테지만, 혹시 미래에 유용할 수도 있으니, 여기에 이 정도로 정리해 둔다.

죽음은 카드를 살핀다. 전에 보지 못했던 것이 나오지는 않는다. 즉 일주일 전에 죽었어야 하지만, 아직도 수수한 예술가의 집에서 여자의 무릎에 기어오르는 검은 개를 데리고, 피아노와 첼로와 함께, 밤이면 한 번 목이 말라 잠을 깰 줄무늬 파자마를 입고 물을 마시러 가면서 조용히 살고 있는 한 음악가의 이력뿐이다. 이 문제를 해결하는 방법이 있을 거야, 죽음은 생각했다. 물론 너무 눈길을 끌지 않고 정리되는 쪽이 더 좋다. 하지만 최고의 권위들이 쓸모가 있는 존재라면, 그냥 명예와 찬사만 받으려고 있는 존재들이 아니라면, 여기 바닥에서 열심히 일하는 자들에게 무관심하지 않다는 것을 보여줄 아주 좋은 기회가 온 셈이었다. 그들이 규정을 바꾸어야 한다, 특별한 조치를 취해야 한다, 만일 어쩔 수 없다면 법적으로 수상쩍은 행동도 허가해야 한다, 그런 불명예가 계속되도록 놓아두지 않기 위해 무슨 일이든 해야 한다. 그러나 이 경우에 묘한 점은 그들이 실제로 누구인지, 이론적으로 이 문제를 풀어야 할 이 최고 권위자들이 누구인지 죽음이 전혀 모른다는 것이다. 죽음이 쓰고 언론이 공개한 편지, 우리가 틀린 것이 아니라면 두 번째 편지에서 그녀가 보편적 죽음을 언급한 것은 사실이다. 이 보편적 죽음은 언젠가는, 아무도 언제인지는 모르지만 어쨌든 언젠가는 마지막 미생물에 이르기까지 우주의 모든 생명의 표현물을 없애버릴 것이다. 그러나 이것은 어떤 것도, 심지어 죽음도 영원히 지속될 수는 없다는 의미에서 철학적인 상식일 뿐 아니라, 실제적인 맥락에서도 다양한 분야의 다양한 죽음을 오랫동안 훑어본 상식적 연역에서 나온 결론이기도 하다. 물론 연구와 경험에 뒷받침된 지식으로 확인되어야 하겠지만. 죽음은 생각했다, 모든 생성물을 없애는 진짜 일을 하는 것은 우리 부문별 죽음이야, 우주가 사라질 때, 보편적인 죽음의 엄숙한 선언, 은하계와 블랙홀에 울려 퍼지는 선언의 결과로 그리 되는 것이 아니라, 우리가 책임지는 작고 사적이고 개인적인 죽음들이 축적되어 그리 된다 해도 나는 조금도 놀라지 않을 거야, 속담에 나오는 닭이 낟알을 한 알씩 한 알씩, 또 한 알씩 한 알씩 채워가는 것이 아니라 외려 어리석게도 한 알씩 비우는 것처럼, 사람이 하나씩 죽어서 결국 우주가 사라진다 해도 말이야, 내가 보기에는 생명은 그렇게 될 가능성이 가장 높거든, 생명은 늘 자신의 종말을 준비하느라 바쁘니까, 우리가 도와주지 않아도, 우리가 도움의 손길을 내미는 것을 기다리지도 않고. 죽음의 당혹감은 얼마든지 이해할 수 있다. 너무 오래전에 이 세상에 자리를 잡았기 때문에 자신이 지금 책임지고 있는 일을 수행하는 데 필요한 지침을 누구한테서 받았는지 기억이 나지 않는다. 그들은 그녀의 손에 규정을 쥐어주고, 그녀의 미래의 활동을 안내할 빛으로서, 너는 죽여라, 하는 말을 가리키면서 그녀에게 그녀의 삶을 살아가라고 말했다. 물론 죽음에게 삶을 이야기하는 그 섬뜩한 아이러니는 눈치 채지 못했겠지만. 그래서 그녀는 그렇게 했다. 의심스러운 경우, 또는 그럴 리야 없겠지만 어떤 착오가 있을 경우에는 누군가가 뒷감당을 해줄 것이라고 늘 생각하면서. 그녀가 조언이나 안내를 구할 수 있는 누군가, 어떤 상사, 상관, 영적 스승이 있을 것이라고 늘 생각하면서.

따라서, 이제 우리는 마침내 죽음과 첼리스트의 상황이 오래전부터 요구해 온 냉철하고 객관적인 분석으로 들어가거니와, 수천 년 동안 이 자료실을 갱신해 오고, 자료를 지속적으로 수정하고, 사람들이 태어나고 죽음에 따라 색인 카드를 나타나게 하고 사라지게 해온 이 체계처럼 완벽한 정보 체계, 다시 말하지만, 이런 체계가 이렇게 원시적이고 일방적이라는 것, 그래서 이 체계의 관리처, 그곳이 어디건, 그 관리처에서 죽음이 지상에서 수행하는 일상적 활동의 결과로 나타나는 모든 자료를 항상적으로 받아들이지 못한다는 것은 믿기 어려운 일이다. 만일 그런 자료를 받아들이고 있다면, 그러면서도 누군가가 죽어야 하는데 죽지 않았다는 특별한 소식에 아무런 반응을 하지 못한다면, 둘 중의 한 가지 상황이라고 볼 수 있다. 하나는 우리의 논리와 자연스러운 기대와는 반대로, 그 관리처에서는 이 에피소드에 관심이 없고, 따라서 이로 인한 어떤 어려움을 없애기 위해 개입할 필요성을 느끼지 못한다는 것이다. 그것이 아니라면 죽음이, 그녀 자신이 믿는 것과는 반대로, 그녀의 일상 활동에서 일어날 수 있는 모든 문제를 그녀의 뜻대로 해결할 백지수표를 손에 쥐고 있다고 가정할 수밖에 없다. 여기에서 의심이라는 말을 한두 번 해주어야 했다. 죽음의 기억에 떠오르는 것이 있었기 때문이다. 규정집에는 아주 작은 활자로 적혀 있고, 게다가 주석으로만 나오기 때문에 연구하는 사람의 관심을 끌지도 또 잡아두지도 못하는 구절이 하나 있었다. 죽음은 첼리스트의 색인 카드를 내려놓고, 규정집을 집어들었다. 그녀는 자신이 찾는 것이 부록에도 부속물에도 없음을 알았다. 기본적인 역사적 텍스트들이 흔히 그렇듯이, 규정집의 초기 발행분, 가장 오래된, 따라서 가장 드물게 참조하는 부분에 있을 것이 틀림없었다. 물론 죽음은 거기에서 그것을 찾아냈다. 거기에는 이렇게 나와 있다, 의심스러운 경우에 죽음은 가능한 한 빨리 자신의 경험에 따라, 어느 때에나 그녀의 행동의 동기가 되는 절실한 요구를 충족시키기 위하여 필요한 조치를 취해야 한다, 즉 사람이 태어날 때 정해진 시간이 오면 인간 생명을 끝내야 하는 것이다. 해당자가 운명의 판단에 비정상적인 수준의 저항을 하거나, 이 규정을 작성할 때 예측하지 못했던 비정상적 요인이 나타나는 상황에서는 이 목적을 달성하기 위해 비정통적인 방법에 의존할 수도 있다. 이보다 더 분명할 수는 없었다. 죽음은 자유롭게 자신이 가장 좋다고 생각하는 방식으로 행동할 수 있었다. 앞으로 우리가 이 문제를 검토하면 알게 되겠지만, 사실 이것은 새롭다고 할 수 없었다. 그냥 사실만 보자. 올해 일월 일일에 죽음이 자신의 책임으로 스스로 위험을 무릅쓰고 활동을 중단하기로 결정했을 때, 위계상 자신의 위에 있는 어떤 상관이 그녀에게 이런 괴상한 행동을 한 이유를 설명해 보라고 요구할 것이라는 생각은 그녀의 텅 빈 머릿속으로 들어온 적이 없었다. 마찬가지로 죽음은 자주색 편지라는 자신의 화려한 발명품을 보고 그 상사나 다른 상급자가 얼굴을 찌푸릴 가능성이 크다는 생각도 해보지 않았다. 이런 것들은 자동조종장치에 의존하여 일하는 습관, 따분한 일상적 작업, 너무 오래 계속된 같은 일의 반복이 낳은 위험한 결과다. 어떤 사람이, 죽음이라 해도 마찬가지다, 매일 꼼꼼하게 자신의 의무를 이행한다. 아무런 문제도, 아무런 의심도 만나지 않는다. 오로지 위에 있는 존재들이 세워놓은 규칙을 따르는 데만 집중을 한다. 그러나 시간이 지나도 아무도 일을 어떻게 하는지 살펴보러 오지 않으면, 한 가지 현상이 반드시 나타난다. 그 사람은, 사실 죽음도 이렇게 된 것인데, 자기도 모르게 자기가 하는 모든 일의 여왕이자 여주인인 것처럼 행동하는 것이다. 그뿐만이 아니라, 언제 또 어떻게 그 일을 할 것인가를 두고도 같은 입장에 설 것이다. 죽음이 앞서 말한 중요한 결정, 좋든 나쁘든 이 이야기를 탄생시킨 결정을 내리고 이행하면서 상관에게 승인을 받을 생각을 하지 않은 것을 합리적으로 설명할 방법은 이것 말고는 달리 없다. 죽음은 그럴 생각조차 하지 않았다. 그런데 이제, 역설적으로, 인간의 생명을 자기 마음대로 처리할 힘이 결국 그녀만의 것이며, 오늘은 물론이고 앞으로도 영원히 아무도 그녀를 불러 설명을 요구하지 않을 것임을 발견하여 기쁨을 억누르지 못하는 바로 그 순간, 영광의 향기에 그녀의 감각들이 취할 것만 같은 그 순간, 그녀는 두려운 생각, 막 발각되려는 찰나 마지막 순간에 기적적으로 들키지 않은 뒤, 휴, 정말 아슬아슬했네, 하고 말하는 사람에게 엄습하곤 하는 두려운 생각을 억누를 수가 없었다.

그럼에도 어쨌든 이제 의자에서 일어나는 죽음은 여제다. 그녀는 산 채로 묻힌 것처럼 이 얼어붙을 듯이 추운 지하의 방에 사는 것이 아니라, 세상의 운명들을 관장하는 가장 높은 산의 꼭대기에서 살아야 한다. 그곳에서 자비로운 눈길로 인간 무리를 굽어보아야 한다. 그들이 쏜살같이 이리저리로 왔다 갔다 하는 것을 지켜봐야 한다. 사람들은 그렇게 왔다 갔다 하면서도 사실 모두 똑같은 방향으로 가고 있는 것을 모른다. 한 걸음 앞으로 나아가나 한 걸음 뒤로 물러서나 어차피 똑같이 죽음에 더 다가가는 것임을 모른다. 모든 것에는 하나의 끝밖에 없기 때문에 어떻게 해도 상관이 없다는 것을 모른다. 이 끝은 당신 자신도 마음 한 구석에서 늘 생각해야 하는 것이며, 당신의 가망 없는 인류의 검은 오점이기도 하다. 죽음은 색인 카드를 손에 쥐고 있다. 이것으로 뭔가 해야 한다는 사실을 의식하고 있지만, 무엇을 해야 할지는 모른다. 우선 그녀는 진정을 하고, 자신이 전과 다름없는 죽음이라는 것, 그 이상도 이하도 아니라는 것, 오늘과 어제의 유일한 차이는 자신이 누구인지 더 잘 알게 되었다는 점임을 기억한다. 둘째로, 마침내 첼리스트와 시시비비를 가려 결론을 낼 수 있게 되었다고 해서 오늘 보낼 편지를 잊을 수는 없다. 죽음이 이런 생각을 하자마자 색인 카드 이백여든네 장이 즉시 책상 위에 놓였다. 반은 남자고 반은 여자였다. 그와 더불어 이백여든네 장의 종이와 이백여든네 장의 봉투도 책상에 놓였다. 죽음은 다시 앉아서 첼리스트의 색인 카드를 한쪽에 치워놓고 편지를 쓰기 시작했다. 네 시간짜리 모래시계의 마지막 모래알이 밑으로 떨어졌을 때쯤 죽음은 이백여든 번째 편지에 서명을 끝마쳤다. 한 시간 뒤 봉투가 봉인되고 발송 준비가 끝났다. 죽음은 세 번 보냈지만 세 번 돌아온 편지를 가져와 자주색 봉투 더미 위에 얹었다. 마지막으로 한 번 더 기회를 주지, 죽음이 말했다. 죽음이 왼손으로 관례적인 손짓을 하자 편지는 사라졌다. 십 초도 지나지 않아 음악가에게 보낸 편지가 책상 위에 소리 없이 다시 나타났다. 그러자 죽음이 말했다, 그게 네가 원하는 거라면, 좋아. 죽음은 색인 카드의 생일을 지운 다음 이듬해로 고쳤다. 나이도 바꾸었다. 쉰이 적혀 있던 곳에 마흔아홉이라고 적었다. 그럴 수는 없습니다, 낫이 말했다. 끝났어. 결과가 따를 겁니다. 딱 한 가지 결과가 따르겠지. 뭔데요. 죽음, 마침내 나를 비웃던 그 짜증나는 첼리스트의 죽음. 하지만 그 가엾은 사람은 자기가 죽을 걸 모르는데요. 내 입장에서는 아는 거나 마찬가지야. 그렇다 해도 주인님에게 색인 카드를 변경할 권한이나 힘은 없잖습니까. 그건 잘못 생각하는 거야, 나한테는 필요한 모든 권한과 힘이 있어, 나는 죽음이야, 오늘부터 더 확실하게 죽음다워질 거야. 지금 어디로 가고 있는지 잘 모르시는 것 같습니다, 낫이 경고했다. 세상에서 죽음이 갈 수 없는 곳은 한곳밖에 없어. 그게 어디죠. 사람들이 관, 무덤, 유골함, 지하 납골당, 묘라고 부르는 곳이지, 나는 거기에는 들어갈 수가 없어, 오직 살아 있는 사람만 들어갈 수 있지, 물론 내가 죽인 다음에. 한 가지 슬픈 사실을 말하려고 여러 가지 말을 사용하는군요. 이 사람들 하는 일이 그렇지, 이 사람들은 그게 다 무슨 의미인지 잘 모르거든.

죽음에게는 계획이 있다. 음악가가 태어난 해를 바꾸는 것은 작전의 첫 부분일 뿐이었다. 이 작전에서는 인류와 그 가장 오래되고 가장 원한이 많은 적 사이에 맺어진 관계의 역사에 한 번도 등장한 적이 없는 아주 특별한 방법이 사용될 것이라고 장담할 수 있다. 체스 게임에서처럼 죽음은 여왕을 전진시킨다. 몇 수만 더 두면 장군을 부를 길이 열리고, 게임은 끝날 것이다. 어떤 사람들은 왜 죽음이 그냥 과거의 상태, 즉 사람들이 우편배달부에게서 자주색 편지를 받기를 기다리지 않고 그냥 죽어야 할 때 죽던 때로 돌아가지 않느냐고 물을지도 모르겠다. 이 질문도 일리는 있지만, 그 답도 그 못지않게 일리가 있다. 이것은 우선 명예, 결의, 직업적 자부심의 문제다. 만일 죽음이 이전 시대의 순수성으로 돌아간다면, 모든 사람들의 눈에 그것은 패배를 인정하는 것이나 다름없게 보일 것이기 때문이다. 현재의 방식이 자주색 편지를 이용하는 것이기 때문에, 첼리스트가 죽는 수단도 자주색 편지가 되어야 한다. 이 일 밑바탕에 놓인 이론적 근거를 이해하려면, 죽음의 입장이 되어보기만 하면 된다. 그러나 이전의 네 경우에 보았듯이, 이제 지쳐버린 편지를 그 수신자에게 배달하는 주요한 문제가 아직 남아 있다. 이 바라마지않는 목표가 이루어지면, 이제 우리가 위에서 말한 그 특별한 방법이 도입될 것이다. 그러나 앞일을 예상하지 말고, 죽음이 지금 하고 있는 일을 보도록 하자. 지금 이 순간 죽음은 사실 평소에 하는 일만 하고 있을 뿐이다. 요즘 유행하는 표현을 사용하면 널널하게 지내고 있다. 하지만 솔직히 말해서, 죽음은 한 번도 널널하게 지낸 적이 없다고 말하는 것이 더 정확할 것이다. 죽음은 그냥 존재한다. 동시에 모든 곳에. 죽음은 사람들을 잡으려고 쫓아다닐 필요가 없다. 늘 사람들이 있는 곳에 있기 마련이다. 이제 편지로 사람들에게 경고를 하는 이 새로운 방법 덕분에, 죽음은 원하기만 하면 지하실 방에 가만히 앉아서 편지가 일을 해주기를 기다릴 수도 있다. 하지만 죽음은 강하고, 정력적이고, 적극적인 존재로 타고 났다. 옛날 말에도 있듯이, 마당의 닭을 새장에 넣을 수는 없다. 상징적인 의미에서 죽음은 마당의 닭이다. 죽음은 자신의 가장 뛰어난 능력, 무한히 확장하는 본성을 억누를 만큼 어리석지도 않고, 약하지도 않다. 따라서 전날 밤 음악가의 방에서 보낸 몇 시간 동안 그랬던 것처럼, 실제로 건너편으로, 눈에 보이지 않는 상태로 넘어가지는 않으면서 눈에 보이는 상태의 맨 마지막 가장자리에 머무는 일에 자신의 모든 에너지를 집중하는 고통스러운 과정을 되풀이하지는 않을 것이다. 무슨 일이 있어도. 천 번을 말하고 또 한 번을 이야기했듯이, 죽음은 모든 곳에 존재하기 때문에, 거기에도 있다. 개는 정원에서, 햇볕을 받으며 자고 있다. 주인이 집에 돌아오기를 기다리고 있다. 개는 주인이 어디로 갔는지, 무슨 일을 하러 갔는지 알지 못한다. 주인이 남긴 흔적을 따라가는 것은, 과거에 시도해 본 적이 있는지는 몰라도, 어쨌든 이제는 생각하지 않은 지 오래된 일이다. 이 큰 도시는 좋고 나쁜 냄새들이 너무 많고, 너무 혼란스럽기 때문이다. 우리는 잘 모르지만, 사실 개가 우리에 관해 아는 것은 우리 자신은 전혀 알지 못하는 것들이다. 죽음은 개와 달리 첼리스트가 극장 무대에, 지휘자 오른쪽에 앉아 있다는 사실을 알고 있다. 그가 연주하는 악기에 배당된 위치다. 죽음은 그가 오른손으로 능숙하게 활을 움직이는 것을 본다. 왼손 또한 능숙하게 현의 아래위를 오르내리는 것도 본다. 죽음 자신이 어슴푸레한 방에서 했던 것과 마찬가지다. 물론 죽음은 음악, 심지어 음악 이론의 기초, 이른바 사분의 삼 박자라는 것도 한 번도 배운 적이 없다. 지휘자가 리허설을 중단시키더니, 지휘봉으로 악보대 가장자리를 친다. 몇 가지 이야기를 하고 명령을 내리려는 것이다. 지휘자는 이 악절에서는 첼리스트, 오직 첼리스트들만 소리를 내기를 바란다.

그러면서 동시에 소리를 내지 않는 것처럼 보이기를 바란다. 일종의 음악적인 제스처 게임이라 할 만한 것으로, 음악가들이라면 어려움 없이 습득하는 것이다. 예술이란 원래 그런 것이다. 보통 사람에게는 불가능해 보이는 것이 사실은 그렇지가 않다. 죽음은 말할 필요도 없이 극장 전체를 가득 채운다. 맨 꼭대기, 우화적인 그림이 그려진 천장과 불이 꺼진 거대한 샹들리에까지. 그러나 그녀는 무대를 코앞에 내려다보는 박스에서 보이는 광경을 가장 좋아한다. 아주 가까운 곳에서, 저음을 연주하는 현 파트를 약간 비스듬하게 볼 수 있는 곳에서 보이는 광경. 다시 말해서 바이올린 가족의 알토라고 할 수 있는 비올라, 베이스에 해당하는 첼로, 가장 낮은 목소리를 내는 더블베이스를 볼 수 있는 곳에서. 죽음은 거기, 선홍색의 천을 씌운 좁은 의자에 앉아, 수석 첼리스트에게 시선을 고정시키고 있다. 잠이 들었을 때, 줄무늬 파자마를 입고 있었을 때 본 사람, 지금 이 순간 주인이 돌아오기를 기다리며 정원에서 햇빛을 받으며 자고 있는 개를 소유한 그 사람이다. 이 사람이 그녀의 남자다. 음악가. 그뿐이다. 이곳의 샤먼이라 할 수 있는 지휘자 주위에 반원을 그리며 둘러앉아 있는 거의 백 명의 사람들과 다를 바 없는 사람이다. 이들은 언젠가, 미래의 어느 주 또는 어느 달, 또는 어느 해에 자주색 편지를 받고 자신의 자리를 비워둔 채 떠날 것이며, 그러면 다른 바이올리니스트, 플루티스트, 트럼페터가 같은 자리에 와서 앉을 것이다. 어쩌면 다른 샤먼이 지휘봉을 휘둘러 소리를 불러낼지도 모른다. 삶은 조율이 되었든 안 되었든 늘 연주를 하는 오케스트라다. 늘 가라앉고 늘 수면으로 떠오르는 타이타닉이다. 그때 죽음에게, 만일 가라앉은 배가 다시 떠오르지 못한다면 자신에게 할 일이 남지 않을 것이라는 생각이 떠오른다. 가라앉은 배가 떠오르면 갑판에서 폭포처럼 떨어지는 물이 홀릴 듯한 노래를 부른다. 여신 암피트리테가 태어날 때, 자신에게 주어진 이름의 의미 그대로 바다를 둘러싸는 존재가 되었을 때 부르던 물의 노래, 그 물결이 치는 듯한 몸 위로 속삭이는 한숨처럼 똑똑 떨어지던 물의 노래와 비슷하다. 죽음은 지금 암피트리테가, 네레우스와 도리스의 딸이 어디에 있을까 궁금해한다. 지금 그녀는 어디에 있을까. 현실에서는 한 번도 존재하지 않았을지 몰라도, 인간의 마음속에 잠깐이라도 살았던 그녀는. 그곳에 살면서 그 안에서 잠깐이나마 세상에 의미를 부여하는, 현실을 이해할 방법을 찾는 어떤 길을 만들어낸 그녀는. 하지만 사람들은 이해 못했어, 죽음은 생각했다. 아무리 열심히 노력해도 앞으로도 이해하지 못할 거야, 그들의 삶의 모든 것이 임시적이고, 위태롭고, 덧없기 때문이지, 신들, 인간들, 과거, 모두 사라졌어, 지금 있는 것이 앞으로도 늘 있지는 않을 거야, 심지어 나, 죽음조차도 전통적인 방법으로든 편지로든 죽일 사람이 남지 않으면 끝이 날 거야. 죽음의 어느 부분에서 생각이 이루어지는지는 몰라도, 우리는 이런 생각이 그녀를 스쳐간 것은 이번이 처음이 아님을 알고 있다. 하지만 이런 생각을 하면서 이런 깊은 안도감을 느낀 것은 이번이 처음이었다. 어떤 과제를 완수한 뒤 쉬려고 천천히 등을 뒤로 기대는 사람이 느끼는 안도감과 같았다. 갑자기 오케스트라가 잠잠해졌다. 들리는 것은 첼로 소리뿐이다. 사람들이 솔로라고 부르는 것이다. 기껏해야 이 분 정도 지속될 간단한 솔로다. 샤먼이 불러낸 힘들로부터 하나의 목소리가 생겨나, 지금 침묵하는 모든 사람들을 대신하여 말을 하는 것 같다. 지휘자도 움직이지 않는다. 지휘자는 의자에 요한 세바스찬 바흐의 모음곡 육번 디 장조 작품번호 천십이의 악보를 펼쳐놓았던 음악가를 보고 있다. 그가 그 모음곡을 이 극장에서 연주할 일은 없을 것이다. 그는 자기 파트의 지도자이기는 하지만 오케스트라에 속한 첼리스트에 불과하기 때문이다. 세계를 돌아다니며 연주를 하고, 인터뷰를 하고, 꽃, 환호, 박수, 메달을 받는 유명한 콘서트 아티스트가 아닌 것이다. 오케스트라에서는 평범한 상황을 벗어난 일이 거의 일어나지 않는다는 사실을 우연히 기억해 낸 어떤 관대한 작곡가 덕분에 가끔 몇 마디를 솔로로 연주하게 되면 다행이다. 리허설이 끝나면 첼리스트는 첼로를 케이스에 넣고 택시, 트렁크가 큰 택시를 타고 집으로 갈 것이다. 어쩌면 오늘 밤에 저녁을 먹은 뒤에 바흐의 모음곡 악보를 악보대에 올려놓고, 깊은 숨을 쉰 뒤 활로 현을 그을지도 모른다. 그렇게 해서 태어난 첫 음은 세상의 구제할 길 없는 진부함에 시달리는 그를 위로해 줄지 모르고, 두 번째 음은 혹시나 그런 진부함을 잊게 해줄지도 모른다. 솔로가 끝나고, 전체 오케스트라가 첼로의 마지막 울림을 덮어버린다. 샤먼은 지휘봉을 오만하게 휘둘러 소리의 영들을 불러내고 인도하는 역할로 돌아간다. 죽음은 자신의 첼리스트가 연주를 잘한 것이 자랑스럽다. 마치 그의 가족이라도 되는 것처럼. 어머니, 누이, 약혼녀라도 되는 것처럼. 그러나 아내는 아니고. 이 남자는 결혼을 한 적이 없으니까.

그 다음 사흘 동안, 죽음은 지하의 방으로 달려가 서둘러 편지를 쓰고 부치는 일을 하는 시간 외에는 음악가의 그림자 이상의 존재가 되었다. 그림자에는 심각한 결함이 있다. 빛이 사라지면 자기 자리를 잃고, 그 즉시 사라져버리기 때문이다. 죽음은 그림자라기보다는 바로 그가 숨 쉬는 공기였다. 죽음은 첼리스트를 집으로 데려다 주는 택시에 그와 함께 앉아서 갔다. 그와 함께 아파트로 들어가, 주인이 오자 멋대로 감정을 드러내는 개를 자비롭게 바라보았고, 그런 다음에 놀러 오라고 초대를 받은 사람처럼 그곳에 편안하게 자리를 잡았다. 움직일 필요가 없는 존재에게 그것은 아주 쉬운 일이다. 그녀는 바닥에 앉건 옷장 꼭대기에 앉건 상관이 없다. 오케스트라 리허설이 늦게 끝났기 때문에 곧 어두워질 것이다. 첼리스트는 개에게 먹이를 준 뒤 캔 두 개로 자신의 저녁을 준비했다. 가열할 필요가 있는 것은 가열하고, 부엌 식탁에 보를 깔고, 나이프, 포크, 냅킨을 늘어놓고, 잔에 포도주를 조금 따르고, 다른 뭔가를 생각하는 사람처럼 서두르지 않고 포크로 뜬 첫 음식을 입에 넣었다. 개는 첼리스트 옆에 앉았다. 주인이 남겨 손에 담아

주는 것이 개의 후식이 될 터였다. 죽음은 첼리스트를 본다. 사실 그녀는 못생긴 사람과 잘생긴 사람의 차이를 구별하지 못한다. 자신의 두개골에만 익숙하기 때문에 어쩔 수 없이, 진열장 역할을 하는 우리의 얼굴 밑의 두개골의 윤곽을 상상하는 경향이 있다. 진실을 이야기하자면, 기본적으로 죽음의 눈에 우리는 모두 똑같이 못생겼다. 심지어 우리가 미의 여왕이나 그에 상응하는 남성일 수도 있었던 시절에도 마찬가지다. 죽음은 첼리스트의 강한 손가락에 감탄한다. 왼손 손가락 끝이 차츰 단단해졌을 것이라고 짐작한다. 어쩌면 약간 못이 박혔을지도 모른다. 인생은 이런 저런 방식으로 불공평해질 수 있다. 여기 왼손이 그런 예다. 첼로에서 힘든 일은 도맡아 하지만, 관객으로부터 받는 찬사는 오른손에 비할 바가 못 되기 때문이다. 저녁 식사가 끝난 뒤 첼리스트는 설거지를 하고, 탁자보와 냅킨을 조심스럽게 접어 찬장의 서랍에 넣어두었다. 부엌을 나서기 전에 잘못된 것이 없는지 확인하려고 주위를 둘러보았다. 개가 첼리스트를 따라 음악실로 들어갔다. 죽음은 그곳에서 기다리고 있었다. 극장에서 우리가 추측했던 것과는 달리, 첼리스트는 바흐 모음곡을 연주하지 않았다. 언젠가 첼리스트는 오케스트라의 동료들과 대화를 나눈 적이 있다. 동료들은 농담 삼아 자신의 음악적 초상이라고 할 만한 곡을 찾는 문제에 관해 이야기를 했다. 무소로그스키의 사뮈엘 골덴베르크와 슈뮐레의 초상(무소로그스키의 〈전람회의 그림〉에 나오는 한 곡이자 하르트만의 그림 제목-옮긴이) 같은 유형의 초상이 아니라 진짜 초상. 그때 첼리스트는 음악에서 그런 일이 진짜로 가능하다고 가정할 경우, 자신의 초상은 첼로 곡이 아니라 쇼팽의 에튀드 가운데 가장 짧은 곡, 즉 구번 지 플랫 장조 작품번호 이십오에서 찾을 수 있다고 말한 적이 있다. 동료들이 이유를 물었을 때, 첼리스트는 다른 어떤 곡에서도 자신의 모습을 볼 수 없다고 대답하면서, 이것이 자신이 보기에는 가장 그럴듯한 이유라고 덧붙였다. 반면 쇼팽은 오십팔 초 동안에 그가 절대 만나볼 수도 없었을 사람에 관하여 할 말을 다 했다는 것이다. 그 뒤로 며칠 동안 재치 있는 오케스트라 구성원들은 친근한 농담으로 그를 오십팔 초라고 불렀다. 그러나 이 별명은 너무 길어 정착이 되지 않았다. 게다가 자신에게 던지는 어떤 질문에도 오십팔 초만 써서 대답하겠다고 결심한 사람과 대화를 유지해 나가는 것은 불가능한 일이었다. 결국 첼리스트는 친구 사이의 이 시합에서 승리를 얻었다. 첼리스트는 자신의 집에서 제삼자의 존재를 느끼기라도 한 것 같았다. 그리고 그 사람에게 어떤 설명할 수 없는 이유에서 자신에 관해서 이야기를 해주어야 한다고 생각한 것 같았다. 그러나 아무리 소박하게 사는 사람이라도 뭔가 내용을 담으려면 어쩔 수 없이 이야기가 길어질 것이라고 판단하고, 그것을 피하려는 듯 피아노에 앉아, 청중이 마음의 준비를 할 수 있도록 잠깐 동작을 멈춘 다음에 쇼팽의 곡을 치기 시작했다. 악보대 옆에 반쯤 잠든 채 누워 있던 개는 머리 위로 쏟아져 내리는 폭풍 같은 소리를 대수롭지 않게 여기는 듯했다. 아마 전에도 들어보았기 때문일 것이다. 그 이야기가 자신이 주인에 관해 이미 알고 있는 것에 새로 보태주는 것이 없기 때문일 것이다. 그러나 죽음, 의무를 이행하는 과정에서 많은 음악, 특히 같은 작곡가의 장송 행진곡과 베토벤의 삼번 교향곡의 아다지오 아사이 악장을 자주 들은 죽음은 그 긴 생애에서 처음으로 말하는 내용과 그것을 말하는 방식의 완벽한 결합이라고 해도 좋을 만한 음악을 듣는다는 느낌을 받았다. 죽음은 그것이 첼리스트의 음악적 초상이든 아니든 별 관심이 없었다. 사실 첼리스트가 마음속에서, 사실이든 상상한 것이든, 어떤 유사성을 만들어내 강변하는 것일 가능성이 높았다. 죽음이 강한 인상을 받았던 것은 그 오십팔 초의 음악이 평범하든 특별하든 모든 인간의 삶을 박자와 선율로 치환했다는 느낌을 받았기 때문이다. 그 비극적 간결성, 그 절망적인 강렬함, 그리고 또 공중에 걸린 채 남아 있는 괄호 같은, 아직 못다 한 이야기 같은 마지막 화음 때문이었다. 첼리스트는 인간의 죄 가운데 가장 용서할 수 없는 죄, 주제넘음의 죄에 빠져들었다. 모두가 자신을 발견할 수 있는 초상에서 자신의 얼굴, 오직 자신의 얼굴만을 볼 수 있다고 생각했기 때문이다. 그러나 가만히 생각해 보면, 우리가 사물의 표면에만 남아 있으려고 하지 않는다면, 이 주제넘음은 또 정반대로, 즉 겸손의 표현으로 해석할 수도 있다. 그것이 모든 사람의 초상이라면, 나도 거기에 포함될 것이 틀림없기 때문이다. 죽음은 망설인다. 주제넘음과 겸손 가운데 어느 쪽인지 판단을 할 수가 없다. 그녀는 막 다른 골목에서 빠져나가려고, 확실한 결정을 내리려고, 이제 즐거운 마음으로 첼리스트를 관찰한다. 그의 표정이 그녀가 알 필요가 있는 것을 드러내기를 기다리는 것이다. 아니면 두 손이. 손은 펼친 책과 같기 때문이다. 손금보기에서 제시하는 진짜 또는 상상의 이유들, 즉 심장선이니 생명선이니, 그래, 생명, 신사 숙녀 여러분, 제대로 들은 거다, 방금 생명이라고 했다, 어쨌든 그런 이유들 때문이 아니다. 손은 펼치고 접힐 때, 애무하거나 때릴 때, 눈물을 닦아내거나 웃음을 감출 때, 어깨에 올려놓거나 작별 인사로 흔들 때, 일을 할 때, 가만히 있을 때, 잘 때, 걸을 때 이야기를 하기 때문이다. 이윽고 죽음은 관찰을 끝내고 나서 주제넘음의 반대말이 겸손이라는 것은 사실이 아니라고 결론을 내렸다. 세상의 모든 사전이 맹목적으로 그렇다고 맹세를 해도 마찬가지다. 가엾은 사전들. 사전들은 자신과 우리를 존재하는 단어들로만 통치하려 한다. 그러나 사실은 아주 많은 단어들이 빠져 있다. 예를 들어 주제넘음의 정반대여야 하는 이 단어, 그러나 고개 숙인 겸손은 결코 아닌 것, 그럼에도 첼리스트의 얼굴과 손에 분명히 적혀 있는 것, 하지만 우리에게 자신을 뭐라고 부르는지 말해줄 수 없는 이 단어.

다음 날은 공교롭게도 일요일이었다. 오늘처럼 날씨가 맑을 때면 첼리스트는 책 한두 권을 들고 개와 함께 도시의 공원에 나가 아침을 보내는 습관이 있다. 개는 본능 때문에 이 나무 저 나무로 옮겨 다니며 동료 개의 오줌 냄새를 맡기는 하지만, 절대 멀리 가지는 않는다. 이따금씩 다리를 들어 올리지만, 배변 욕구를 만족시키는 과정을 그 이상 진행시키지 않는다. 다른, 말하자면, 보완적 절차는 양심적으로 자신이 사는 집의 정원에서 수행한다. 그래서 첼리스트는 그런 목적을 위해 고안된 작은 삽을 들고 뒤를 쫓아가 개의 변을 떠서 비닐 봉투에 집어넣을 필요가 없다. 이것은 훌륭한 개 훈련의 주목할 만한 예로 여겨질 수도 있다. 그러나 이 경우에 특별한 사실은 그 생각을 한 것이 이 개라는 점이다. 개는 음악가, 첼리스트, 바흐의 모음곡 육번 디 장조 작품번호 천십이를 훌륭하게 연주하려고 노력하는 이 예술가가 자신의 개나 다른 누구의 김이 피어오르는 똥을 치우러 이 세상에 온 것이 아니라고 생각하는 쪽이다. 그런 일을 시키는 것은 그냥 옳지 않다. 개가 어느 날 주인과 대화를 나누다 말했듯이, 바흐는 절대 그런 일을 할 필요가 없었다. 음악가는 그때 이후로 시대가 많이 변했다면서도, 바흐는 틀림없이 그런 일을 할 필요가 없었을 것이라는 사실은 인정했다. 이 음악가는 분명히 광범한 의미의 문학 전반을 사랑하는 사람이다. 그의 서재에 있는 아무 선반이나 한 번만 훑어봐도 그가 천문학, 자연과학, 자연에 관한 책을 특별히 좋아한다는 것을 알 수 있다. 그러나 오늘 그가 들고 나온 것은 곤충학 안내서다. 음악가는 배경이 되는 지식이 없기 때문에 이 책에서 아주 많은 것을 얻을 수 있다고 기대하지는 않는다. 하지만 지구에는 거의 백만 종의 곤충이 있으며, 이 곤충은 두 종류, 즉 날개가 있는 유시아강

(有翅亞綱)과 날개가 없는 무시아강(無翅亞綱)으로 나뉘고, 이것은 또 메뚜기목, 바퀴목, 사마귀목, 풀잠자리목, 잠자리목, 하루살이목, 날도래목, 흰개미목, 벼룩목, 이목, 새이아목, 노린재목, 매미목, 파리목, 벌목, 나비목, 딱정벌레목, 그리고 마지막으로 총채벌레목으로 나뉜다는 것을 알고 즐거워한다. 책에 나온 사진에서 알 수 있듯이, 나비목에 속하는 해골나방은 야행성 나방으로 그 라틴 이름은 아케론티아 아트로포스다. 그 흉부 뒷면에는 인간의 두개골을 닮은 무늬가 있으며, 날개 길이는 십이 센티미터에 이르고 색깔은 거무스름하다. 아래 날개에는 노란색과 검은색이 섞여 있다. 우리는 이것을 아트로포스, 즉 죽음이라고 부른다. 음악가는 모르지만, 또 그 가능성조차 상상하지 못했겠지만, 죽음은 매혹된 표정으로 음악가의 어깨 너머로 그 나방의 천연색 사진을 보고 있다. 매혹과 동시에 혼란을 느끼고 있다. 곤충을 생명에서 비생명으로 이행시키는 일, 즉 곤충을 죽이는 일은 이 파르카(운명의 여신-옮긴이) 말고 다른 파르카가 맡고 있다는 사실을 기억하라. 두 경우 작업 방식은 대체로 똑같다고 할 수도 있지만, 사실 차이점도 많다. 곤충은 인간에게 흔한 병, 예를 들어 폐렴, 결핵, 암, 흔히 에이즈라고 부르는 후천성 면역결핍증 등으로 죽지 않고, 자동차 사고 또는 심장 혈관 질환으로 죽지도 않는다는 이야기만으로도 충분할 것이다. 이 정도는 누구라도 이해할 수 있을 것이다. 더 이해하기 힘든 일, 첼리스트의 어깨 너머로 사진을 계속 살피는 죽음을 혼란

스럽게 하는 일은 나방의 털이 많은 등에, 창조의 어느 시기에 이루어진 일인지는 몰라도, 인간 두개골이 아주 정밀하게 그려져 있다는 것이다. 물론 인간의 몸에도 작은 나방이나 나비가 나타난다고 알려져 있다. 그러나 이런 것은 원시적인 책략, 즉 문신에 불과한 것으로, 날 때부터 사람에게 있었던 것은 아니다. 죽음은 생각한다, 한때 모든 생물이 하나였던 적이 있었지, 그러다가 점차 전문화가 진행되어, 생물은 다섯 계로 나뉘게 되었지, 원핵생물계, 원생생물계, 균계, 식물계, 동물계, 이렇게 다섯으로, 그 안에서, 그 계들 안에서, 오랜 세월에 걸쳐 무한한 거시적 전문화와 미시적 전문화가 진행되었지, 물론 이 모든 혼란의 와중에, 이런 생물학적 혼전에서 어떤 생물의 특수한 점이 다른 생물에게서 반복되는 것이 놀랄 일은 아니야. 이런 생각이 예를 들어 이 나방, 아케론티아 아트로포스, 묘하게도 죽음을 일컫는 다른 말만이 아니라 하데스를 통과해 흐르는 강의 이름도 가지고 있는(하데스의 지하세계에 아케론 강이 흐른다-옮긴이) 이 나방의 등에 불안하게도 하얀 두개골이 나타난 현상을 설명해 줄 수도 있다. 또 흰독말풀 뿌리와 인체 사이의 불안한 유사성을 설명해 줄 수도 있다. 자연의 이런 경이, 이런 숭고하고 놀라운 일에 직면하면 무슨 생각을 해야 할지 알기가 어렵다. 그러나 첼리스트의 어깨 너머를 계속 보고 있는 죽음을 사로잡은 생각은 이미 다른 쪽으로 방향을 잡았다. 이제 죽음은 아쉬움을 느끼고 있다. 그 멍청한 자주색 편지가 아니라 해골나방을 메신저로 사용했으면 어땠을까 하는 생각이 들었기 때문이다. 사실 자주색 편지도 처음에는 멋진 발상이라고 생각했지만. 그 나방은 자주색 편지와는 달리 결코 돌아올 생각을 하지 않았을 것이다. 이 나방은 자신의 흉부에 그려진 의무를 이행한다. 그 일을 하려고 태어났기 때문이다. 게다가 구경거리로서의 효과도 완전히 달랐을 것이다. 흔해빠진 우편배달부가 편지를 건네주는 것이 아니라, 우리의 머리 위에 십이 센티미터짜리 나방이 맴을 돌며 날아다니는 것이 보인다. 검은색과 노란색이 섞인 날개를 자랑하는 이 죽음의 천사는 땅을 스치듯이 날다가 우리 주위에서 원을 그린다. 우리는 결코 그 원에서 벗어나지 못한다. 이윽고 나방은 갑자기 수직으로 솟아오르며 우리 앞에 해골을 보여준다. 물론 우리는 이 곡예에 아낌없이 갈채를 보낼 것이다. 이것을 보면 우리 인간을 책임지는 죽음도 여전히 배울 것이 많다는 사실을 알 수 있다. 우리가 잘 알다시피, 나방은 그녀의 관할권 안에 있지 않다. 이들도 그렇고, 다른, 거의 무한한 동물 종도 마찬가지다. 따라서 죽음은 동물 분과에서 일하는 동료, 이 자연의 산물을 책임지는 동료와 협정을 맺고, 아케론티아 아트로포스를 몇 마리 빌려달라고 요청해야 할 것이다. 물론, 아쉽게도, 그들 각각의 영역과 해당 개체수의 규모에서 차이가 크다는 점을 고려할 때, 앞서 말한 동료는 당당하고 무뚝뚝하고 단호하게 안 된다고 대답할 가능성이 높다. 연대감의 결여는 죽음의 영역에서도 공허한 말장난이 아니기 때문이다. 그 기본적인 곤충학 서적에 언급된 백만 종의 곤충을 생각해 보라. 그 각각의 종에 속한 개체의 수를 상상할 수 있다면 상상해 보라. 이 땅의 작은 생물이 하늘의 별보다 더 많다고 생각하지 않는가. 하늘이라는 말이 마음에 안 든다면 우주라는 이 경련을 일으키는 실재에 항성 공간이라든가 하는 멋진 이름을 붙일 수도 있겠지만. 그 공간 안에서 우리는 거의 해체될 찰나에 있는 아주 작은 똥 조각에 불과하다. 어쨌든 현재 다섯 대륙 위로 다소 불균등하게 분포된 하찮은 칠십억의 남녀로 이루어진 인류를 책임지는 죽음은 부차적인 하급의 죽음이다. 그녀 자신도 타나토스의 위계에서 자신의 자리를 완벽하게 의식하고 있다. 자신의 이름을 대문자로 인쇄한 신문에 보낸 편지에서도 그녀는 이 점을 솔직하게 인정했다. 꿈의 문은 아주 쉽게 밀어 열 수 있다. 꿈은 모두 세금을 낼 필요도 없이 자유롭게 이용할 수 있다. 그것은 죽음에게도 마찬가지다. 그녀는 이제 첼리스트의 어깨 너머를 보는 일을 중단하고, 나방 한 대대를 책상 위에 세워놓고 점호를 한 다음, 가서 이러저러한 사람을 찾아서 네 등에 있는 죽음의 머리를 보여주고 돌아와라, 하고 명령을 내린다면 어떨까 하는 상상을 즐기고 있다. 음악가는 자신의 아케론티아 아트로포스가 펼쳐진 책장으로부터 허공으로 날아올랐다고 생각할 것이며, 그것이 그의 마지막 생각이자, 망막에 담고 가는 마지막 이미지가 될 터였다. 죽음을 알리는 검은 옷을 입은 뚱뚱한 여자, 마르셀 프루스트가 만났다고 하는 여자나 특별히 통찰력이 있는 사람들이 죽음을 맞이할 때 보았다고 하는 하얀 수의를 입은 귀신이 아니라. 나방 한 마리, 등에 해골 모양의 흰 무늬가 있는 크고 검은 나방 한 마리가 비단 같은 날개를 부스럭거리는 소리.

첼리스트는 시계를 보고 점심시간이 한참 지난 것을 알았다. 한 십 분 정도 똑같은 생각을 하고 있던 개가 주인 옆에 앉아 주인의 무릎에 머리를 기대고 주인이 세상으로 돌아오기를 참을성 있게 기다리고 있었다. 근처에 샌드위치를 비롯한 간단한 음식을 파는 작은 식당이 있었다. 첼리스트는 이 공원을 찾는 아침이면 이 식당에 가서 늘 똑같은 것을 주문한다. 자신이 먹을 참치 마요네즈 샌드위치 두 개와 와인 한 잔, 개가 먹을 살짝 익힌 쇠고기 샌드위치다. 오늘처럼 날씨가 좋으면 그들은 나무 그늘의 풀밭에 앉아 점심을 먹으면서 이야기를 나누었다. 개는 늘 가장 좋은 부분을 마지막까지 남겨두었다. 우선 빵조각부터 먹고, 그런 다음에 고기를 먹는 즐거움을 맛본다. 서두르지 않고, 의식적으로, 육즙을 음미하며 씹는다. 첼리스트는 자신의 입으로 들어가는 것에 관해서는 전혀 생각하지 않고 멍하니 먹었다. 바흐의 디 장조 모음곡을 곰곰이 생각하고 있었다. 특히 프렐류드와 극악하게 어려운 악절 하나를. 첼리스트는 그 악절 때문에 가끔 연주를 멈추고, 멈칫거리고, 의심을 하게 된다. 이것은 음악가의 인생에서 일어날 수 있는 최악의 일이다. 그들은 식사를 한 뒤 나란히 누웠다. 첼리스트는 잠깐 졸았다. 잠시 후 개는 잠이 들었다. 그들이 잠을 깨고 집으로 향하자 죽음도 같이 갔다. 개가 정원으로 뛰어들어가 장을 비우는 동안, 첼리스트는 악보대에 바흐의 모음곡을 올려놓고, 까다로운 부분을 펼쳤다. 진실로 극악무도한 피아니시모였다. 그는 이번에도 무자비한 머뭇거림을 경험했다. 죽음은 첼리스트가 안쓰러웠다, 가엾은 사람. 가장 심각한 문제는 첼리스트에게는 그것을 바로잡을 시간이 없다는 것이다. 물론 그렇다고 시간이 있다고 바로잡을 수 있다는 말은 아니다. 좀 낫다고 하는 사람들조차 엉뚱한 소리를 내곤 한다. 그때 처음으로 죽음은 아파트 어디에도 여자의 사진이 없다는 것을 알았다. 첼리스트의 어머니가 분명한 나이 든 여자의 사진뿐이었다. 늙은 여자와 함께 있는 남자는 그의 아버지인 것이 분명했다.

어려운 부탁을 해야겠어, 죽음이 말했다. 평소처럼 낫은 대답을 하지 않았다. 낫이 그 말을 들었다는 유일한 표시는 눈에 띌 듯 말 듯 몸을 부르르 떤 것뿐이었다. 그것은 당혹스러움을 나타내는 일반적인 신체적 표현이었다. 죽음의 입에서 그런 말, 부탁을 한다는 말, 그것도 어려운 부탁을 한다는 말은 한 번도 나온 적이 없었기 때문이다. 일주일 정도 자리를 비워야겠어, 죽음이 말을 이어나갔다, 그동안 편지 부치는 일을 나 대신 해줬으면 좋겠어, 물론 편지를 써달라는 건 아니야, 그냥 보내기만 하면 돼, 머릿속으로 명령을 내리고 네 날을 떨기만 하면 돼, 어떤 느낌, 감정, 뭐든지 네가 살아 있다는 것을 보여주는 것을 만들어내, 그럼 편지가 목적지로 갈 거야. 낫은 입을 다물고 있었다. 그 침묵은 질문과 같았다. 계속 오가면서 우편물 처리를 할 수가 없어서 그럴 뿐이야, 죽음이 말했다. 첼리스트 문제를 해결하는 데 집중해야 돼, 그놈의 편지를 첼리스트에게 줄 방법을 찾아야 돼. 낫은 기다리고 있었다. 죽음이 말을 이어갔다. 내 계획은 이래, 내가 없는 일주일 동안 부칠 편지를 써놓을 거야, 특별한 상황이니까 그래도 돼, 그리고 내가 말한 대로, 너는 보내기만 하면 돼, 그 자리에서 움직일 필요도 없어, 벽에 그대로 기대 있어도 돼, 나는 지금 최선을 다해서 부드럽게 이야기하는 거야, 알다시피, 친구로서 나를 위해 이 일을 해달라고 부탁하는 거야, 물론 이런저런 얘기를 안 하고 그냥 명령을 할 수도 있지, 하지만 이렇게 부탁을 하는 거야, 내가 최근에 너를 별로 이용하지는 않았지만, 그렇다고 해서 네가 나를 섬기는 의무에서 벗어난 건 아니니까. 낫이 체념한 채 입을 다물고 있다는 사실은 죽음의 말이 맞다는 것을 확인해 주었다. 그럼 우리 합의한 거야, 죽음이 결론을 내렸다. 오늘 편지를 쓰도록 할게, 아마 이천오십 통 정도 써야 할 거야, 상상해 봐, 내 손가락의 뼈가 다 드러나도록 죽어라 써야 할 거야, 다 쓰면 책상에 놔둘게, 왼쪽에서 오른쪽으로 날짜별로 나누어서 쌓아둘게, 잊지 마, 왼쪽에서 오른쪽이야, 알아들었지, 여기에서 여기야, 만일 사람들이 늦든 빠르든 엉뚱한 시간에 통지를 받으면, 일이 또 엉망으로 망가질 거야. 사람들은 침묵이 동의를 의미한다고 말한다. 낫은 입을 다물고 있었고, 따라서 동의를 한 셈이었다. 죽음은 수의로 몸을 싸고, 시야를 가리지 않도록 두

건은 벗고, 앉아서 일을 하기 시작했다. 죽음은 편지를 쓰고 또 썼다. 몇 시간이 흘렀음에도 죽음은 계속 편지를 쓰고 있었다. 편지가 있었고, 봉투가 있었다. 편지를 접고 봉투에 넣은 다음 봉해야 했다. 어떤 사람들은 죽음에게는 혀도 침도 없는데 어떻게 그런 일을 하느냐고 물을 것이다. 그것은 헌것을 수선하며 살던 그리운 옛 시절, 우리가 아직 근대의 석기 시대, 근대가 막 동트던 시기를 살던 때나 걱정할 일이다. 요즘에는 봉투가 스스로 봉해진다. 작은 종이 띠만 벗겨내면 그것으로 끝이다. 사실 혀를 사용하던 많은 일들 가운데 이제 봉투 붙이기는 과거의 일이 되었다고 말할 수 있다. 죽음은 실제로 손가락의 뼈가 다 드러나도록 일을 한다. 물론 죽음은 이미 다 뼈이기 때문이다. 이것은 언어에서 고정이 되어버린 구절, 원래의 의미에서 벗어났는데도 오랜 세월 동안 계속 사용되고 있는 구절의 전형적인 예다. 이 경우 죽음은 물론 해골이므로 어차피 뼈에 불과하다는 사실을 잊은 것이다. 엑스레이를 보기만 하면 된다. 죽음은 평소의 물리치는 듯한 손동작으로 오늘 부칠 이백팔십 통 정도의 봉투를 초공간으로 보낸다. 따라서 낫은 내일부터 방금 위임받은 공식 발송 업무를 시작하면 된다. 한 마디 말도 없이, 작별 인사나 나중에 보자 하는 말도 없이 죽음은 의자에서 일어나 방의 유일한 문, 우리가 어디로 통하는지 전혀 모르면서 종종 언급했던 좁고 작은 문으로 간다. 죽음은 문을 열고 안으로 들어가더니 문을 닫는다. 그 광경에 전율을 느낀 낫은 날의 끝에서부터 밑동까지 부르르 떤다. 낫의 기억에 그 문은 이제까지 한 번도 사용된 적이 없었기 때문이다.

몇 시간이 흘렀다. 바깥에서는 해가 뜨는 데 필요한 시간이었지만, 이 춥고 하얀 방에는 해가 뜨지 않는다. 창백한 전구들이 언제나 밝혀져 있는데, 아마 어둠을 무서워하는 주검으로부터 컴컴한 그림자들을 막아내려고 설치해 놓은 것 같다. 낫이 두 번째 편지 무더기를 방에서 사라지게 할 명령을 내리기에는 아직도 너무 이르다. 따라서 낫은 조금 더 잘 수 있다. 사실 이것은 불면증 환자들이 밤새 한잠도 자지 못했을 때 하는 말이다. 이 가엾은 사람들은 단 일 분의 수면도 허락받지 못했으면서 조금만 더, 조금만 더 하고 부탁을 하면 잠을 속일 수 있다고 생각한다. 어쨌든 낫은 조금 더 혼자 있으면서 죽음이 봉인된 문, 영원히 저주받은 문, 낫이 이곳에서 사는 동안 한 번도 봉인이 풀린 적이 없었던 문으로 나갔다는 주목할 만한 사실을 설명할 방법을 찾으려고 노력했다. 결국 낫은 이해하려는 시도를 포기했다. 조만간 문 뒤에서 무슨 일이 벌어지는지 알게 될 터였다. 죽음과 낫 사이에는 비밀이 거의 불가능하기 때문이다. 낫과 그것을 휘두르는 손 사이에 비밀이 없는 것과 마찬가지다. 오래 기다릴 필요도 없었다. 시계로 겨우 삼십 분이 지나자 문이 열리고 여자 한 명이 나타났다. 낫도 그런 일이, 죽음이 인간으로 변신하는 것이 가능하다는 이야기를 들은 적이 있었다. 여자를 더 좋아하는데, 그것이 그녀의 평소의 성이기 때문이라고 했다. 그러나 낫은 그것이 그냥 다른 많은 것들과 비슷한 이야기, 신화, 전설이라고 생각해 왔다. 예를 들어 피닉스가 자신의 재에서 다시 태어난다든가, 달에 있는 남자가 안식일에 일을 했기 때문에 등에 장작을 지고 다닌다든가, 문하우젠 남작이 자신의 머리카락을 잡아당긴 덕분에 늪에 빠져 죽지 않고 말과 함께 살아났다든가, 트란실바니아의 드라큘라는 아무리 여러 번 죽여도 죽지 않는데, 다만 심장에 말뚝을 박으면 죽일 수 있으며, 그렇게 해놓고도 어떤 사람들은 그가 죽지 않을 것이라고 생각한다든가, 옛날 아일랜드의 유명한 돌은 진짜 왕이 손을 대면 소리를 지른다든가, 에피루스의 샘은 불이 켜진 횃불은 끄고 꺼진 횃불에는 불을 붙인다든가, 뿌린 씨앗이 잘 자라도록 여자들이 월경의 피로 밭을 적신다든가, 개미가 개만 하다든가, 개가 개미만 하다든가, 둘째 날일 수는 없기 때문에 셋째 날에 부활한다든가. 아주 예뻐 보이십니다, 낫이 말했다. 사실이었다. 죽음은 아주 예뻐 보였다. 젊었다. 인류학자들이 계산한 대로 서른여섯이나 서른일곱쯤 되었다. 말을 했구나, 죽음이 놀라서 말했다. 그럴 만한 이유가 있는 것 같아서요, 죽음이 자신의 적인 인간으로 변신하는 것은 매일 볼 수 있는 일이 아니잖습니까. 그러니까 내가 예뻐 보여서 말을 한 게 아니로구나. 아, 그것도 있습니다, 그것도 있어요, 하지만 마르셀 프루스트 씨한테 나타났을 때처럼 검은 옷을 입은 뚱뚱한 여자로 변장을 했어도 말을 했을 겁니다. 나는 뚱뚱하지도 않고, 검은 옷을 입지도 않아. 너는 마르셀 프루스트가 누군지도 몰라. 당연한 말이지만, 우리 낫들은 사람을 베는 낫이든 풀을 베는 낫이든 읽는 법을 배운 적은 없습니다, 하지만 기억력은 좋지요, 저는 피를 잘 기억하고, 다른 낫들은 즙을 잘 기억하지요, 저는 프루스트의 이름을 몇 번 들어 보았고, 여러 사실들을 조합해 보았습니다, 프루스트는 위대한 작가죠, 세상에 살았던 가장 위대한 작가로 꼽힙니다, 그의 파일이 오래된 자료실 어딘가에 있을 겁니다. 그래, 하지만 내 자료실에는 없어, 나는 프루스트를 죽인 죽음이 아니야. 그럼 그 마르셀 프루스트 씨는 여기 출신이 아니었습니까. 아니지, 그 사람은 다른 나라, 프랑스라는 곳 출신이야. 대답하는 죽음의 목소리에는 슬픈 기색이 섞여 있었다. 걱정 마십시오, 프루스트를 죽인 죽음이 주인님이 아니라는 건 오늘 아주 예뻐 보인다는 사실로 위로를 받으세요. 알다시피, 나는 늘 너를 친구로 생각했어, 하지만 내 슬픔은 내가 프루스트를 죽이지 않았다는 거하고는 아무런 상관이 없어. 그럼 왜 그러시죠. 글쎄, 나도 설명을 할 수 있을지 자신이 없는데. 낫은 생각에 잠긴 표정으로 죽음을 보다가 화제를 바꾸는 것이 좋겠다고 생각했다, 지금 입고 있는 옷은 어디서 난 건가요. 저 문 뒤에 가면 많아, 저기는 옷장 같지, 커다란 극장 분장실 같아, 마네킹이 수백 개에 옷걸이는 수천 개지. 저를 거기에 좀 데려가주세요, 낫이 애원했다. 왜, 너는 패션이나 스타일에 관해서는 아무것도 모르잖아. 글쎄요, 주인님을 보니 주인님도 저보다 별로 아는 것이 없어 보이는데요, 주인님이 지금 입은 옷은 전혀 어울리지 않는 것 같아요. 너는 이 방을 떠난 적이 없어서 사람들이 요즘 뭘 입고 다니는지 모르잖아. 그 블라우스는 제가 활동적인 삶을 살던 시절에 봤던 것들하고 아주 흡사한데요. 패션은 돌고 도는 거야, 왔다 가고, 갔다 오고 해, 내가 저 바깥 거리에서 보는 걸 너한테 말해 줄 수 있으면 좋겠다만. 그걸 말해 주실 필요는 없습니다, 주인님 말씀을 믿으니까요. 그러니까 이 블라우스가 바지와 구두 색깔하고 잘 어울리지 않는다는 거야. 어울려요. 그리고 내가 쓰고 있는 이 모자하고도. 네, 그거하고도요. 이 모피 외투하고도. 네. 이 숄더백하고도. 네, 그렇다니까요. 이 귀걸이하고도. 아, 그만하세요. 계속해, 인정하란 말이야, 내가 견딜 수 없을 정도로 매혹적이라는 걸 말이야. 그거야 주인님이 어떤 남자를 유혹하고 싶으냐에 달린 거죠. 하지만 내가 예뻐 보인다면서. 처음에 그렇게 말했지요. 그럼 됐어, 잘 있어, 일요일, 늦어도 월요일에는 돌아올 테니까, 매일 편지 부치는 거 있지 마, 하루 종일 벽에 기대 있을 뿐이니까 너무 힘든 일이라고 할 수는 없겠지. 그 편지는 갖고 가시나요, 낫이 물었다. 지나치게 비꼬는 투로 들리지 않게 조심했다. 그래, 여기 있어, 죽음이 잘 손질된 늘씬한 손가락 끝으로 가방을 두드렸다. 누구라도 기꺼이 입을 맞추고 싶을 만한 손이었다.

죽음은 대낮에 좁은 거리에 나타났다. 양쪽으로 담이 있었다. 도시의 외곽에 가까운 곳이었다. 하지만 죽음이 오면서 통과했을 만한 문이나 대문은 보이지 않는다. 죽음이 차가운

지하실 방에서 이곳으로 오는 길을 재구축해 볼 수 있는 실마리도 없다. 해는 보통 그녀의 텅 빈 눈구멍을 괴롭히지 않는다. 바로 이 점 때문에 고고학 발굴현장에서 발견되는 두개골이 얼굴에 갑자기 햇빛이 비치고, 행복한 인류학자가 이 발견물이 네안데르탈인의 모든 징표를 보여준다고 말하는 소리가 들려올 때도 눈까풀을 내리깔 필요가 없는 것이다. 물론 이후의 조사에서 이 뼈가 천박한 호모 사피엔스에 불과하다는 사실이 왕왕 드러나기도 하지만. 그러나 죽음, 여자가 된 이 죽음은 가방에서 짙은 색안경을 꺼내 이제 인간의 눈이 된 자신의 눈을 심한 결막염에 걸릴 위험으로부터 보호한다. 그런 결막염은 아직 여름 아침의 밝은 햇빛에 익숙하지 않은 그녀 같은 사람이 더 잘 걸릴 터이기 때문이다. 죽음은 담이 끝나는 곳까지 걸어간다. 그곳에서부터 건물이 시작된다. 그곳부터는 익숙한 땅이다. 그녀의 눈앞에 펼쳐진 이 집들, 도시와 시골의 경계에 이르기까지 그 모든 집들 가운데 죽음이 적어도 한 번이라도 가보지 않은 집은 없다. 앞으로 두 주 후면 심지어 저쪽에 짓고 있는 건물에도 들어가게 될 것이다. 마음이 산란하여 조심성 없이 발을 옮기는 석공을 비계에서 떨어뜨려야 하기 때문이다. 우리는 그런 경우에, 그게 인생이야, 하고 말하곤 한다. 하지만 사실, 그게 죽음이야, 하고 말하는 게 훨씬 더 정확하다. 그러나 막 택시에 타고 있는, 색안경을 쓴 여자를 본다면 죽음이라고 부르지 못할 것 같다. 외려 그녀가 생명의 화신이라고 여겨 숨을 헐떡이며 그녀 뒤를 쫓아 달려갈지도 모른다. 다른 택시가 있다면 기사에게, 저 택시를 쫓아가주시오, 하고 말하겠지만, 그건 소용없는 짓이다. 그녀를 태운 택시는 이미 모퉁이를 돌았고, 우리가, 저 택시 좀 쫓아가주시오, 하고 말할 수 있는 다른 택시는 없기 때문이다. 바로 이런 경우라면, 그게 삶이야, 하고 말하면서 체념하고 어깨를 으쓱하는 것도 맞다고 하겠다. 어쨌든 간에 한 가지 위로가 되는 사실이 있다면, 그것은 죽음이 가방에 넣어 들고 가는 편지에는 우리가 아닌 다른 수신자의 이름과 주소가 적혀 있다는 것이다. 우리가 비계에서 떨어질 차례는 아직 오지 않았기 때문이다. 죽음이 택시 기사에게 첼리스트의 주소를 말했을 것이라고 예상하는 것이 당연하겠지만, 사실 죽음은 그 주소가 아니라 첼리스트가 공연을 하는 극장 주소를 댔다. 이전에 두 번 실패를 했기 때문에 죽음이 안전하게 일을 처리하기로 결정한 것은 사실이다. 하지만 책을 꼼꼼히 읽는 사람이라면 이미 눈치를 챘겠지만, 죽음이 여자로 변신한 것은 우연이 아니다. 전에도 이야기했듯이, 죽음과 여자는 모두 여성이므로, 여성이 죽음의 자연스러운 성인 것이다. 낯은 바깥 세계의 경험, 특히 감정, 욕망, 유혹 같은 경험이 전혀 없음에도, 죽음과 대화를 하다가 어느 시점에서인가 어떤 남자를 유혹하고 싶으냐는 이야기를 꺼냈는데, 그것은 정곡을 찌른 것이다. 유혹, 그것이 핵심적인 말이었다. 죽음은 첼리스트의 집으로 곧장 가서, 초인종을 누르고, 첼리스트가 문을 열면 매혹적인 미소라는 미끼를 던지고, 아, 먼저 색안경을 벗어야겠지만, 어쨌든 미소를 던지고, 자신이 예를 들어 백과사전 외판원이라고 소개를 할 수도 있을 것이다. 아주 진부한 책략이기는 하지만, 거의 언제나 효과가 있는 책략이다. 그러면 첼리스트는 안으로 들어와 차 한 잔을 하며 조용히 이야기를 하자고 권할 수도 있을 것이고, 아니면 바로 관심이 없다면서 미안하다는 말과 함께 문을 닫으려고 할 수도 있을 것이다. 설사 음악 백과사전이라 해도 관심이 없습니다, 첼리스트는 수줍은 웃음을 지으며 그렇게 말할지도 모른다. 어떤 상황이든 편지를 전달하기는 쉬울 것이다. 터무니없을 정도로 쉬울 수도 있다. 그러나 그것이 바로 죽음이 싫어하는 것이다. 남자는 그녀를 모르지만, 그녀는 남자를 알았다. 남자와 같은 방에서 하룻밤을 보냈다. 남자가 연주하는 것도 들었다. 마음에 들든 들지 않든, 그런 것에서 유대가 생기고, 어떤 일치가 형성되고, 관계가 시작된다. 따라서 느닷없이, 선생은 죽을 겁니다, 이제 일주일 안에 첼로를 팔고, 개를 맡아줄 다른 사람을 구하십시오, 하고 선언하는 것은 이렇게 예쁜 여자에게는 너무 잔혹한 일이다. 그래, 그녀에게는 다른 계획이 있었다.

극장 입구의 포스터가 존경할 만한 공중에게 이번 주에 국립 교향악단의 연주회가 두 번 열릴 예정임을 알리고 있었다. 하나는 목요일, 즉 모레였고, 또 하나는 토요일이었다. 현미경을 들이대듯 빈틈없는 관심으로 이 이야기를 따라오면서 모순, 실수, 생략, 논리적 결함을 찾아내려고 하던 사람이라면 죽음이 자신이 있던 지하실 방, 현금 인출기나 문을 연 은행도 없는 방에서 나온 지 두 시간밖에 지나지 않았는데 이 두 연주회의 표를 살 돈을 낸다는 것에 당연히 호기심을 느끼고 그 방법을 알고 싶어할 것이다. 그리고 기왕 심문을 하는 분위기로 접어든 김에 똑같은 호기심에서, 택시 기사가 색안경을 쓰고, 멋진 미소를 날리는 몸매 좋은 여자한테는 요금을 받지 않느냐고 묻고 싶을 것이다. 의도가 불순한 암시가 뿌리를 내리기 전에 서둘러 말하자면, 죽음은 미터기에 나온 요금만이 아니라 팁까지 냈다는 점을 밝혀두어야겠다. 돈이 어디서 났느냐는 문제에 관해서는, 여전히 그 점을 걱정하는 독자가 있다면, 색안경과 같은 곳, 즉 숄더백에서 나왔다고 말하는 것으로 충분할 것이다. 우리가 아는 한, 원칙적으로 어떤 물건이 다른 물건과 같은 장소에서 나온다고 해서 안 될 것은 없기 때문이다. 죽음이 택시비로 낸 돈, 연주회의 표를 구입한 돈, 그뿐만 아니라 다음 며칠을 묵을 호텔에 낸 돈이 지금은 유통되지 않는 것일 수도 있다. 우리가 어떤 종류의 돈과 함께 잠자리에 들었다가 다른 종류와 함께 일어나는 것이 처음 있는 일이 아니기 때문이다. 물론 그 돈은 품질에 문제가 없으며, 현행법에 위배되지 않는다고 가정해야 할 것이다. 다만, 죽음의 속임수를 쓰는 재능을 우리가 아는 만큼, 택시 기사가 속는 줄도 모르고 색안경을 쓴 여자한테서 이 세상 것이 아닌, 적어도 이 시대 것이 아닌 지폐를 받았을 수는 있다. 국왕 전하의 낯익은 위엄 있는 얼굴이 아니라 공화국 대통령의 얼굴이 담긴 지폐를 받았을 수도 있다는 것이다. 극장의 매표소는 막 문을 열었다. 죽음은 안으로 들어가, 웃음을 짓고 인사를 하면서, 가장 비싼 좌석 두 개를 달라고 한다. 하나는 목요일 연주회, 또 하나는 토요일 연주회 것으로. 죽음은 직원에게 두 연주회 모두 똑같은 자리를 원하며, 더 중요한 것으로 그 자리가 오른쪽에서 무대와 가능한 한 가까워야 한다고 말한다. 죽음은 가방에 손을 쑥 집어넣어 지갑을 꺼내더니 맞는 액수라고 여기는 돈을 건네주었다. 직원은 거스름돈을 주었다. 여기 있어요, 여직원이 말했다, 즐겁게 관람하시기 바랍니다, 그런데 처음이시죠, 그렇죠, 전에 뵌 기억이 없어서요, 저는 사람들을 잘 기억하거든요, 사실, 저는 절대 얼굴을 잊지 않아요, 물론 안경을 쓰면 바뀌어 보이기는 하죠, 특히 지금 쓰신 것처럼 색안경을 쓰면요. 죽음은 안경을 벗었다, 지금은 어때요. 어, 분명히 전에 뵌 적이 없어요. 아마 그건 여기 서 있는 사람, 지금 나인 사람이 연주회 표를 사는 것이 처음이기 때문일 거예요, 사실은 바로 며칠 전에 오케스트라 리허설에 참석해서 재미있게 보았는데 아무도 내가 있다는 걸 눈치 채지 못하더군요. 죄송합니다만, 무슨 말씀이신지. 나중에 설명해 달라고 말하세요. 나중에 언제요. 아, 언젠가, 언제나 반드시 오고야 마는 날에. 어머, 무서워요. 죽음은 예쁜 미소를 지으며 물었다, 솔직히 말해 봐요, 내가 무서워 보이나요. 아뇨, 그런 뜻이 아니에요. 그럼 내가 하라는 대로 해요, 웃음을 짓고 좋은 것만 생각해요. 연주회 시즌이 한 달은 더 계속될 거예요. 그거 좋은 소식이네요. 그럼 다음 주에도 볼 수 있을 테니까요. 어, 저는 언제나 여기 있어요, 극장의 가구나 마찬가지죠. 걱정 말아요, 여기 없더라도 내가 찾아낼 테니까. 그럼 알겠습니다, 기다리겠어요. 아, 반드시 오겠어요. 죽음은 잠시 입을 다물었다가 물었다. 그런데 댁이나 댁의 가족 가운데 누가 자주색 편지를 받은 적이 있나요. 죽음이 보낸 편지요. 맞아요. 아뇨, 다행히도 없어요, 하지만 우리 이웃의 일주일이 내일이면 끝나요. 그분은 그것 때문에 정말 끔찍한 상태죠. 어쩌겠어요, 그게 인생인데. 네, 그건 그래요, 여자가 한숨을 쉬었다. 그게 인생이죠. 다행히도 사람들이 더 들어와 표를 사려고 했다. 그렇지 않았다면 이 대화가 어디로 흘러갔을지 누가 알겠는가.

이제 음악가의 집에서 멀지 않은 호텔을 찾는 일이 남았다. 죽음은 시내로 천천히 걸어가, 여행사로 들어갔다. 도시 지도를 좀 보자고 하여, 금세 극장을 찾았다. 그녀의 검지는 거기에서 지도를 가로질러 첼리스트가 사는 곳으로 갔다. 약간 한적한 곳이었지만, 근처에 호텔이 몇 개 있었다. 직원이 호사스럽지는 않지만 편안한 호텔을 하나 추천했다. 직원은 자신이 전화로 예약을 해주겠다고 나서기까지 했다. 죽음이 수고비로 얼마나 주어야 하냐고 묻자, 직원은 웃으면서 대답했다. 외상으로 해드리죠, 뭐. 이보다 더 흔한 일이 어디 있겠는가. 사람들은 생각 없이 말을 한다. 그냥 말을 내뱉고 결과는 생각해 보지도 않는다. 외상으로 해드리죠, 뭐, 남자 직원은 그렇게 말하면서, 틀림없이 뿌리박힌 남성적인 허영심에 이끌려 가까운 미래에 이루어질 기쁜 만남을 상상했을 것이다. 이때 여차하면 죽음은 차가운 눈으로, 조심해, 너 지금 누구하고 얘기하고 있는지 알아, 하고 대꾸할 수도 있었을 것이다. 그러나 죽음은 그냥 희미하게 미소를 지은 뒤 고맙다고 말하며 전화번호나 명함도 남기지 않고 밖으로 나갔다. 향수 냄새가 자욱한 공기 속에서, 장미와 국화 냄새가 섞인 공기 속에서, 직원은, 그래, 바로 그 냄새야, 반은 장미 반은 국화, 그렇게 중얼거리며 천천히 도시 지도를 접었다. 거리로 나온 죽음은 손을 들어 택시를 불러 기사에게 호텔 주소를 말해 주었다. 전혀 만족스럽지가 않았다. 매표소의 친절한 여직원을 두려움에 떨게 하고 그녀를 놀렸는데, 그것은 사실 용서할 수 없는 일이었다. 사람들은 그렇지 않아도 죽음을 몹시 두려워한다. 굳이 그들 앞에 나타나 웃음을 지으며 이렇게 말할 필요는 없다, 안녕, 나야, 그 불길한 라틴어 구절, 메멘토, 호모, 키아 풀비스 에스 에트 인 풀베렘 레베르테리스(memento, homo, quia pulvis es et in pulverem reverteris ; 인간이여, 너는 흙이며 흙으로 다시 돌아갈 것임을 기억하라—옮긴이)의 최신 판본, 아니 낯익은 판본이라고 할 수 있지. 그런데 그것으로도 모자랐는지 죽음은 또 한 사람의 매우 사근사근하고 친절한 사람을 한심한 질문, 이른바 상층 계급 사람들이 그들 밑에 있는 사람들에게 하는 뻔뻔스러운 질문, 너 지금 누구하고 얘기하고 있는지 알아, 하는 질문으로 꼬챙이에 꿰려 했다. 안 돼,

죽음은 자신의 행동이 기쁘지 않다. 죽음은 자신이 해골의 모습이었다면 절대 그렇게 행동하지 않았을 것임을 확신했다. 아마 내가 인간의 모습을 하고 있기 때문일 거야, 죽음은 생각했다, 이런 짓들이 자꾸만 하고 싶어져. 죽음은 창밖을 내다보았다. 택시가 달리는 거리를 알아보았다. 이곳은 첼리스트가 사는 거리이며, 첼리스트가 사는 곳은 일층 아파트다. 죽음은 명치끝이 팽팽해지고, 신경이 갑자기 흥분하는 것 같았다. 사냥꾼이 사냥감을 보았을 때, 사냥감이 시야에 들어왔을 때 몸을 훑고 가는 전율과 비슷했다. 일종의 모호한 두려움일 수도 있었다. 마치 자신에 대한 두려움이 찾아오는 것 같았다. 택시가 멈추었다. 여기가 그 호텔입니다. 기사가 말했다. 죽음은 극장의 여자가 준 잔돈을 주었다. 나머지는 가지세요, 죽음이 말했다. 나머지가 미터기에 나온 액수보다 더 많다는 것도 몰랐다. 그녀에게도 변명할 말이 있다. 이런 형태의 대중 운송수단 이용은 이번이 처음이라는 것이다.

죽음은 안내 데스크로 다가가면서 여행사 직원이 자신의 이름을 물어보지 않았다는 사실을 기억했다. 그는 호텔에 그냥 이렇게 말했다, 손님을 한 명 보내겠습니다, 네, 손님이요, 지금. 그리고 이제 그녀가 나타난 것이다. 이 손님은 자신의 이름이 죽음이라고, 소문자로 시작하는 죽음이라고 밝힐 수가 없었다. 그렇다고 어떤 이름을 말해야 좋을지 모르겠다고 말할 수도 없었다. 하지만 아, 가방, 어깨에 맨 가방, 색안경과 돈이 나왔던 가방, 이 가방에서 틀림없이 어떤 신분증이 나올 것이다. 안녕하세요, 어서 오십시오, 안내원이 물었다. 십오 분 전에 여행사에서 전화로 예약을 했는데요. 네, 제가 그 전화를 받았습니다. 그래서 방을 얻으려고요. 이 양식을 좀 작성해 주시겠습니까. 죽음은 이제 자기 이름이 무엇인지 안다. 책상 위에 놓인 신분증에서 그 이름을 본다. 색안경 덕분에 거기 적힌 것들, 이름, 출생지, 국적, 혼인 상태, 직업 등을 안내원 모르게 몰래 베낄 수 있을 것이다. 여기 있어요, 죽음이 말했다. 호텔에는 얼마나 묵으실 겁니까. 다음 월요일까지요. 신용카드 좀 주시겠습니까. 아, 안 가져왔는데요, 하지만 지금 미리 돈을 낼 수도 있어요. 아니오, 아닙니다, 그러실 필요는 없습니다. 여자 안내원은 신분증을 집어들고 양식에 적힌 정보를 확인하다가 어리둥절한 표정으로 고개를 들어 죽음을 흘끗 보았다. 신분증에는 훨씬 더 나이가 많은 여자의 사진이 붙어 있었기 때문이다. 죽음은 색안경을 벗고 웃음을 지었다. 안내원은 혼란스러워 하면서 다시 신분증을 보았다. 이제 사진과 눈앞의 여자는 한 꼬투리에서 나온 콩 두 개처럼 똑같았다. 짐이 있나요, 안내원이 물으며 손으로 땀이 흐르는 이마를 훔쳤다. 아니오, 쇼핑을 좀 하러 온 거예요.

　죽음은 하루 종일 방에 머물며, 점심과 저녁도 호텔에서 먹었다. 늦게까지 텔레비전을 보았다. 이윽고 침대에 들어가 불을 껐다. 그녀는 잠을 자지 않았다. 죽음은 결코 잠들지 않는다.

죽음은 어제 시내 상점에서 산 새 드레스를 입고 연주회에 간다. 박스에 혼자 앉아 있다. 리허설 때와 마찬가지로 첼리스트를 보고 있다. 불이 꺼지기 직전, 오케스트라가 지휘자의 등장을 기다리는 순간, 첼리스트가 그녀를 보았다. 첼리스트만 본 것이 아니었다. 첫째로, 그녀는 박스에 혼자 앉아 있었기 때문이다. 드문 일이라고 할 수는 없었지만, 그렇다고 자주 있는 일도 아니었다. 둘째로, 그녀는 예뻤기 때문이다. 청중 가운데 가장 예쁜 여자는 아니었겠지만, 말로 표현할 수 없는, 어떤 특별하고 규정할 수 없는 방식으로 예뻤다. 어떤 시구(詩句), 그 궁극적 의미, 시에 그런 의미가 있는지는 몰라도, 어쨌든 그 의미가 번역자를 계속 피해가는 시구 같았다. 그리고 마지막으로, 사방의 공허와 부재에 둘러싸인 채, 마치 텅 빈 허공에 존재하는 것처럼 박스에 혼자 있는 그 모습이 절대적 고독의 표현처럼 보였기 때문이다. 얼음장 같은 지하실 방에서 나온 이후로 그렇게 자주 또 그렇게 위험하게 웃음을 짓던 죽음은 이제 웃음을 짓지 않는다. 청중석의 남자들은 모호한 호기심을 느끼며 그녀를 관찰한다. 여자들은 강렬한 불안을 느끼고 있다. 하지만 죽음은 공중에서 양을 향해 돌진하는 독수리처럼 첼리스트만 보고 있을 뿐이다. 그러나 한 가지 차이가 있다. 어김없이 먹이를 붙잡는, 청중석에 앉은 이 독수리의 눈에는 엷은 베일 같은 동정심이 덮여 있다. 우리가 알다시피 하늘의 독수리는 죽일 수밖에 없다. 그것이 그들의 본성이다. 하지만 어쩌면 여기 이 독수리는 아무런 방어력이 없는 양과 마주치면 강력한 날개를 펼치고 하늘로, 허공의 차가운 공기로, 손에 쥐어지지 않는 구름 떼 속으로 돌아가는 쪽을 택하고 싶을지도 모른다. 오케스트라가 조용해졌다. 첼리스트는 솔로를 연주하기 시작한다. 마치 오직 그것만을 위해 태어난 사람처럼. 그는 박스에 앉은 여자가 새로 산 핸드백 안에 그에게 보내는 자주색 편지를 넣고 있다는 사실을 모른다. 첼리스트는 그것을 모른다. 어떻게 알겠는가. 그럼에도 마치 세상에 작별을 고하듯이, 마침내 지금까지 말하지 않았던 모든 것을, 잘려나간 꿈을, 좌절된 갈망을, 한 마디로 삶을 이야기하고 있다는 듯하다. 다른 연주자들이 놀라서 그를 물끄러미 바라본다. 지휘자도 놀라움과 존경심이 담긴 눈으로 바라본다. 청중은 한숨을 쉰다. 전율이 그들을 훑고 지나간다. 독수리의 날카로운 눈을 덮었던 동정심의 베일은 이제 눈물의 베일로 바뀐다. 솔로가 끝나고 오케스트라가 크고 느린 바다처럼 밀려와 첼로의 노래를 부드럽게 삼키고, 흡수하여 확대한다. 음악이 침묵으로, 어렴풋한 그림자 같은 떨림으로 바뀌어버리는 곳으로 그 노래를 끌고 가려는 것 같다. 지나가는 나비가 잠깐 앉았다 간 큰북의 마지막, 귀에 들리지 않는 웅얼거림처럼 그 떨림이 살갗을 스쳐갔다. 아케론티아 아트로포스의 비단결 같은, 심술궂은 날개가 빠르게 퍼덕거리며 죽음의 기억을 통과하여 지나갔다. 그러나 그녀는 손을 저어 그 기억을 쓸어버렸다. 그 동작은 지하실의 책상에서 편지를 사라지게 했던 손짓 같기도 하고, 첼리스트에게 보내는 감사의 손짓 같기도 했다. 첼리스트는 지금 그녀 쪽으로 고개를 돌리고 있었다. 그의 눈은 극장의 따뜻한 어둠을 통과할 길을 찾고 있었다. 죽음이 다시 그 손짓을 반복했다. 마치 그녀의 가느다란 손가락들이 활을 움직이는 손 위에 잠시 올라간 것 같았다. 그러나 심장이 음을 하나 놓치게 하려고 모든 일을 다 했음에도, 첼리스트는 한 음도 놓치지 않았다. 이제 그녀의 손가락은 다시 그를 건드리지 않을 터였다. 예술가가 자신의 예술에 몰두하는 동안에는 절대 방해를 해서는 안 된다는 것을 죽음이 깨달았기 때문이다. 연주회가 끝나고 청중이 큰 소리로 환호했을 때, 불이 켜지고 지휘자가 오케스트라를 일으켜 세웠을 때, 이어 첼리스트만 홀로 세워 그가 받아 마땅한 몫의 환호를 받게 했을 때, 죽음은 일어서서 마침내 웃음을 지으며 말없이 두 손을 자신의 가슴에 얹었다. 그냥 보고만 있었다. 그게 다였다. 손뼉은 다른 사람들이 치게 했다. 브라보는 다른 사람들이 외치게 했다. 지휘자를 열 번이나 다시 불러내는 일은 다른 사람들이 하게 했다. 그녀는 그냥 바라볼 뿐이었다. 이윽고, 천천히, 내키지 않는다는 듯이, 청중이 자리를 뜨기 시작했다. 오케스트라는 짐을 싸고 있었다. 첼리스트가 박스를 보았을 때, 그녀는, 여자는, 이제 그곳에 없었다. 아, 뭐, 이게 인생이지, 첼리스트는 중얼거렸다.

그러나 첼리스트가 틀렸다. 인생이 늘 그런 것은 아니다. 박스의 여자는 무대 출입구에서 그를 기다리고 있다. 음악가들 몇 명이 나가면서 여자를 뚫어져라 바라본다. 하지만 어떻게 알았는지는 몰라도, 여자가 보이지 않는 산울타리에, 다가가면 아주 작은 나방처럼 타버릴 고압선 담장에 둘러싸여 있음을 깨닫는다. 이윽고 첼리스트가 나타났다. 첼리스트는 여자를 보자 흠칫 놀랐다. 거의 한 걸음 물러설 뻔했다. 가까이서 보니 여자는 여자가 아닌 어떤 다른 존재 같은 느낌이 들었기 때문이었다. 다른 천체에서, 다른 세계에서, 달의 어두운 면에서 온 것 같았다. 첼리스트는 머리를 숙이고, 떠나는 동료들에게 합류하여 달아나려 했다. 그러나 어깨에 걸친 첼로 케이스 때문에 탈출이 어려웠다. 여자는 첼리스트 앞에 있었다. 여자는 말하고 있었다, 달아나지 마세요, 그냥 선생님 연주를 듣고 흥분도 되고 좋기도 해서 감사를 하러 온 것뿐이에요. 정말 고맙습니다만, 저는 그저 오케스트라 연주자일 뿐입니다. 유명한 콘서트 아티스트도 아닌데요. 팬들이 그저 손이라도 잡아보고 서명이라도 받으려고 몇 시간씩 기다리는 그런 사람이 아니거든요. 그게 문제라면, 제가 서명을 부탁드릴게요. 괜찮으시다면 말이에요. 서명 수첩을 들고 오지는 않았지만, 딱 어울릴 것 같은 봉투가 하나 있어요. 아닙니다, 오해를 하셨군요. 제 말은, 이렇게 관심을 가져주셔서 고맙기는 하지만, 제가 그럴 만한 사람이 못 된다는 겁니다. 청중은 그렇게 생각하지 않는 것 같던데요. 글쎄요, 저한테 괜찮은 날이었던 것만큼은 분명합니다. 맞아요, 그 괜찮은 날이 공교롭게도 제가 오늘 밤 여기에 온 것과 맞아 떨어졌죠. 아, 감사할 줄 모른다거나 무례하다고 생각하시지 않았으면 좋겠는데요, 아마 내일이면 오늘 밤의 흥분이 다 사라질 겁니다. 그리고 오늘 갑자기 나타나셨듯이, 또 갑자기 사라지실 거고요. 저를 잘 모르시네요. 저는 한 번 마음먹으면 끝까지 가는 사람이에요. 마음먹은 게 뭔데요. 아, 하나뿐이에요, 선생님을 만나는 거. 그럼 이제 저를 만나셨으니, 작별 인사를 해도 되겠군요. 제가 무섭나요, 죽음이 물었다. 아니오, 그저 좀 곤혹스러울 뿐입니다. 나의 존재 때문에 곤혹스럽다면 큰일 아닌가요. 곤혹스럽다고 해서 반드시 무서운 건 아닙니다. 그냥 신중해지라는 신호일 수 있는 거죠. 신중함이란 불가피한 것을 미루는 역할밖에 못해요. 조만간 굴복하게 되죠. 제 경우는 그렇지 않기를 바랍니다. 아, 틀림없이 그렇게 될 거예요. 첼리스트는 첼로 케이스를 다른 쪽 어깨로 옮겼다. 피곤하신가요, 여자가 물었다. 첼로가 무거운 게 아닙니다, 케이스가 무겁죠, 이건 특히 그래요, 구식이라서요. 음, 선생님하고 이야기를 좀 해야 돼요. 하지만 어떡하죠, 자정이 다 되었고, 모두 떠났는데. 저기 아직 사람들이 조금 있네요. 저 사람들은 지휘자를 기다리는 겁니다. 술집에 가서 이야기를 하면 되지 않겠어요. 제가 첼로를 들고 혼잡한 술집에 들어가는 모습이 상상이 됩니까, 첼리스트가 웃으며 말했다. 우리 동료들 모두가 악기를 들고 술집으로 간다고 상상해 보세요. 우리가 연주회를 한 번 더 할 수도 있죠. 우리요. 음악가는 여자가 자신도 포함시켜 말한 것에 흥미를 느끼고 물었다. 네, 저도 바이올린을 연주하던 때가 있었거든요, 제가 연주하는 그림도 있어요. 말씀 하나하나가 저를 놀라게 하기로 작정하신 것 같군요. 어떻게 하시냐에 따라 제가 사람을 얼마나 놀라게 할 수 있는지 확인하실 수도 있어요. 네, 그 점은 분명히 알 것 같네요. 잘못 생각하시는 거예요, 지금 생각하시는 그 얘기가 아니거든요. 제가 무슨 생각을 했는지 여쭤어봐도 되겠습니까. 침대, 그리고 침대 속에 있는 제 모습. 용서해 주시기 바랍니다. 아니에요, 제 잘못이에요, 제가 남자고 그런 말을 들었다면, 저도 똑같은 걸 생각했을 거예요. 모호하게 말을 하면 대가를 치르는 법이죠. 솔직히 말씀해 주셔서 고맙습니다. 여자는 몇 걸음 걷더니 말했다. 그럼 가요. 어디로요. 저는 제가 묵고 있는 호텔로, 그리고 선생님은 아마도 선생님 아파트로. 그럼 다시 만나지 않는 건가요. 저 때문에 곤혹스러워지시면 안 되니까요. 아, 그건 괜찮습니다. 거짓말 하지 마세요. 알았습니다, 곤혹스럽기는 했습니다만, 지금은 괜찮습니다. 그러자 죽음의 얼굴에 미소 같은 것이 나타났다. 그러나 거기에는 기쁨의 흔적은 전혀 없었다. 사실 지금이야말로 선생님이 가장 곤혹스러워야 할 때예요. 저도 지금 기꺼이 그 위험을 무릅쓰려 합니다, 그래서 다시 그 질문을 반복하려는 겁니다. 질문이 뭐였죠. 다시 만나게 될까요. 토요일 콘서트에 와서 같은 박스에 앉을 거예요. 아시겠지만, 프로그램이 다릅니다, 그때는 제 솔로가 없습니다. 네, 알아요. 뭐든지 생각해 놓으신 것 같군요. 사실 그래요. 그럼 이 모든 일이 어떻게 끝나게 될까요. 우리는 아직 시작 단계에 있어요. 택시가 다가왔다. 여자는 택시를 향해 손을 흔들더니 첼리스트를 돌아보았다. 집에 모셔다 드릴게요. 아닙니다, 제가 호텔에 모셔다 드리고, 그런 다음에 집으로 가겠습니다. 제가 말한 대로 하세요, 아니면 저는 다른 택시를 타겠어요. 언제나 자기 생각대로 하십니까. 네, 언제나. 가끔은 뜻대로 못하실 텐데요, 신은 신이면서도 거의 언제나 뜻대로 못 하는 것 같던데. 아, 저는 지금 이 자리에서 제가 뜻대로 못 하는 게 없다는 것을 증명할 수도 있어요. 알겠습니다, 한번 보여주십시오. 멍청하게 굴지 마요, 죽음이 퉁명스럽게 말했다. 그녀의 목소리에는 희미하기는 하지만 무시무시한 협박이 섞여 있었다. 첼로는 택시 트렁크로 들어갔다. 두 승객은 택시를 타고 가는 동안 내내 아무 말이 없었다. 택시가 멈추자, 첼리스트는 내리기 전에 말했다,

우리 사이에 무슨 일이 벌어지는 건지 정말 이해가 안 갑니다. 서로 다시 만나지 않는 것이 최선이라고 생각합니다. 이제는 아무도 멈출 수가 없어요. 댁도 말입니까. 늘 자기 뜻대로 하는 여자도, 첼리스트가 비꼬는 투로 물었다. 저도요, 여자가 대답했다. 따라서 댁도 뜻대로 못하는 게 있다는 뜻이네요. 아니, 뜻대로 다 한다는 뜻이죠. 기사가 내려서 트렁크를 열고 첼리스트가 첼로 케이스를 꺼내기를 기다렸다. 남자와 여자는 작별 인사를 하지 않았다. 토요일에 봐요, 하지도 않았고, 서로 아무런 접촉도 없었다. 진심에서 우러나오는 헤어짐이었다. 극적이고 잔인했다. 마치 피와 물에 걸고 다시는 만나지 않겠다고 맹세한 것 같았다. 음악가는 첼로를 들고 성큼성큼 걸어 아파트 블록으로 들어갔다. 돌아보지도 않았다. 입구에서 잠깐 발을 멈추었을 때도 마찬가지였다. 여자는 첼리스트를 지켜보고 있었다. 가방을 움켜쥐고. 이윽고 택시가 출발했다.

첼리스트는 아파트로 들어가 성난 목소리로 중얼거렸다, 미친 여자야, 완전히 미쳤어, 평생 딱 한 번 누가 무대 출입구로 와서 나를 기다리다가 연주를 잘했다고 말해 주었는데, 하필이면 그게 미치광이였다니, 그런데도 나는 바보처럼 다시 만날 수 있냐고 묻다니, 나는 그저 문제만 만들고 있어, 정말이지 성격 결함인 사람도 아마 약간은 존중해 줄 데가 있고, 적어도 관심을 가져줄 만한 데는 있을 거야, 하지만 멍청한 짓을 하는 데는 대책이 없어, 그냥 우스꽝스러울 뿐이야, 여자한테 반한다는 건 우스꽝스러운 짓이야. 나는 우스꽝스러웠어. 첼리스트는 자신을 맞으러 현관으로 달려온 개를 무의식적으로 쓰다듬어주고 음악실로 들어갔다. 첼로 케이스를 열고 조심스럽게 악기를 꺼냈다. 자기 전에 다시 조율을 해놓아야 했다. 아무리 짧은 거리라 하더라도 택시를 타고 움직이는 것은 첼로의 건강에 안 좋기 때문이다. 첼리스트는 부엌으로 가서 개에게 먹이를 주고, 자신이 먹을 샌드위치를 준비했다. 첼리스트는 와인 한 잔과 함께 샌드위치를 먹었다. 이제 화가 좀 가라앉았다. 그러나 서서히 그 자리를 대신하는 감정 또한 편치가 않았다. 첼리스트는 여자가 한 말, 모호함은 늘 대가를 치른다는 말을 기억했다. 첼리스트는 여자가 한 모든 말이, 그 맥락에서 완벽하게 말이 되는 것이기는 하지만, 그 안에 또 다른 의미를 담고 있다는 느낌이 들었다. 그러나 그 의미를 확실하게 이해할 수는 없었다. 감질나는 일이었다. 마시려고 할 때 우리 옆으로 흘러가버리는 물처럼, 열매를 따려고 손을 뻗을 때 갑자기 닿지 않는 곳으로 멀어지는 가지처럼. 미쳤다고 할 수는 없을 것 같아, 첼리스트는 생각했다. 하지만 이상한 건 분명해, 그건 의심의 여지가 없어. 첼리스트는 샌드위치를 다 먹고 음악실 또는 피아노실로 돌아갔다. 지금까지 우리는 그 두 이름을 사용했지만, 사실은 첼로실이라고 부르는 것이 훨씬 더 논리적일 것이다. 이 음악가를 먹여 살리는 악기는 첼로이기 때문이다. 그러나 솔직히 첼로실이라고 하면 어색하다. 뭔가 약간 못한 것 같고, 약간 위엄이 떨어지는 것 같다. 음악실, 피아노실, 첼로실, 이렇게 아래로 내려가면서 따라해 보면 우리의 논리를 이해할 수 있을 것이다. 그래도 첼로실 정도는 받아들일 수 있다. 하지만 그 방을 클라리넷실, 플루트실, 베이스드럼실, 트라이앵글실이라고 불렀으면 어땠을지 상상해 보라. 말에는 그 나름의 위계가 있고, 그 나름의 의전이 있고, 그 나름의 작위가 있고, 그 나름의 비속한 낙인이 있다. 개는 주인과 함께 움직이다가, 세 바퀴를 돈 다음에 주인 옆에 엎드린다. 그렇게 맴을 돈 것은 자신이 이리였던 시절로부터 지금까지 전해지는 유일한 기억을 따른 것이다. 음악가는 소리굽쇠의 에이 음에 맞추어 첼로를 조율한다. 택시를 타고 자갈 위를 덜거덕거리는 야만적인 대접을 받은 악기의 화음을 복원하는 사랑의 작업을 하는 것이다. 잠시 극장의 여자를 잊을 수 있다. 정확히 말하자면 여자가 아니라, 그들이 무대 출입구에서 나눈 곤혹스러운 대화를 잊은 것이다. 그럼에도 택시에서 그들이 나눈 마지막 긴장된 대화는 계속 배경에서 들려온다. 먼 곳에서 들리는 북소리 같다. 여자는 잊을 수 없다. 잊고 싶지 않다. 여자가 서 있는 모습이 눈에 어른거린다. 두 손으로 가슴을 누르고 서 있는 모습. 그녀의 강렬한 눈길, 다이아몬드처럼 단단한 눈길이 몸에 닿는 것을 느낄 수 있다. 여자가 웃을 때면 그 눈이 얼마나 빛나던지. 토요일이면 다시 볼 수 있겠지, 첼리스트는 생각했다, 그래, 그때 다시 보게 될 거야. 하지만 다시 일어서지는 않겠지, 가슴을 두 손으로 누르지도 않겠지, 멀리서 나를 보지도 않겠지, 마법의 순간은 그 뒤에 이어진 순간이 삼켜버렸어, 무효로 만들어버렸어, 마지막으로, 어쨌든 마지막이라 생각하고 여자를 보려고 몸을 돌렸을 때 여자는 거기에 없었지.

소리굽쇠가 조용해지고 첼로가 다시 조율이 되었을 때 전화벨이 울렸다. 음악가는 화들짝 놀랐다. 시계를 보았다. 한시 반이었다. 이 시간에 누가 전화를 할까. 첼리스트는 수화기를 들고 몇 초 기다렸다. 물론 말이 안 되는 짓이었다. 자신이 먼저 이름이나 번호를 대야 했다. 그러면 상대방은 아마 이렇게 말할 것이다, 아, 미안합니다, 잘못 걸었군요. 그러나 상대편의 목소리가 물었다, 개가 전화를 받았나요, 개라 해도, 적어도 짖기는 할 텐데. 첼리스트가 대답했다, 네, 개입니다, 하지만 오래전에 짖는 걸 그만두었습니다, 무는 습관도 버렸지요, 인생이 나를 갖고 놀 때 나 자신을 물어뜯기는 하지만요. 화내지 마세요, 사과드리려고 전화한 거니까요, 우리 대화가 위험한 쪽으로 방향을 틀었고, 보시다시피 그 결과는 참담했어요. 글쎄요, 누군가가 위험한 방향으로 틀고 나갔죠, 그게 나는 아니었습니다. 전적으로 내 잘못이에요, 하지만 보통 저는 균형이 아주 잘 잡혀 있고 차분해요. 둘 가운데 어느 쪽으로도 보이지 않던데요. 아마 다중 인격으로 고생하기 때문일 거예요. 그럼 우린 똑같아지는군요, 저는 개인 동시에 인간이니까요. 비꼬는 건 선생님한테 안 어울려요, 물론 선생님의 음악가로서의 귀가 틀림없이 이미 그렇게 이야기를 했겠지만요. 불협화가 꼭 음악에서만 자기 역할이 있는 건 아니죠, 부인. 저를 부인이라고 부르지 마세요. 그럼 달리 뭐라고 부릅니까, 이름도, 뭘 하는지도, 어떤 사람인지도 모르는데. 결국은 알게 될 거예요, 잊지 마세요, 서두르면 좋은 결과가 나오지 않아요, 게다가, 우린 만난 지 얼마 되지도 않았잖아요. 하지만 저보다 한 걸음 앞서 나가시는군요, 제 전화번호를 이미 갖고 계시니 말씀입니다. 전화번호부가 그래서 필요한 거 아니겠어요, 프런트에서 한 부 얻었죠. 이게 낡은 전화기인 게 안타깝군요. 왜요. 현대적인 전화기였다면 어디서 전화를 거시는지 알 수 있을 테니까요. 호텔방에서 전화하는 거예요. 나도 그 정도는 압니다. 전화기가 낡았다고 하시는데, 나도 그럴 거라고 생각했어요, 따라서 전혀 놀랍지가 않네요. 왜요. 선생님은 모든 게 구식으로 보이니까요, 쉰 살이 아니라 오백 살은 된 것 같아요. 제가 쉰 살인 건 어떻게 아시죠. 저는 사람 나이를 알아맞히는 재주가 있거든요, 절대 안 틀려요. 못하는 게 없다는 걸 너무 자랑하시는 것 같군요. 네, 그 말이 맞네요, 예를 들어 오늘도 두 번이나 못했는데 말이에요, 정말이지 전에는 한 번도 없던 일이에요. 죄송합니다, 무슨 말씀이신지. 있잖아요, 선생님한테 드릴 편지가 있었는데, 그걸 드리지 못했어요, 극장 밖에서나 택시 안에서나 얼마든지 드릴 수 있었는데 말이에요. 무슨 편지입니까. 선생님 리허설에 가보고 나서 썼다고만 해두죠. 리허설 때 오셨나요. 네, 갔어요. 하지만 못 보았는데요. 물론 못 보았겠죠, 볼 수가 없었을 테니까요. 어차피 제 콘서트도 아니었는데요 뭐.

평소처럼 겸손하시네요. 그런데 어떻다고 해두자는 건 진짜 어땠다는 거하고는 다르잖습니까. 때로는 그렇죠. 하지만 이 경우는 안 그런가요. 축하해요, 선생님은 겸손할 뿐 아니라, 통찰력도 아주 뛰어나네요. 그런데 무슨 편지입니까. 시간이 되면 알게 될 거예요. 그런데 왜 기회가 있었다면서 주지 않은 겁니까. 기회가 두 번 있었죠. 그래요, 그런데 왜 안 줬나요. 저도 그 점을 알고 싶어요, 어쩌면 토요일에는 드릴지도 모르죠, 콘서트 뒤에요, 월요일에는 떠나야 하니까요. 여기 안 사시는군요. 선생님이 말씀하시는 의미에서 산다고 할 수는 없죠. 무슨 말씀인지 모르겠습니다, 댁과 이야기를 하다 보면 꼭 문이 없는 미로에 들어와 있는 것 같습니다. 그거 삶을 멋지게 정의한 말이네요. 하지만 댁이 삶은 아니잖습니까. 아니죠, 난 삶보다 훨씬 더 복잡해요. 어떤 사람은 우리 모두가 삶이라고 썼던데, 지금 이 순간은. 그래요, 지금 이 순간은 그렇지요, 하지만 지금 이 순간만 그럴 뿐이에요. 모레 만날 때는 이런 혼란들이 다 정리되기를 바랄 뿐입니다, 그 편지, 그걸 나한테 주지 않은 이유 등 모든 게요, 수수께끼는 지겹습니다. 선생님이 수수께끼라고 부르는 게 종종 보호 장치로 마련된 것이기도 해요. 그럼, 보호를 받든 못 받든, 나는 그 편지를 보고 싶습니다. 세 번째도 뜻대로 못 하지 않으면 보시게 될 거예요. 왜 세 번째도 내 뜻대로 못 하나요. 그거야 전에 못 한 것과 똑같은 이유일 수밖에 없죠. 제발, 저하고 쥐와 고양이 놀이를 하지 마십시오. 그 게임에서는 고양이가 늘 결국에는 쥐를 잡던데. 쥐가 고양이 목에 방울을 달지 못하는 한 그렇겠죠. 멋진 답이에요, 하지만 그건 어리석은 꿈에 불과해요, 만화에나 나오는 공상이죠, 고양이는 잠든 상태라 해도 소리가 들리면 깰 거예요, 그럼 그걸로 쥐는 안녕이죠. 제가 댁이 안녕 하는 쥐인가요. 우리가 그 게임을 하는 거라면 우리 가운데 하나는 쥐여야 하겠죠, 제가 보기에 선생님한테는 고양이의 표정도 교활함도 없는 것 같습니다만. 그럼 저는 남은 삶 동안 쥐로 사는 걸로 선고를 받은 셈이로군요. 삶이 지속되는 동안은, 그래요, 쥐 첼리스트겠죠. 또 하나의 만화 속 인물이로군요. 모든 인간이 만화 속 인물이라고 생각하지 않아요. 그건 댁도 마찬가지겠죠. 내가 어떻게 생겼는지 봤잖아요. 아주 예쁘더군요. 고마워요. 혹시 누가 이 대화를 들으면 우리가 연애라도 하려는 줄 알겠습니다. 이 호텔의 교환원이 손님 대화를 엿듣는 데 재미를 붙인 사람이라면, 벌써 그런 결론에 도달했을 거예요. 우리가 연애를 하려고 한다 해도 심각한 결과는 생기지 않겠는데요, 제가 아직 이름도 모르는 박스의 여자는 월요일이면 떠날 테니까요. 다시는 돌아오지 않을 거예요. 정말인가요. 제가 여기 온 이유가 반복되지 않을 것 같은데요. 반복되지 않을 것 같다는 건 절대 반복되지 않는다는 거하고는 다르잖아요. 다르죠, 하지만 이런 여행을 반복할 필요가 없도록 최선을 다할 거예요. 그래도 여행을 올 만한 가치는 있지 않았나요, 그 모든 것에도 불구하고. 뭐에도 불구하고요. 실례했습니다, 제가 예의가 없었군요, 제가 하려던 말은. 제발, 저한테 굳이 예의를 지킬 필요는 없어요, 저는 그런 데 익숙하지가 않아요, 게다가 선생님이 무슨 말을 하려고 했는지 짐작도 할 수 있어요, 하지만 저한테 더 충분히 설명을 해 주어야 한다고 생각하신다면, 토요일에 이 대화를 계속 이어갈 수도 있겠네요. 그럼 그 전에는 만날 수 없는 거네요. 못 만나죠. 전화가 끊겼다. 첼리스트는 손에 든 수화기를 바라보았다. 불안 때문에 손이 축축했다. 내가 꿈을 꾸고 있나 봐, 첼리스트가 중얼거렸다, 이건 나한테 일어날 만한 일이 아니야. 첼리스트는 수화기를 내려놓고 피아노, 첼로, 책꽂이를 보면서 큰 소리로 물었다, 도대체 이 여자가 나한테 원하는 게 뭐야, 이 여자는 누구야, 왜 내 인생에 나타난 거야. 개가 그 소리에 잠에서 깨 주인을 올려다보았다. 개의 눈에는 답이 있었지만, 첼리스트는 알아보지를 못했다. 방 이쪽에서 저쪽까지 어슬렁거렸다. 아까보다 더 신경이 곤두섰다. 개의 답은 이런 것이었다, 그 말을 듣고 보니, 어떤 여자의 무릎 위에 올라가 잠을 잔 희미한 기억이 있네요, 그게 그 여자였을지도 모릅니다. 무슨 무릎, 무슨 여자, 첼리스트는 그렇게 물었을지도 모른다. 주인님은 주무시고 계셨지요. 어디서. 주인님 침대에서요. 여자는 어디 있었는데. 저쪽에요. 좋아, 개 아저씨, 여자가 이 아파트에 들어온 지, 저 침실에 들어간 지 얼마나 됐어, 어서, 말을 해줘. 반드시 아셔야 할 것은 개의 시간 인식이 인간의 시간 인식과 같지 않다는 겁니다, 하지만 주인님이 침대에 여자를 받아들이신 지는 정말 오래된 것 같습니다, 비꼬려고 하는 말은 아닙니다. 그러니까 꿈을 꾸었다는 얘기인가. 그럴지도 모르지요, 우리 개들에게는 꿈꾸는 습관이 깊게 뿌리박혀 있으니까요, 심지어 눈을 뜨고 꿈을 꾸기도 합니다, 어둠 속에 뭐가 보이기만 하면 즉시 그게 여자 무릎이라고 생각하고 뛰어올라가지요. 그냥 개의 상상이었군, 첼리스트는 그렇게 말할 것이다. 그게 사실이라 해도 우리는 불만이 없습니다, 개는 그렇게 대답할 것이다. 한편 죽음은 호텔방에서 벌거벗고 거울 앞에 서 있다. 자신이 누구인지 모른다.

다음 날 여자는 전화를 하지 않았다. 첼리스트는 혹시나 하고 기다렸다. 저녁이 다 지나가도록 아무런 연락이 없었다. 첼리스트는 전날보다 더 못 잤다. 토요일 아침, 리허설을 하러 출발하기 전, 엉뚱한 생각이 떠올랐다. 이 지역의 모든 호텔을 돌아다니며 그런 몸매, 그런 웃음, 그런 손짓을 가진 여성이 투숙했냐고 물어보자는 것이었다. 하지만 이 터무니없는 계획은 바로 포기했다. 호텔에서 노골적으로 의심을 드러내며 그를 내칠 것이 뻔했기 때문이다, 우린 그런 정보를 제공할 권한이 없습니다. 리허설은 비교적 잘 진행되었다. 첼리스트는 그냥 악보에 있는 것만 연주했다. 너무 음을 많이 틀리지 않으려고 최선을 다했다. 리허설이 끝나자 얼른 집으로 돌아갔다. 자기가 없는 동안 여자가 전화를 했다 해도 여자의 메시지를 녹음할 초라한 자동응답기조차 없다는 사실만 알게 되었을 것이라는 생각이 들었다. 나는 오백 년 전에 태어난 사람도 아니야, 석기시대의 혈거인이야, 자동응답기를 안 쓰는 사람은 나밖에 없어, 첼리스트는 중얼거렸다. 그러나 여자는 전화를 하지 않았다. 그 증거는 다음 몇 시간 안에 나왔다. 보통 전화를 해서 안 받게 되면 다시 전화를 하기 마련이다. 그러나 그 가증스러운 기계는 점점 절망적으로 변해가는 첼리스트의 얼굴도 무시한 채, 오후 내내 침묵을 지켰다. 좋아, 연락을 안 할 모양이군, 이런 저런 이유로 그럴 기회가 없었겠지, 하지만 콘서트에는 올 거야, 그리고 지난번에 그랬던 것처럼 같은 택시를 타고 돌아오겠지, 그래서 여기 도착하면, 이번에는 안으로 들어오라고 해야지, 그럼 차분하게 이야기를 나눌 수 있을 거야, 여자는 마침내 그 궁금한 편지를 줄 것이고, 우리는 리허설, 여자가 온지도 몰랐던 그 리허설 뒤에 여자가 예술적 열망에 사로잡혀 쓴 과장된 칭찬의 말에 함께 웃음을 터뜨리겠지, 나야 물론 나는 로스트로포비치(유명한 첼리스트-옮긴이)가 아니라고 말하겠지, 그러면 여자는 앞으로의 일을 누가 알겠냐고 말할 거야, 더 할 말이 없어지거나 말은 한쪽으로 가고 생각은 다른 쪽으로 가기 시작하면, 어디 우리의 이 늦은 나이에도 과연 기억에 남을 만한 일이 일어나는지 한번 봐야지. 첼리스트는 이런 마음으로 집을 나섰다. 이런 마음으로 극장에 갔고, 이런 마음으로 무대에 올라가 평소에 앉던 자리에 앉았다. 박스는 텅 비었다. 늦는구나, 첼리스트는 속으로 중얼거렸다, 이제 곧 도착하겠지, 아직 사람들이 들어오고 있으니까. 그 말은 사실이었다. 늦게 도착한 사람들이 이미 앉은 사람들에게 방해해서 미안하다고 사과를 하면서 자리에 앉고 있었다. 그러나 여자는 나타나지 않았다. 아마 중간 휴식 시간에는 들어오겠지. 그때도 오지 않았다. 박스는 공연이 끝날 때까지 비어 있었다. 그러나 나중에 설명을 듣게 될 어떤 이유로 콘서트에는 오지 못했다 해도 바깥에서, 무대 출입구에서 기다리고 있을 것이라고 기대하는 것이 무리한 일은 아니었다. 하지만 거기에도 없었다. 희망은 운명적으로 더 많은 희망을 낳기 때문에, 사실 그래서 그 많은 실망에도 불구하고 희망이 아직 세상에서 소멸되지 않은 것이기도 하지만, 어쨌든 첼리스트는 여자가 자신의 아파트 건물 밖에서 입술에 웃음을 달고 손에는 편지를 들고 기다리고 있을지도 모른다고 생각했다. 자, 약속한 대로 여기 가져왔어요, 그렇게 말하려고. 그러나 여자는 거기에도 없었다. 첼리스트는 구식의 일 세대 자동인형, 즉 한쪽 다리를 움직이려면 다른 쪽 다리에게 비켜 달라고 요청해야 하는 인형처럼 아파트로 들어갔다. 자신을 맞으러 온 개를 옆으로 밀어내고, 첼로는 아무 데나 되는 대로 놓아두고 침대로 가서 누웠다. 이제 교훈을 배웠냐, 이 멍청아, 너는 완전히 백치처럼 행동했어, 결국은 완전히 다른 의미, 네가 알지도 못하고 앞으로도 절대 알 수 없을 의미를 가진 말들에 네 마음대로 의미를 부여했어, 근육의 수축에 불과한 것이 미소라고 믿었어, 네가 사실은 오백 살이라는 사실을 잊었어, 세월이 친절하게도 너에게 그 사실을 일깨워 주었는데도 말이야, 그래서 완전히 망

가져서 지금 여기 그 여자를 맞이하고 싶어하던 침대에 이렇게 누워 있는 거 아냐, 그 여자는 네 멍청한 모습과 어쩔 도리 없는 네 어리석음을 비웃고 있는데. 주인의 냉대도 잊었는지 개가 위로를 받으려고 침대로 왔다. 개는 매트리스에 앞발을 올리고, 주인의 왼손 높이로 몸을 끌어올렸다. 쓸모없고 헛된 물건처럼 놓인 손에 살짝 머리를 올려놓았다. 보통 개들이 하듯이 그 손을 핥고 또 핥을 수도 있었을 것이다. 하지만 자연이 이번만큼은 자비로운 면모를 드러내, 이 개에게는 아주 특별한 감수성을 부여했다. 그 덕분에 이 개는 늘 똑같으면서도 동시에 늘 유일무이한 감정들을 표현하는 여러 몸짓을 만들어낼 수 있었다. 첼리스트는 개를 향해 돌아눕고 자세를 조정해, 이제 그의 머리는 개의 머리에서 불과 몇 센티미터밖에 떨어지지 않은 곳까지 다가갔다. 그들은 그런 자세로 서로를 바라보며 말이 필요 없는 말을 했다, 생각해 보니 나는 네가 누구인지 모르는구나, 하지만 그건 중요하지 않아, 중요한 것은 우리가 서로 보살핀다는 거야. 첼리스트의 괴로움은 점차 가라앉았다. 사실 세상은 그런 에피소드로 가득 차 있다. 그는 기다렸고 그녀는 오지 않았다, 그녀는 기다렸고 그는 오지 않았다. 아무것도 믿지 않는 우리 회의주의자들끼리 하는 이야기지만, 다리가 부러지는 것보다는 그것이 낫다. 이것은 쉽게 할 수 있는 이야기다. 하지만 말을 하지 않는 것이 좋겠다. 말은 종종 의도한 것과는 매우 다른 결과를 낳기 때문이다. 워낙 그런 경우가 많아서 남자와 여자들은 흔히 저주를 하고 욕을 내뱉는 것 아닌가, 나는 그 여자가 싫어, 나는 그 남자가 싫어. 그렇게 욕을 내뱉고 나서는 울음을 터뜨리곤 한다. 첼리스트는 침대에서 몸을 일으키고 개를 끌어안았다. 개는 마지막 연대의 행동으로 앞발을 주인의 무릎에 올려놓고 자신을 책망하는 사람처럼 말했다, 조금이라도 위엄을 갖추세요, 제발, 우는 소리는 하지 말고. 그러자 첼리스트가 개에게 말했다, 배고프겠구나. 개는 꼬리를 흔들며 대답했다, 네, 배고파요, 몇 시간 동안 아무것도 먹지 못했습니다. 둘은 부엌으로 갔다. 첼리스트는 먹지 않았다. 식욕이 없었다. 게다가 목에 덩어리가 걸린 것 같아 뭘 삼킬 수도 없었다. 삼십 분 뒤 다시 침대로 돌아가 자는 데 도움을 얻으려고 약을 먹었지만 별 도움이 되지 않았다. 계속 자다 깨다, 자다 깨다 했다. 계속 잠을 쫓아 뛰어가야 한다는, 그래야 불면증이 침대 옆자리를 차지하지 못한다는 강박감에 시달렸다. 첼리스트는 그 여자 꿈을 꾸지 않았다. 그러나 어느 순간 잠을 깼을 때 여자가 두 손으로 가슴을 누른 채 음악실 한가운데 서 있는 모습이 보였다.

다음 날은 일요일이었다. 일요일은 첼리스트가 개를 산책시키는 날이다. 사랑은 사랑에 보답하지요, 개는 그렇게 말하는 것 같았다. 어서 나가고 싶은 마음이 간절한지 개줄을 입에 물고 있었다. 그들은 공원으로 들어섰다. 첼리스트가 평소에 앉는 벤치로 향했을 때, 그 자리에 이미 앉아 있는 여자가 보였다. 공원 벤치는 개방되어 있고, 공공의 것이고, 보통 무료다. 따라서 우리보다 먼저 온 사람에게 이렇게 말할 수 없다, 이 벤치는 내 겁니다, 다른 벤치를 찾아보시죠. 첼리스트처럼 교육을 잘 받은 사람이라면 절대 그러지 않을 것이다. 게다가 거기 앉은 사람이 극장의 여자, 자신을 바람맞힌 여자, 음악실 한가운데서 가슴을 두 손으로 누르고 서 있던 여자임에 틀림없다고 생각했다면 더군다나 그럴 리가 없다. 그러나 나이 쉰이면 우리는 우리 눈을 늘 믿지는 못한다. 눈을 깜빡이기도 하고, 말을 탄 서부의 영웅이나 돛배의 이물에서 한 손을 눈썹에 대고 먼 수평선을 훑어보는 항해자 흉내를 내려는 것처럼 눈을 가늘게 뜨기도 한다. 여자는 다른 옷을 입고 있다. 바지와 가죽 재킷 차림이다. 다른 사람일 수도 있어, 첼리스트가 그의 심장에게 말한다. 하지만 그보다 시력이 좋은 심장이 그에게 말한다, 눈을 떠, 그 여자야, 이번에는 행동 조심해. 여자가 고개를 들었다. 첼리스트는 그제야 여자가 맞다고 확신했다. 안녕하세요, 남자가 벤치 옆에서 발을 멈추고 말했다, 오늘 여기서 뵙게 될 줄은 정말 몰랐네요. 안녕하세요, 작별 인사를 하고, 어제 콘서트에 못 간 걸 사과하려고 왔어요. 첼리스트는 앉아서 개줄을 놓으며 말했다, 돌아다녀. 이어 여자 쪽을 보지 않고 대답했다, 사과하실 것 없습니다, 늘 일어나는 일인 걸요 뭐, 사람들은 표를 사지만 이런저런 이유로 못 오기도 하죠, 정말 흔히 있는 일입니다. 그럼 우리가 작별 인사를 하는 거, 그 점에 관해서도 어떤 생각이 있으신가요, 여자가 물었다. 여기까지 오셔서 낯선 사람에게 작별 인사를 하실 생각을 해주셨다니 정말 고맙죠. 내가 매주 일요일에 이 공원에 온다는 것을 어떻게 아셨는지 도무지 상상도 할 수 없지만 말입니다. 선생님에 관해서는 모르는 게 거의 없어요. 아, 제발, 목요일의 그 말도 안 되는 대화, 무대 출입구와 그 뒤에 전화로 나누었던 대화로는 돌아가지 말도록 하지요. 댁은 나에 관해 아무것도 모르잖아요. 그 전에는 만난 적도 없잖습니까. 리허설에 갔다는 걸 잊으셨나요. 정말이지 어떻게 거기 오셨는지 잘 모르겠네요. 마에스트로가 낯선 사람들이 참석하는 문제에는 매우 엄격한데, 제발 마에스트로까지도 잘 안다는 이야기는 말아주세요. 선생님만큼 잘 알지는 못해요, 하지만 선생님은 예외죠. 제가 예외가 아니면 좋을 것을. 왜요. 듣고 싶으세요, 정말 듣고 싶으세요, 첼리스트가 필사적이라고 느껴질 만큼 격한 목소리로 말했다. 네, 듣고 싶어요. 내가 전혀 모르는 여자, 나를 놀리면서 즐거워하는 여자, 내일이면 어딘지도 모를 곳으로 떠나는 여자, 다시는 보지 못할 여자를 사랑하게 되었기 때문이지요. 사실 나는 내일이 아니라 오늘 떠나요. 하지만 전에 말할 때는. 그리고 내가 선생님을 놀리면서 즐거워했다는 건 사실이 아니에요. 글쎄요, 안 그러신 거라면, 아주 뛰어나게 연기를 하신 게 틀림없군요. 저를 사랑하게 된 것에 관해서는, 제 반응은 기대하실 수 없어요. 제 입으로 말하는 것이 금지된 말들이 있어요. 또 하나의 수수께끼로군요. 그게 마지막 수수께끼는 아닐 거예요. 우리가 작별을 하면 모든 수수께끼가 풀리겠지요. 다른 수수께끼들이 그 자리를 차지할지도 몰라요. 제발 가주세요, 나를 더 괴롭히지 마세요. 편지가 있잖아요. 편지에 관해서도 아무것도 알고 싶지 않아요. 사실 내가 원한다 해도 그걸 드릴 수가 없네요, 호텔에 놔두고 왔거든요, 여자가 미소를 지으며 말했다. 그럼 찢어버리세요. 그래요, 그걸 어떻게 할지 생각을 해봐야겠어요. 생각할 필요도 없습니다, 찢어버리고 끝내세요. 여자는 일어섰다. 벌써 가시는 겁니까, 첼리스트가 물었다. 그는 움직이지 않았다. 고개를 숙인 채 앉아 있었다. 아직 할 말이 있었다. 손도 잡아보지 못했습니다, 첼리스트가 중얼거렸다. 아니, 내가 손도 못 대게 한 거예요. 어떻게 그게 가능하죠. 그렇게 어렵지 않아요. 지금도 마찬가지입니까. 지금도 마찬가지예요. 악수라도 할 수 있지 않나요. 내 손은 차가워요. 첼리스트는 고개를 들었다. 여자는 이제 그곳에 없었다.

남자와 개는 공원을 일찍 나섰다. 샌드위치는 사서 집에 가져가 먹기로 했다. 햇볕을 받으며 낮잠을 자지도 않았다. 오후와 저녁은 길고 쓸쓸했다. 음악가는 책을 집어들어 반쯤 읽다가 내던졌다. 첼리스트는 피아노에 앉아 조금 쳤지만, 손이 따라주지 않았다. 죽은 것처럼 둔하고 차가웠다. 사랑하는 첼로에게 갔을 때는 악기가 그를 거부했다. 첼리스트는 의자에 앉아서 졸았다. 끝없는 잠에 빠져들어 다시는 깨어나지 않기를 바랐다. 개는 바닥에 누워 오지 않는 신호를 기다리며 주인을 보고 있었다. 주인이 이렇게 의기소침한 건 공원에서 만난 여자 때문인지도 몰라, 개는 생각했다. 그러니 눈이 보지 못하는 것은 마음도 슬퍼하지 않는다는 말은 진실이 아닐지도 몰라. 속담이란 게 잘도 거짓말을 하는군. 개는 그렇게 결론을 내렸다. 초인종이 울린 것은 열한 시였다. 이웃에게 무슨 문제가 생겼나 보군, 첼리스트는 그렇게 생각하고 일어나 문을 열었다. 안녕하세요, 여자가 문 앞에 서서 말했다. 안녕하세요, 음악가도 대답했다. 목을 팽팽하게 조여오는 경련을 통제하려고 최선을 다하고 있었다. 들어오라고 하지도 않나요. 아, 어서 들어오세요. 첼리스트는 여자가 들어오도록 옆으로 물러서 있다가 천천히 조심스럽게 문을 닫았다. 그래야 심장이 부서지지 않을 것 같았기 때문이다. 다리가 후들거렸다. 첼리스트는 여자에게 앉으라고 권했다. 이미 떠나신 줄 알았는데요. 보시다시피, 그냥 있기로 했어요. 하지만 내일은 가실 거 아닙니까. 그렇게 약속을 했죠. 편지를 주러 오신 모양이군요, 찢어버리지 않기로 하셨나 보네요. 그래요, 여기 가방에 넣어 왔어요. 그럼 이제 주실 겁니까. 시간이 있잖아요, 서두르면 좋은 결과가 나오지 않는다고 이미 말씀드린 것 같은데요. 좋으실 대로, 처분에 맡기겠습니다. 진심인가요. 그게 제 최악의 결점입니다, 모든 말을 진심으로 하거든요. 사람들을 웃길 때도요. 아니, 특히 사람들을 웃길 때 말입니다. 그럼 부탁을 하나 해도 될까요. 뭡니까. 어제 콘서트를 놓친 걸 보상받을 기회를 주세요. 어떻게 하면 좋을까요. 저기 피아노가 있잖아요. 아, 제발, 내 피아노 솜씨는 정말이지 보통 수준입니다. 그럼 첼로. 그건 이야기가 다르죠, 정말 원하신다면 한두 곡 연주해 볼 수 있습니다. 내가 음악을 골라도 될까요, 여자가 물었다. 네, 하지만 내가 연주할 수 있는 것이어야 합니다, 내 능력 범위 안에 있는 거. 여자는 바흐의 모음곡 육번 악보를 골랐다, 이거요. 그건 아주 긴데요, 삼십 분 이상 거릴 겁니다, 시간도 늦었는데. 말씀드렸듯이 우리한테는 시간이 있어요. 그 곡의 프렐류드에 내가 늘 어려워하는 악절이 있습니다. 상관없어요, 그게 나오면 그냥 무시해 버려도 돼요, 하지만 그럴 필요는 없을 거예요, 두고 보세요, 로스트로포비치보다 훨씬 더 잘 할 수 있을 테니까요. 첼리스트가 웃음을 지었다, 그럼요. 첼리스트는 악보를 악보대에 올려놓고 깊은 숨을 쉬었다. 이윽고 왼손을 첼로 목에 올려놓고 활을 쥔 오른손을 현 위에 올리더니 연주를 하기 시작했다. 그는 자신이 로스트로포비치가 아님을, 프로그램에서 가끔 요구할 때나 솔로를 하는 오케스트라 솔로이스트에 불과함을 너무나 잘 알고 있었다. 그러나 여기, 여자가 맞은편에 앉아 있고, 개는 발치에 누워 있는 이곳에서, 이 늦은 시간에, 책, 악보, 악보집에 둘러싸여 연주하는 첼리스트는 쾨텐에서 나중에 작품번호 천십이라고 부르게 될 곡을 작곡하는, 실제로 평생에 그 정도 수에 이르는 곡을 작곡한 요한 세바스찬 바흐 자신이었다. 첼리스트는 자신이 대단한 실력을 발휘한다는 것을 의식도 못하면서 그 까다로운 악절을 부드럽게 넘어갔다. 그의 행복한 두 손의 움직임에 첼로는 웅얼거리고, 말을 하고, 노래를 하고, 고함을 질렀다. 이 방, 이 시간, 이 여자,

이것이 로스트로포비치에게는 없는 것이었다. 연주가 끝났을 때 여자의 두 손은 이제 차갑지 않았다. 남자의 두 손에는 이제 불이 꺼져 있었다. 그래서 손이 손을 만나러 갔을 때, 그들의 손은 조금도 놀라지 않았다. 새벽 한 시를 한참 지난 시간에 첼리스트가 물었다, 호텔로 데려다 줄 택시를 부를까요. 여자가 대답했다, 아니오, 당신하고 여기 있을래요. 그러면서 여자는 입술을 내밀었다. 그들은 침실로 들어가 옷을 벗었다. 일어날 것이라고 기록된 일이 마침내 일어났다. 또, 그리고 또다시. 남자는 잠이 들었다. 여자는 잠이 들지 않았다. 이윽고 여자는, 죽음은 일어나, 음악실에 두고 왔던 가방을 열고 자주색 편지를 꺼냈다. 여자는 편지를 둘 곳을 찾아 두리번거렸다. 피아노 위, 첼로의 두 현 사이, 아니면 침실, 남자의 머리를 받치고 있는 베개 밑. 여자는 그렇게 하지 않았다. 부엌으로 들어가 성냥을, 변변찮은 성냥을 켰다. 그녀는 한번 슬쩍 보는 것만으로도 종이를 사라지게 할 수 있는 여자, 전에 뭐였는지도 모를 먼지로 바꾸어버릴 수 있는 여자, 손가락만 대도 종이에 불을 붙일 수 있는 여자였다. 하지만 죽음의 편지, 죽음만이 없앨 수 있는 편지에 불을 붙인 것은 단순한 성냥, 평범한 성냥, 매일 보는 성냥이었다. 재는 남지 않았다. 죽음은 침대로 돌아가 두 팔로 남자를 안았다. 한 번도 잠을 잔 적이 없는 죽음은 잠이 자신의 눈까풀을 살며시 닫는 것을 느꼈다. 자신에게 무슨 일이 일어나는지 이해할 수가 없었다. 다음 날, 아무도 죽지 않았다.

옮긴이의 말

 일어날 수 있는 일은 모두 다 일어날 것이다. 시간이 문제일 뿐이다. 살아서 그것을 다 보지 못한다면, 우리가 오래 살지 못했기 때문일 뿐이다.

 본문에서 사라마구가 누군가의 말을 인용해 놓은 대목이다. 물론 여기서 '일어날 수 있는 일'이 좋은 일을 가리킬 것이라는 기대는 갖지 않는 것이 좋다. 이 점은 사라마구를 조금만 아는 사람이라면 충분히 짐작할 수 있을 것이다. 그 점만 전제한다면, 위에 갖다 놓은 대목은 사라마구 자신의 생각을 거의 그대로 반영하고 있다고 보아도 좋을 것이다.
 그러나 사라마구는 정색을 하고 '일어날 수 있는 일을 모두 다' 보여주지는 않는다. 그가 애용하는 수법은 약간 옆에 비켜서서 '일어날 수 있는 모든 일' 바로 너머에 있는, 일어날 수 없는 일을 보여줌으로써 '일어날 수 있는 모든 일'의 극단을 드러내는 것이다. 여기서 중요한 점은 이 일어날 수 없는 일이 '일어날 수 있는 모든 일'과 등을 맞대고 있어야 한다는 것이다. 맞댄 두 등 사이에 틈이 너무 벌어지면 긴장감이 떨어지면서 현실과 비현실이 따로 놀아 단순한 우화처럼 싱거워질 수도 있기 때문이다. 따라서 늙은 사라마구가 작가로서 젊다는 것은 그 아슬아슬한 긴장을 여전히 팽팽하게 유지해 나간다는 뜻일 수도 있겠다.

각설하고, 다시 위에 인용한 대목으로 돌아가, 우리가 오래 살지 못해서 못 볼 꼴을 다 보지 못하는 것이라면, 혹시 오래 산다면 어떻게 될까, 하는 질문을 던져볼 수도 있을 것 같다. 만일 아예 죽지를 않는다면? 도대체 어떤 꼴을 보게 될까? 이런 질문을 하면서 『죽음의 중지』의 첫 구절, "다음 날, 아무도 죽지 않았다"와 마주친다면, 글쎄, 바로 마음이 무거워지지 않을까. 굳이 그런 질문이 아니더라도, 사라마구가 모든 사람이 영생의 복락을 누리는 지상낙원을 그릴 것이라고 기대하는 사람은 없을 테니까.

그러나 그렇게 단순하지만은 않은 것 같다. 사라마구의 소설에서는 현실과 비현실이 등을 맞대고 있듯이, 비극과 희극, 절망과 희망, 사회와 개인, 행동과 명상 등 수많은 대립적인 요소들이 등을 맞대고, 서로 갈등을 일으키면서도 때로는 서로 막힘 없이 통하는 것 같은 느낌을 받기 때문이다. 심지어 이 소설의 맨 첫 구절 또한 맨 마지막 구절과 등을 맞대고 있다. 아니, 사실은 똑같은 문장이다—"다음 날, 아무도 죽지 않았다." 그러나 맨 마지막에 이 문장과 마주쳤을 때 맨 처음에 우리가 이 문장을 보고 가졌던 느낌과 생각들이 과연 얼마나 유지되고 있을까?

정색을 하지 않은 소설에 정색을 하고 이러니저러니 한다는 것은 꽤나 괴로운 일이다. 독자들은 부디 얼굴의 긴장을 풀고, 나아가 마음과 삶의 긴장도 풀고, 사라마구의 죽음과 음악과 시에 관한 명상에 푹 빠져보기 바란다.

정영목

죽음의 중지

초판 1쇄 2009년 2월 10일
초판 3쇄 2024년 11월 15일

지은이 | 주제 사라마구
옮긴이 | 정영목
펴낸이 | 송영석

주간 | 이혜진
편집장 | 박신애 **기획편집** | 최예은 · 조아혜
디자인 | 박윤정 · 유보람
마케팅 | 김유종 · 한승민
관리 | 송우석 · 전지연 · 황지현

펴낸곳 | (株)해냄출판사
등록번호 | 제10-229호
등록일자 | 1988년 5월 11일

04042 서울시 마포구 서교동 368-4 해냄빌딩 5 · 6층
대표전화 | 326-1600 **팩스** | 326-1624
홈페이지 | www.hainaim.com

ISBN 978-89-7337-458-8

파본은 본사나 구입하신 서점에서 교환하여 드립니다.